치명적인　결혼

2

치명적인 결혼 2

초판 1쇄 발행 2021년 4월 9일

지은이 | 소민(유카)

발행인 | 김성룡
기획, 편집 | (주)스마트빅(쉼표)
교정 | 김은희
표지디자인 | 우물
출판등록 | 제2014- 000017호 (2011년 6월 30일)

펴낸곳 | 도서출판 가연
주 소 | 서울시마포구 월드컵북로 4길 77, 3층 (동교동 ANT빌딩)
전 화 | 02- 858- 2217
팩 스 | 02- 858- 2219
ISBN | 978-89-6897-090-0 03810

치명적인 결혼

Fatal Marriage

2 소민(유카) 장편소설

차 례

8. 일상의 경계 ------------------ 7

9. 출발선 ------------------ 46

10. 회오리 ------------------ 84

11. 위태로운 ------------------ 122

12. 애처가 ------------------ 161

- 작가만의 글맛과 표현을 살리는 쪽으로 문장을 편집했습니다.

8. 일상의 경계

40분을 채 넘기지 못하고 끝난 강의에 후다닥 일어난 이랑은 다시 휴대 전화를 확인했지만, 별다른 기사는 보이지 않았다. 화정은 그사이 여유롭게 차를 대고 건물 앞에서 이랑을 기다렸다. 서둘러 보조석에 탑승하자 지나가던 학생들의 시선이 짧게 그녀들에게 고정됐다.

"너무 대놓고 기다렸나?"

"아무래도 선배 얼굴 아는 학생들이 많잖아요. 전 아니지만."

"혹시나 모르지. 네가 나보다 유명해질지."

화정이 장난스럽게 웃었지만, 이랑은 말이 씨가 된다며 행여나 그런 농담은 사양하겠다고 얼굴이 파래져서는 손사래를 쳤다.

"메뉴는?"

"음······."

"이런 날에는 화끈하게 매운 것 먹자."

"저번에도······."

사실 그때 그녀가 불시에 시켰던 매운 분식 덕분에 하루 종일 엉덩이에 불이 나는 것 같았는데, 오늘도 매운 메뉴라는 것에 다시 반대를 하려다가 수긍의 의미로 침묵했다.

"동의하지?"

"적당히 매운 거로요."

"하하하."

화정은 대학가 근처에 주차하고 이랑을 데리고 한 식당으로 들어갔다. 점심시간 탓인지 실내가 복작거렸다.

"낙지······."

"응. 여기 굉장히 맛집이야."

테이블 위로 놓인 물수건으로 손을 닦으며 화정이 설명했다. 메뉴는 단출했다. 불낙지 비빔밥과 연포탕 대(大)와 중(中). 연포탕으로 먹자고 설득할까 하다가 주변 사람들 전부 다가 어쩐지 숟가락으로 열심히 빨간 음식을 비비고 있는 기분에 다시금 말문이 막혔다.

아니나 다를까 단출한 몇 가지 반찬이 빠르게 놓였다. 화정은 젓가락을 들어 간이 되지 않은 통통한 콩나물을 들어 입에 넣고 어그적 씹어 댔다.

"여기는 방학 때 문도 안 열어. 얼마나 배짱 장사인지 몰라."

"방학 때는 인근에 사람이 없으니 문을 안 여는 거겠죠."

"오. 경영학도는 뭔가 달라도 달라. 이것이 바로 시기적 유동 인구를 분석하는……. 뭐 그런 거야?"

이랑은 조용히 웃음을 터트렸다. 그리고 나지막하게 고개를 끄덕였다.

"그거는 경영학도 아니라도요. 누구나 대학가 앞에서 장사한들, 방학 때는 문 안 열려 할걸요. 특히 이렇게 회전율 빠르게 요구하는 맛집 같은 경우. 그리고 계절에 특식으로 먹을 수 있는 음식이라면 더더욱."

"아하."

화정은 눈앞에 놓인 접시에 정신이 팔려 이랑의 말을 흘려들었다. 이랑은 화정 덕분에 한동안 머릿속에 주구장창 자리 잡고 있던 도환의 주주 총회 결과에 대해 조금은 느슨해진 게 고마웠다.

이랑은 넓은 접시에 볶아져 나온 낙지를 옮겨 담고 반찬들 몇 가지를 넣은 채 화정을 따라 숟가락을 비볐다. 한입 떠먹자마자 매운맛에 정신이 아찔할 정도였다. 차라리 이게 지금 기분을 위로할 수 있다면 좋겠다는 생각이었다.

"근데. 오늘 결과가 잘 나오면 배도환 이사 며칠 회사에 지박령처럼 박혀 있겠네?"

"그, 그래요?"

"말 안 하던?"

화정은 숟가락으로 크게 한입 떠먹으며 우물거렸다.

"나 때만 해도 우리 아버지 경영권 계승 작업 될 때 한 일주일은 집에 못 들어왔었어. 엄마가 회사로 속옷이랑 갈아입을 옷 가져다 날랐지. 가져다줄 비서들이 많은데도 얼굴 한번 보겠다고 그렇게 들고 가시더라. 안 그러면 볼 기회가 없다나 뭐라나. 감옥 간 것도 아닌데. 하여튼 유난은 다 떨더라니까.”

자신의 어머니를 그렇게 신랄하게도 비판하던 화정은 갑자기 입맛을 잃었다며 숟가락을 탁 하고 내려놨다. 이랑은 매운 입에 부채질해 가면서도 혼자서 꿋꿋이 해치웠다. 반쯤 먹다가 숟가락을 내려놓은 화정은 어디선가 리모컨을 가져와 벽면에 비스듬히 매달린 모니터로 겨냥해 눌렀고, 얼마 가지 않아 뉴스가 흘러나왔다.

“오, 축하해. 여지없이 됐네.”

“아…….”

열심히 턱을 움직이며 자막을 바라봤다.

[‘하상 그룹’ 셋째 아들 배도환 이사 경영권 계승 앞두고 승리 거둬 내다. 주주 총회 투표로 정당한 승계.]

어쩌면 앵커들과 사회면을 다루는 전문가들도 배도환이 경영권 왕좌의 자리에 앉게 될 거라고 애초부터 예견이라도 하고 있었던 듯 무미건조한 목소리로 좀 전 소식에 대한 브리핑을 시작했다. 화정은 그사이에 손을 들어 속이 쓰리다며 배를 문지르고 달달한 음료수 하나를 달라고 주문했다.

얼마 가지 않아 앵커들의 술렁이는 목소리가 두 사람의 이목을 잡았다. 이랑은 마지막 숟가락을 입에 넣는 순간 익숙한 단어에 목이 뻣뻣하게 굳는 기분이 들어 천천히 모니터로 향했다. 화정 선배 또한 마찬가지였다. 마침내 선배는 자리에서 일어나 허리춤에 양손을 올렸다. 황당함과 미간의 구김도 함께 달고 날 선 눈으로 뉴스만 바라봤다.

[은나기업, 하상 그룹 합병. 시가 총액 3조 원으로 출범. 배도환 대표의 출발 신호탄.]

믿을 수 없는 눈으로 이랑은 멍하니 모니터만 바라봤다. 뉴스에서는 앵커가 막 들어온 1보에 목소리 톤이 높아지고 있었다. 지나가는 서빙하던 아줌마가 연신 두 사람에게 자리를 빨리 비워 달라고 툴툴거리는 소리가 맴돌았다. 앵커의 목소리와 잡다하게 섞여서는 마침내 이랑은 공황에 빠져들었다.

* * *

"괜찮아?"

"……."

이랑은 한동안 보조석에 앉아 멍하니 운동화 앞코만 바라봤다. 한 여사님은 전화를 받지 않았다. 이랑은 본가로 연신 전화를 걸었지만, 그 누구도 약속이라도 한 듯 전화를 받지 않았다.

"아무도 전화를 안 받아?"

"……네."

"넌 정말 아무것도 모르고 있었던 거야?"

고개를 얕게 끄덕였다. 아무것도 모르고, 심지어 그 사람도조차 제게 일언반구 하지 않았던 것이 점점 혼란 속으로 빠져들게 했다.

"어떻게 이런 식으로 순식간에 은나기업을 잡아먹어. 유 회장님이 살아생전 어떻게 키워 낸 건데……."

화정의 목소리가 설핏 떨려 왔다. 유 회장의 사상이나 이념을 선망해 왔던 화정이 가지고 있는 마음이 어떤지 이랑은 잘 알고 있었다.

눈을 꾹 감고 시트에 머리를 기댔다. 그동안 자신은 배도환이 주는 따듯한 밥이나 먹고 지냈던 게 한심했다. 핸들이나 잡고 어리버리하게 도로 주행이나 하고 있던 그때의 자신은 오늘날의 일에 대한 예측을 왜 전혀 하지 못했을까. 아무것도 모르는, 정말이지 '애'처럼 개강 준비나 하고 있는, 여느 스무 살 초반의 여대생과 같이 생활하고 있었다는 점에 온몸이 무기력해져 왔다.

화정은 복잡하고 공황 상태에 빠져 있는 이랑에게 혼선을 주고 싶지 않았다. 연신 전화가 울릴 때면 차 밖으로 나가 통화를 주고받았다. 불편한 생각에 팔려 있을 때 다시 운전석으로 돌아온 화정의 목소리에 눈이 떠졌다.

"조금 전에 지인한테 부탁해서 알아본 건데. 배도환 그 자식이 은나기업에 직접 합병 제안했다고 하더라. 도대체 왜 눈치도 못 채고 있었던 거야!"

"아녜요. 뭔가 오해가 있었던 걸 거예요……."

"오해는 무슨! 방금 통화한 사람한테서 들은 얘기라 믿을 만해."

"그게…… 누군데요?"

"……."

화정은 입술을 지그시 깨물었다.

"은나기업 TF 팀 구성됐다더라. 합병 전문으로. 거기 담당자랑

통화했어."

이랑은 입 안이 이제는 쓰게 느껴졌다. 매운 음식이 가라앉자 통각이 사라지고, 이제는 씁쓸함만이 남아 있었다. 그 무엇도 믿고 싶지 않았다.

"그 자식, 애초에 은나기업 먹고 싶어서 너랑 결혼하겠다고 의도적으로 접근한 걸지도 몰라."

화정은 주먹을 쥐고 손가락 마디를 뚝뚝 끊으며 소리를 냈다. 당장이라도 가서 면상에 주먹이라도 박을 기세였다. 이랑은 도환을 향한 애정과 불신이 끓는점에서 위태롭게 온도가 변하고 있었다.

"유 회장님 돌아가신 지 얼마나 됐다고……. 아무리 배도환 그 자식이 은나기업 갖고 싶다고 했다 해도 그렇지. 그걸 팔아먹어? 천하에 빌어먹을 년들. 아오!"

경영을 연구하는 교수님들, 경영에 대한 사회를 탐구하는 연구원들에게는 은나기업은 탐구의 대상이기도 했고 연구의 대상일 때도 있었다. 아버지는 항상 신념을 가지고 은나기업을 경영했고, 힘든 역경이 올 때마다 타고난 사업력을 발휘해 기업의 이미지를 굳게 다지는 데에 혼신의 힘을 기울였다. 운이 따랐고, 그에 비해 재미있는 경영 신화의 이야기를 많이 가지고 있는 기업이 이토록 쉽게 어느 회사로 합병되는 것은 제게 있어서는 가슴을 칠 일이었다.

"선배……."

"응."

손가락을 잘근잘근 깨물며 화를 삭이던 화정은 자신의 인맥을 동원해 현재 사태가 어찌 된 것인지 최대한 알아보려는 노력을 보였다.

"집에⋯⋯. 가 봐야 할 것 같아요."

"⋯⋯."

이랑의 창백해진 얼굴을 보며 화정은 결국 차를 출발시켰다. 얼마 가지 않아 이랑의 주차되어 있는 차 앞에 차가 멈췄다.

"너 오늘 운전할 컨디션 아닌 것 같다."

"⋯⋯할 수 있어요."

"아니. 내 말 들어. 너 지금 유령 같아. 창백해져서는 핏기가 하나도 없어."

이랑은 계속해서 잠잠한 휴대 전화를 들었다 내려놓기를 반복했다. 뉴스를 본 지 세 시간이나 지났음에도 불구하고 도환에게서도, 심지어 표 비서에게서도 연락 한 통 오지 않았다. 까마득하게 사기당한 기분이 들어 속에서는 화가 치밀어 올랐다가, 그가 제게는 말할 수 없는 사정이 있었을 거라 여겨 보기도 했다.

"대리 기사 불렀어."

"싫어요. 선배⋯⋯. 낯선 사람이 운전대 잡는 건 싫어요."

"⋯⋯어?"

이랑이 혼란스럽게 거부하며 고개를 가로젓자 곤란한 듯 얼굴을 찌푸리며 손바닥으로 이마를 짚는 화정이었다. 결국 머리를 굴리다가 집에서 대기하고 있던 상하 씨에게 연락해 학교로 오게 했고, 소식을 접한 그녀가 집에서 택시를 타고 학교까지 도착했다.

이랑은 자신의 차 뒷좌석에 앉아 한참이나 고요함에 묻혀 멍하니 캠퍼스를 바라봤다. 멀리서 화정과 상하가 앞다투어 벌어진 일에 관하여 이야기를 주고받는 모습이 보였다. 얼마 가지 않아

상하가 운전대를 잡고 말없이 차를 출발시켰고 이랑은 눈을 꼭 감고 기절하듯 잠에 빠져들었다.

　화정은 집에 도착하면 전화를 달라는 말을 마지막으로 걱정이 담긴 얼굴을 한 채 이랑의 차를 출발시켰다. 이랑은 잠시 눈을 감고 까무룩 기절하듯 깊은 심해에 빠져들었다가 정신이 든 기분이었다. 새빨간 노을이 도심을 집어삼킬 듯 타들어 가는 모습에 눈이 찌푸려졌다.

　"사모님⋯⋯."

　"많이 잠들어 있었나요⋯⋯?"

　"네. 중간에 열이 좀 나시는 것 같아서 약국 들렀어요. 집에 가면 주치의분 오실 예정이에요. 제가 전화드렸습니다."

　"괜찮은데⋯⋯."

　"지금 펄펄 끓어요."

　상하는 어쩐지 평소보다 차분하고 낮은 목소리 톤이 진료받는 걸 거부했다가는 혼을 내겠다는 투였다. 낯선 이의 손이 닿는 것조차도 예민해지는 시점이었지만 오후가 되자 그마저도 거부할 의욕이 들지 않았다.

　이랑은 다시금 손에 쥐어져 있던 휴대 전화를 들었다. 도환에게선 아직도 단 한 통의 연락이 없었다. 잠들어 있던 사이 내내 라디오에서 흐르는 뉴스를 귀담아듣고 있었던 건지 라디오 뉴스 앵커의 목소리가 작게 들어왔다. 상하는 이랑이 완벽하게 깨어난 걸 인지하고선, 이제는 채널을 아예 돌려버렸다. 붉게 타오르는 노을에 선곡된 클래식이 잔잔하게 흘렀다.

　"혹시⋯⋯. 연락받으신 거 없죠?"

"아까 집에서 출발하기 전 회사에서 연락받았습니다. 사모님께 메모를 전달해 달라고 했습니다."

"뭐였는데요?"

"당분간 집에 들르지 못하실 거라고요. 투표는 거의 80%가 대표님께 몰려 있어서 분위기는 거의 확정된 거나 다름없었다고 합니다. 그리고……."

"저희 아버지 회사에 대한 이야기는……. 없었나요?"

"네……."

"그렇군요……. 혹시 이야기를 비서님이 직접 전달하셨나요?"

"아뇨. 비서님이었다면 사모님께 직접 전달하지 않았을까요."

이랑은 말없이 창문을 바라봤다. 표 비서조차도 자신에게 연락해, 이렇다 할 소식을 전하지 않는 이유는 그들이 원하는 목적을 손에 쥐었기 때문이라는 사실이 머릿속에서 사라지지 않았다.

믿고 싶지 않았다. 그가 제게 보였던 다정함과, 날 선 눈빛들 사이에서 본능적으로 거짓됨은 없었다고 믿고 싶었다. 하지만 그렇다고 판단하기엔 자신은 사회생활을 해 본 적이 없고 심지어 우물 안 개구리처럼 쇠창살에 갇혀 살았을 뿐 사람을 보는 안목 따위는 길러 본 적이 없었다. 그 무엇도 판단하기엔, 자신은 어리숙했고 그와 그 주변 사람들의 말을 빌려서 표현하자면 그저 '애'일 뿐이었다.

"도착했습니다. 올라가서 식사 준비할까요?"

"아니요……. 괜찮습니다."

상하는 창백해진 이랑을 데리고 집으로 들어섰다. 얼마 가지 않아 주치의가 집으로 들어섰고, 이랑의 체온을 재고 난 뒤 해열제

와 며칠 먹을 약을 처방해 사람을 시켜 가져다주고 사라졌다. 수액을 맞는 게 제일 빠르다고 권유했지만, 극구 거절하는 통에 바늘을 꽂지 못하고 돌아서야만 했다.

"식사하셔야 해요. 빈속에 약 드시면 안 돼요."

퍼석거리는 마른 입술에 물컵을 가져다 댔다. 밤 8시를 넘기는 시각 유리창 너머로 유난히 도심이 반짝거렸다. 그가 대표로 공포된 것에 대한 축제가 열리고 있는 착각마저 들었다.

'넌 사랑받는 아내인 척, 나는 애처가인 척.'

눈을 꾹 감았다. 눈시울이 뜨겁게 달아오르는 것 같아 고통스러웠다.

"욱……."

이랑은 점심에 먹은 것들이 소화가 되지 않고 있었다는 걸 그제야 인지했다. 화장실로 뛰어가 모든 것을 게워 내자, 고른 메뉴의 여파로 목이 찢어질 듯 고통스러웠다. 완벽하게 엉망진창인 하루였다.

* * *

다음 날이 되어도, 한 여사님도 이랑의 본가와도 연락이 닿지 않았다. 직접 찾아 나서려 했지만 아직까지는 움직이는 데 무리가 있다며 극구 말리는 상하의 표정에 어쩔 수 없이 다시 침대로 향해야만 했다. 죽을 들고 들어온 상하가 옆에 내려놓고선 연신 뉴스만 보고 있는 이랑의 폰을 빼앗았다.

"사모님."

"……아무래도 본가에 가 봐야 할 것 같아요. 아무도 제 연락을 받지 않아요. 심지어……."

"대표님도 지금 연락이 닿지 않죠. 눈코 뜰 새 없이 바쁘시대요. 아침에 경영 팀 직원 편으로 이거 보내셨어요. 6시쯤 도착한 거라 잠에 빠져 있으셔서 지금 말해요."

이랑은 어떤 메모, 혹은 지금 이 상황에 대한 오해를 풀어 줄 만한 해명이 담긴 자료 따위를 생각했지만 네모난 상자 위로 리본이 매달려 있는 것에 동공이 흔들렸다.

"이, 이게……."

"대표님이 보내신 거래요. 열어 보세요."

이랑은 머뭇거렸다. 이 안에 무엇이 들어 있든 지금 상황에서는 그의 얼굴을 보고 제게 제대로 된 이야기를 해 주지 않는 이상 그 무엇도 혼란스러운 자신의 머리를 정리해 주지 못할 것 같아서였다.

상하는 조용히 곁을 지키다가 선뜻 상자를 바라보기만 할 뿐 열지 못하는 이랑을 두고 방을 나갔다. 이랑 역시 몸을 일으켜 방을 나왔다. 비틀거리는 걸음으로 걸어 자신의 공부방 문을 열자 아침 햇살이 드는 게 보였다. 멍하게 바라보다가, 던져진 가방을 고요한 눈으로 응시했다. 얼마 지나지 않아 이랑의 방에서 나온 인기척에 상하가 몸을 기울였고, 발견한 끝에 달려왔다.

"어딜 가세요, 사모님!"

"수업 있어요."

현관문 앞에서 스니커즈를 구겨 신던 이랑의 갈라진 음성이 울렸다.

"지금 이 몸으로 어딜 가세요!"

"이튿날이에요. 어차피 아무도 저한테 연락을 안 주는데, 전 제가 해야 할 일을 해야죠. 그게 지금으로선 최선이에요."

"⋯⋯사, 사모님."

상하는 안절부절못했다.

"차 키 주세요."

"네?"

이랑이 손을 뻗었다.

아무래도 지하철을 타고 비틀거리며 몸을 혹사시키는 것보다는 차라리 차를 끌고 편하게 이동하는 게 낫다는 생각이었다. 상하는 결국 어제 거실 한편에 놓았던 차 키를 가져와 이랑에게 내밀었다.

"그럼, 제가 학교까지 모셔다드릴게요."

"부탁이 있어요."

"네?"

"집에서 지켜 줘요."

"⋯⋯그게 무슨 소리세요."

"제가 잠시 착각하고 지냈던 게 있었어요. 부탁할게요. 집에서 오는 연락이나 소식은 상하 씨가 대신 받아 줘요. 필요한 심부름이 있다고 제게 연락 오면, 전달해 줄게요. 어차피 그럴 일도 없을 것 같지만."

"사모님⋯⋯!"

"다녀올게요."

현관문이 무겁게 닫혔다. 이랑은 들끓는 열을 고스란히 몸에 담고 주차장으로 내려갔다.

운전석에 앉자 그제야 몸에 분산되어 있던 열기가 머리로 쏠려 순간 핑 도는 기분이 들었다. 호기롭게 운전대를 잡았지만 이대로 학교까지 무사히 도착할 수 있을지도 미지수였다.

차에 시동을 걸었다. 뜨끈한 이마를 식히고 싶어 창문을 열고 운전대를 잡고 나니 어느 정도 정신이 드는 기분이 들었다. 속도를 내지는 못해도, 시원한 바람이 이마를 쓸자 한껏 기분이 나아지는 것 같기도 했다. 도환이 보낸 상자에는 어쩌면 '제 나이 또래' 친구들이 좋아할 법한 선물이 들어 있을 거라 짐작했다. 그런 것들로 위로하고 정립하며 지금 상황에 대하여 받았을 충격과 상처, 혹은 입장에 대하여 타협하게 만들고 정리하려고 하는 것이 아닌가에 대한 쪽으로 생각이 치우치자 다시금 눈가가 시큰해졌다. 아닐 거라고 왜 끝까지 믿고 있는 건지. 화가 났다. 핸들을 쥔 손이 하얘질 정도로 힘이 들어갔다.

수업 시간에 빠듯하게 도착할 즈음 이랑은 학생들이 서둘러 수업이 있는 건물로 뛰어 들어가고 있는 걸 발견했다. 운 좋게 주차 구역에 한 자리 있는 걸 발견하고 간신히 넣고 난 뒤 이랑은 거울로 눈가를 살폈다. 그사이 휴대 전화에는 단체 그룹 방 문자가 도착해 있었다. 어제 번호를 주고받은 학과 동기들이었다. 단출하지만 세 명에서 담그고 있는 방은 어쩐지 새 학기를 맞은 탓에 활기를 띠고 있었지만 자신에게 닥친 일을 그들에게 하소연할 수 없는 현실도 감당해 내야 하는 현실이었다.

건물 안으로 들어서서 강의실까지 들어가자, 두 사람이 손을 들어 이랑에게 자신들의 위치를 가리켰다.

"누나 왜 이제 왔어요."

"아……. 차가 밀려서."

"어, 언니 차 끌고 와요?"

상현, 지혜의 옆자리에 앉은 이랑은 호흡을 가라앉히며 전공 서적을 꺼냈다.

"응……."

"무슨 일……. 있어요?"

지혜가 고개를 숙이며 이랑의 눈을 마주치려 했다. 이랑은 놀란 눈으로 지혜를 바라보며, 입을 벙긋거렸다.

"아……. 아니. 왜?"

"눈이 발개서요. 여기……도 퉁퉁 부어 있는데?"

지혜의 조심스러운 말에 상현은 고개를 돌려 지혜처럼 고개를 앞으로 쭉 내밀고 이랑을 바라봤다.

"혹시……. 실연인가요. 새 학기부터 너무하다."

"단정 짓지 말자구."

지혜가 손을 저으며 짜게 식은 눈으로 상현을 바라봤다.

"여자가 예쁜데 뭘들 아쉬워요? 누나 너무 그러지 마세요."

"고, 고마워요."

"에잉? 언니 뭐예요. 갑자기 존댓말."

지혜가 킥킥거리며 웃었다. 이랑도 황당한 마음에 결국 작게 웃음을 터트렸다. 우왕좌왕하는 자신이 남들이 보기엔 이해가 가지 않을 거라고도 여겼다.

"저기……. 이따가 점심 먹을 거지?"

"네. 우리 오늘은 오후도 겹쳐서 점심 같이 먹자고 했었잖아요.

에이, 금세 잊은 거예요?"

"아니. 내가 쏠 테니까 맛있는 거 먹으러 가자고."

와우. 상현이 들어서는 교수님을 보면서 환호성은 지르지 못한 채 손뼉만 치는 것으로 대신했다.

상현의 박수 소리에 교수님의 시선이 세 사람에게 집중됐다. 서둘러 전공 서적을 펼치고 이랑은 볼펜을 눌러 잡념을 떨쳐 버리려 노력했다.

은연중에 본능적으로 알 수 있었다. 최대한 복잡하게 혹은 많은 사람과 대화에 섞이면서 자신을 옭아매고 있는 것들에게서 벗어날 수 있다는 걸. 이랑은 볼펜을 쥔 손에 힘이 들어갔다. 최대한 눈에 힘을 주고 잡념을 떨치려 노력했다. 이미 울타리에서 방류된 지 오래된 자신이라는 걸 잊어서는 안 된다고 다짐했다.

* * *

"누나 즉석 떡볶이 어때요?"

상현이 물었다. 지혜가 남자에게 있어서 소울 푸드는 돈가스 아니냐며 한 소리를 흘렸지만, 그는 이상하게도 돈가스는 기름져서 소화가 잘 안 된다는 신체적인 결함에 대하여 이유를 대며 메뉴를 선정했다.

"난 좋아. 근데 더 나은 메뉴 없어?"

"네?"

지혜가 호기심을 담은 눈으로 이랑을 바라봤다.

"음……. 근처에 레스토랑이라든지."

"에이, 그래 봤자 뷔페일걸요. 그냥 즉석 떡볶이 먹으러 가요."

지혜는 어색하게 웃으며 이랑의 팔을 잡아끌었다.

사실 지갑에 잘 꽂혀 있는 그의 카드로 이것저것 비싼 음식을 긁어 재낄 심산이었는데, 그도 글렀다 싶은 생각에 김이 팍 새어 버리는 순간이었다. 세 사람은 두 시간 반이나 되는 공강을 어떻게 하면 잘 때울 수 있는가에 대한 진중한 토론을 나누며 떡볶이 집으로 들어섰다.

"와, 역시 점심시간이라……."

마침 한 자리가 남았다며 앳돼 보이는 남자 아르바이트생이 안내했다. 자리에 착석하고 상현은 자연스럽게 메뉴를 주문한 뒤 일어나서 음료를 가져왔다.

"근데 누나는 왜 휴학하신 거예요?"

"응?"

"원래 저희보다 한 학년 위였던 거 맞죠? 저희는 졸업한 줄 알았어요."

"응. 맞아, 맞아."

지혜가 단무지를 씹으며 고개를 끄덕였다.

"그냥, 뭐……. 개인적인 사정이 좀 있었어."

"그죠. 다들 4학년까지 스트레이트로 졸업하기가 힘들죠. 요즘 경기가 여간 어려운 게 아니니까."

이랑은 지혜를 따라 단무지를 입에 넣고 씹었다. 더 이상의 덧붙일 말이 없어서였다.

"아, 나는 졸업하고 취직은 고사하고 군대나 가야 할 것 같은데."

“네 동기는 죄다 군대 갔다 와서 이제 복학하던데. 넌 뭐냐.”

“군대? 아직 안 다녀왔어?”

“네. 사정이 좀…….”

상현이 비죽 웃으며 말을 아꼈다.

세 사람이 앉은 테이블 위로 즉석 떡볶이가 올라왔다. 바로 조리되어 나온 게 아니라서 그런지, 이제 막 재료가 담겨 있는 얇은 냄비 안을 보자 허기가 몰려왔다.

“근데 아까 수업 내내 식은땀 흘리는 것 같던데 괜찮아요?”

식사하기 전 다시 오르는 열 때문에 해열제를 꺼내 입에 머금는 이랑을 비죽 바라보던 지혜가 물었다.

“응. 몸살 기운이 조금 있었는데. 목이 따끔하고 열 오르는 것 외에는 괜찮아.”

“음……. 수업 끝나고 곧장 집으로 들어가세요. 도서관 전전하지 마시고요.”

이랑은 타인의 걱정이 어색해 어물거리며 딱히 대답을 찾지 못했다. 그 모습을 바라보던 상현은 부글부글 끓어오르는 냄비가 넘친다며 호들갑을 떨었다.

“전 2학기부터 교수님 추천서 받아서 인턴 돌까 해요. 이력서부터 추천서까지 죄다 받아서 장전해 가지고 싹 돌리고 있는데, 녹록지가 않아요.”

“목표는?”

상현은 쫄면을 길게 늘어뜨려 쪽쪽 빨아 먹으며 지혜를 향해 물었다.

“뭐 우리 다 뻔하지 않아? 제일 되면 좋은 게 하상 그룹이지.”

"……켁."

이랑은 당황스러움에 기침을 했다. 그렇게 맛있냐며 상현이 웃었고, 지혜가 물컵을 이랑에게 넘겼다.

"야, 너무 진부하지 않냐."

상현이 국자로 마주 앉은 여자들에게 즉석 떡볶이를 나누어 떠 주고 난 뒤 자신의 접시에 덜어 냈다.

"진부하긴, 거기만 들어갈 수 있으면 사실 그 밑으로 후보 안 정해도 되고 얼마나 좋아. 인턴만 해도 도대체 경쟁률이 몇이야……."

"그건 그래……."

"상현아. 갑자기 그렇게 시무룩해지면, 어쩌자는 거야? 나 힘내라고 좀 반전적인 얘기 해 줄 수 있지 않아?"

"너무 현실적이고 사실이라 딱히 할 말이 없어서 그래."

이랑은 젓가락으로 빨간 떡을 옆으로 헤집다가 문득 입을 열었다.

"상현이 말대로 어쩌면 그 생각 진부할 수도 있어. 지혜야."

"언니도 진짜 그렇게 생각해요? 그러고 나서 애처럼 시무룩해지면, 저 진짜 기운 안 난단 말이에요."

이랑은 빙긋 웃으며 고개를 흔들었다. 그치만 어쩐지 그들의 시선을 마주할 자신이 없어 계속 그릇에 고개를 박고 식사를 하는 척하며 말했다.

"꼭 굳이 거기 아니더라도, 괜찮은 회사들 많아. 너무 여기저기 장악하고 있다 보니까……. 안정적이라고 생각하는데 사실 그것도 아니다? 거기 들어가면 오히려 일이 더 많고, 안정적이지 못해……."

"그런가……. 하긴, 다 명함에 자기 이름 새기고 싶어서 가는 거긴 하죠."

지혜는 은연중 떠오른 생각에 검지를 치켜들고 말했다.

"아! 맞아. 야근에, 특근에, 졸업한 선배들 인턴 생활하다가 수액 맞으러 응급실 가는 건 기본이고, 마지막에는 도수 치료도 받으러 가는 거 봤어."

"으……."

이랑은 고개를 끄덕였다.

"그러고 보니까 어제도 그렇고 오늘도 그렇고 뉴스에서 종일 떠들던데, 하상 그룹 대표 이사 다른 사람으로 바뀐 거. 다들 알죠? 경영권 계승이니 어쩌니. 엄청 기사가 자극적이던데요?"

"……."

이랑은 입에 물고 있다가 삼키던 와중에 떡이 목에 걸린 기분에 주먹을 쥐고 목 언저리를 탁탁 쳐 내렸다.

"그러게. 맞어. 근데 그 와중에 내가 대표가 된 김에 첫 선물 터트려 줄게! 하면서 합병을 딱!"

"근데 은나기업……."

두 사람의 내용이 서서히 귀에서 멀어졌다. 이랑은 서둘러 허겁지겁 음식을 먹는 시늉을 하며 젓가락을 바쁘게 움직였다. 두 사람은 연신 어제 터져 나왔던 기사에 대하여 논평을 주고받더니, 경제, 사회 등등 전공자들다운 면모를 과시하며 대화를 마무리했다.

이랑은 밥값을 계산하며 둘을 데리고 식당을 나섰다. 그다음에는 카페로 들어섰는데 그것까지도 계산해 버리자, 두 사람은 극구 거절하며 현금을 꺼내 들었다.

"아니에요, 이건 각자 계산해요."

"괜찮아. 진짜."

"우아, 누나 혹시 그 말로만 듣던 금수저예요?"

학과 점퍼에 손을 푹 꽂아 넣은 상현은 이제야 호기심 서린 눈을 하고 이랑을 바라봤다.

"으이구, 이 멍충아. 너는 분식이랑 커피 석 잔 계산해 주면 다 금수저로 보이냐? 우리 과 선배들 졸업 전에 다들 주식이든 뭐든 재테크 잘 해서 용돈 잘 불려 대거든? 언니도 그런 거 맞죠?"

"어? 으응. 그런 거 맞아."

"아……."

머리 한 대 얻어맞은 상현은 입술을 삐죽이며 아픈 곳을 문질렀다.

커피 세 잔을 받아 든 세 사람은 나란히 빨대를 머금고 캠퍼스를 걸었다. 다음 수업까지 조금 거리가 있는 건물인데, 아무렴 걸어가는 게 어떻겠냐는 지혜의 권유에 두 사람도 선뜻 동의했다.

"다음 주면 벚꽃이 핀대요."

"그렇구나……."

봄 내음이 물씬 풍겨 왔다.

쌉쌀한 커피가 목을 타고 내려가자 무거운 머리가 조금 가벼워지는 기분이 들었다. 그가 언젠가 늦게까지 책을 펼쳐 앞다투어 봐야 할 시험에 몰두하느라 커피를 마시고 있는 이랑을 바라보며 했던 말이 떠올랐다. 너무 많이 카페인을 섭취하는 건 앞서 소비

해야 할 컨디션을 당겨쓰는 거나 마찬가지라고 잔소리를 했던 적
이 있었다.

"……."

"억. 언니 커피를 갑자기 원샷 하고 그러세요."

"으응. 짜게 먹었나 봐. 목이 타서."

단번에 원샷 한 이랑은 휴지통에 팍 하고 커피를 던져 버린 뒤
성큼하며 건물 안으로 들어섰다.

수업이 끝나고 나면 애매한 오후라 일찍 집으로 돌아가면 그만
이지만, 절대 일찍 돌아갈 생각이 없었다. 비루하지만 그나마 있
는 연락 목록에서 화정을 찾았다. 다행히 연락이 닿은 그녀는 수
업이 끝나고 학교 사무실에 들러 주길 원했다. 문자가 평소보다
두세 배로 반가워 바로 답장을 한 뒤 강의실에 자리를 잡았다.

이랑은 지혜와 함께 올 하반기에 인턴에 지원할 수 있는 기업들
에 대한 정보를 공유하며 수다를 이어 나갔다. 그러려면 어느 자
격증을 더 따야 하는지, 혹은 평소 유지하고 있었던 어학 시험을
더 올려야 하는지에 대해 진중하게 토론했다.

그사이 상현은 춘곤증이 자신을 결국 잡아먹었다며 엎드려 눈
을 감고 깊게 잠이 들어 버렸고 그런 그를 깨우다가 쉽게 포기한
지혜는 시작한 강의에 집중했다.

집에 찾아가 볼까 고민하다가도, 이미 출가외인인 사람 취급하
는 와중에 찾아간들 문전박대나 안 당하면 그만이라는 생각에
머리를 털었다. 한 여사님이 마지막 통화 이후로 연결이 되지 않
는 게 찜찜했지만, 조만간 다시 전화를 해 봐야겠다는 생각뿐 사
실 모든 것들이 그저 막막하고 제 손으로 할 수 없는 것뿐이었다.

"언니 진짜 남자 친구랑 헤어졌어요?"

"응?"

지혜가 고개는 교수님께 향하고선 나지막하게 물어 왔다.

"표정이 실연당했는데, 잊으려고 혹은 일상으로 돌아오려는 사람처럼 구는 것 같아서요."

"……그래?"

이랑은 씁쓸하게 웃어 보였다. 사실 자신에게 일상은 방 한편에 틀어박혀 책이나 보든지, 혹은 좋아하는 드라마나 찾아보는 게 전부였다. 어쩌면 낯선 일상에 최대한 빨리 적응하려 노력하고 있는 것이 티가 안 난다는 게 다행이었다.

"어색해 보이진 않아?"

이랑이 고개를 돌려 지혜를 바라봤다.

"뭐가요?"

"그냥……."

"아뇨. 전혀요. 그래 보이지 않아요. 전 사람 보는 눈이 되게 있는 편이거든요. 타고났어요. 진짜예요. 중학교 때였나? 꿈을 무작정 사업가로 정했는데, 그때부터였던 것 같아요."

이랑은 책 모서리에 그저 대중없이 선을 죽죽 그으며 지혜가 말하는 것들을 경청했다.

"언니는, 흡수하는 능력이 있어요. 그전에는 어떤 일상이었는지 모르겠지만, 분명 다른 환경에 있었다 해도 티 나지 않게 지금 아주 잘 적응하고 있다는 거예요."

"……그게 이별 같고?"

"뭐, 추측하자면 그거죠. 언닌 예쁘고, 음……. 상현이 말대로,

정말이지……. 물고 태어난 숟가락마저 탄탄한 거라면 지금 고민
이 이별밖에는 없지 싶어서."

지혜가 예쁘게 웃으며 다시 고개를 앞으로 돌렸다. 교수님은 따
듯한 볕을 받으며 열정적으로 강의를 했다. 숱이 없는 정수리에서
점점 땀이 맺히더니 번들거리기 시작했다.

* * *

"아……."

"괜찮으십니까?"

주주 총회 투표가 끝난 뒤, 곧장 제자리로 돌아와 일사천리로
일이 흡수되듯 흘러갔다. 그동안 탄탄하게 다져 놓았던 세력들은
기다렸다는 듯 잠에서 깨어난 야수처럼 모든 것들을 함께 먹어치
우는 것에 동참했다.

"회사 숙직실에 투자 많이 했습니다. 한 번쯤은 애용해 보시는
것도 나쁘지 않을 텐데요."

"대표직 입실하는 순간, 그것부터 없앨 거야."

표 비서가 소리 나지 않게 웃었다. 도환은 회사의 오래된 관습
을 좋아하지 않았다. 일했으면 집에 가서 잠을 자야지, 회사의 숙
직실이 웬 말이냐는 사상이 꽤 마음에 들었다. 표 비서가 차가운
맥주를 건네주자 도환이 반가운 듯 늘어트리고 있던 몸을 일으
켜 세웠다.

"이러다가 이랑이 말대로 알코올 중독자 되는 거 아닌지 몰라."

"가능성 있습니다. 이틀 동안 물보다 술을 더 입에 대신 것 같

습니다."

"축배라고 치자. 갠 지금 뭐 하고 있으려나."

표주훈은 벽에 걸린 시계를 보며 맥주 캔 따개를 뒤집고 쭉 들이켰다.

"학교 갈 준비 하겠죠."

"그럴까?"

"제가 본 유이랑 씨는 그럴 것 같습니다."

"하루아침에 벼락이 떨어진 거나 다름없을 텐데, 학교 가서 그 정신에 수업 내용이나 머릿속에 박히려나."

"그럴 겁니다."

"너 자꾸 대충 대답할래?"

"……."

표 비서는 아주 희미하게 미소를 머금다가 옆의 의자를 끌어와 배도환 대표의 맞은편에 앉았다. 그도 도환과 함께 회사에서 퇴근을 하지 못하고 2일째를 맞이했다. 미간을 쭈물거리며 다시 캔을 쭉 들이켠 뒤 그제야 한숨을 내쉬었다. 투표 결과가 나온 이후로 두 사람 역시 하나도 빠트리지 않고 달린 탓에 쓰러지기 일보 직전인 건 말 안 해도 뻔한 상황이었다.

"대표님 처음 만났을 때 기억납니다."

"뜬금없기는."

"머리 무거워서 떠난 배낭여행인데, 선뜻 같이 가 주셔서 감사했습니다."

"학연 지연이라는 게 이럴 때 써먹는 거지."

"순례길 걸을 때, 어느 날 하상 그룹에 대해서 신랄하게 까고 있는데 맞장구를 쳐 주신 건 좀 당한 게 아닌가 싶은데요."

도환의 피곤한 웃음소리가 나지막하게 울렸다.

"실연당해서 연약해 보이는 동기 살펴 준 것뿐이야."

"아, 맞다. 이거."

도환은 따로 긴밀하게 팀을 꾸려 움직이던 직원에게 부탁해 먼저 올라온 파일을 주훈에게 내밀었다. 투표 결과가 확정되자마자 인사이동부터 시작되던 차였다. 맥주 캔을 내려놓은 주훈은 그걸 받아 들고 펼쳤다. 두꺼운 파일 안을 펼치자, 인사이동에 담긴 내용을 이해한 얼굴이 당황스러움을 그대로 드러냈다.

"올라와. 거기서 그만 눌러앉아 있고."

"대표님."

인사를 확정 짓는 서류 안에는 또한, 경영 이사로 올라와 있는 표주훈의 이름 석 자가 정직하게 쓰여 있었다.

"내가 제일 먼저 갈아치워야 할 곳이잖아."

도환이 기지개를 켰다. 주훈은 복잡한 표정이 가득했지만, 입술만 달싹일 뿐 아무런 말도 내밀지 못했다.

"하여튼, 넌 그게 문제야. 감정 싣지 말고, 일하라고 내린 자리야. 그럼 일만 해. 감정 얹지 말고. 아, 그리고 확인됐나?"

도환의 질문에 표정을 깨트린 주훈은 탁자로 다가가 준비해 놓은 서류를 가져와 그에게 내밀었다. 빨간 실로 봉인된 노란 봉투는 회사에서 기밀로 쓰일 때 사용되는 상징이었다. 봉투 안을 열자 그간 둘째 형이 연구했던 기록지가 바래져 찢어진 것도 있고, 구김이 심해 알아보기 힘든 내용도 있었다.

도환은 멍하니 안의 내용을 빠르게 훑었다. 처음엔 믿을 수 없는 내용이라며 고개를 흔들 뿐이었다.

"말도 안 되지……."

"저도 처음엔 밑의 직원들한테서 은밀하게 들어온 이야기들이라 믿을 수 없는 마음이 컸습니다. 그래서 직접 발로 뛰는 수밖에 없었고, 그 안의 것들은 제가 모조리 취합한 것들입니다."

도환은 거칠게 집무실 책상 위로 서류를 던졌다. 흩어진 서류들은 엉망으로 흐트러지며 바닥으로 떨어졌다.

"애초에……. 둘째 형이, 은나기업과 비슷한 기술을 개발해 냈다는 거잖아. 그런데! 도대체 왜!"

"……."

"그리고 이건 뭐야. 사고?"

"예……."

주훈의 무겁게 내려앉은 목소리가 그만큼 힘겨움을 대변하는 듯했다. 회사 내에서 당시 배도여 이사의 개발과 그가 운영하는 연구 팀에 방해가 잦았다는 것이었다. 파벌 싸움에서 비롯되어 회사 내에서 이런 일들은 빈번했고 흔한 일이었다. 하지만 배도여 이사는 방해를 받아서는 안 되는 인물이었고, 이 사람을 방해하려면 그만큼의 막강한 힘을 가진 자여야만 했다.

"마지막 테스트에서 부품이 완벽하게 적용되는데도 불구하고 접으신 시점에 분명 배도여 이사님께 심경의 변화가 있었습니다."

"결국…… 개발했다는 걸 누군가한테 들켰구나."

"예……."

"큰형 짓이군."

"이후에 은나기업과 비슷한, 아니 어쩌면 훨씬 뛰어난 기술력으로 은나기업을 무너뜨릴지도 모른다는 생각에 망설였을 겁니다. 도여 형님이면 충분히 그러셨을 테니까요."

"……."

"큰형님에게 들킨 정황이 있습니다. 두 분이 늦은 밤에 개발 팀 복도에서 심하게 싸운 정황이 담긴 CCTV를 찾았습니다. 설득이 끝끝내 안 먹혀서 큰형님이 무작정 부품을 상용화시킨 겁니다."

도환은 마지막 서류에서, 가족사진 하나를 발견했다. 오래되고 빛이 바랬지만 이제는 까마득하게 잊혀 가는 어머니의 얼굴은 선명하게 유지된 사진이었다. 언젠가 형이 이 사진을 아끼고 있었던 것이 떠올랐다. 막 유치원에 올라가던 부잣집 도련님 둘과 모든 것에 자신감이 넘쳐 있는 초등학교에 입학한 큰형이 보였다.

표주훈은 모든 것들을 파헤쳐 내는 데 일조했지만, 결과적으로는 후련해 보이지 않았다. 제 선에서 보고하지 않고, 어쩌면 끝끝내 찾지 못하는 수수께끼인 것처럼 굴어도 될 일이었을지 몰랐다.

"……이만하면 됐다. 넌 들어가서 쉬어."

"집으로 모시겠습니다."

"내일 아침 일찍 출근해. 넌 내 가족사에 더는 끼어들지 마. 이쯤이면 됐어. 수고했다."

"……."

주훈은 말을 덧붙이지 않고 인사를 고요하게 건넨 뒤 집무실을 빠져나갔다.

도환은 무겁게 닫힌 집무실 문소리를 끝으로 고요한 공간에 홀로 갇혔다. 주변에는 산더미 같은 서류들이 난무할 뿐이었다. 자리에서 일어나 창가로 다가가 평일과 다르게 바삐 돌아가는 도심을 바라봤다. 형은 분명 한쪽이 무너지는 걸 알기에 선택을 하지 못하고 고통 속에 잠식당하고 있었던 거였다. 욕심을 부리지 않던 그를 억지로 끌고 들어간 아버지 탓도 아니었다. 부품이 개발되고 나면, 은나기업이 속절없이 무너지고 말 거라는 것조차도 형은 이미 다 알고 있었다. 그 사이 자신은 무엇을 하고 있었던지, 해외에서 부잣집 도련님처럼 유유자적 놀며 따사로운 햇볕 아래에서 서핑이나 하고 있었다. 어쩌면 그를 죽음으로 내몬 건 모두였다.

도환은 휴대 전화를 꺼내 들었다. 그렇게 전화 한 통을 걸고 싶어 때를 기다렸다. 만 이틀 만이었다. 멀리서 들려오는 고요하고 무기력하게 내려간 음성이 속을 쓰라리게 했다.

"어디야."

- ……학교 가는 길이요.

"옷 좀 가져다줄래?"

- …….

"네가 할 일은 해야지. 지금은……. 아, 강의 들어가야겠구나."

- 오늘은 강의 두 개밖에 없어요. 몇 벌 챙길까요.

살며시 떨려 오는 여린 음성조차도 왼쪽 가슴을 간질거리게 만드는 현실이 지옥이었다. 도환은 설핏 미간을 구기며 한동안 대답을 하지 못했다.

"음……. 두어 벌 정도."

- 그럴게요.

간략하고 짧은 대답 끝으로 전화가 끊겼다. 축하한다는 말도, 혹은 전달된 선물에 대한 그 어떤 의견도 돌아오지 않는 무색한 전화가 야속하기만 했다. 잘했다고 칭찬받고 싶을 뿐이었는데. 도환은 아이처럼 시무룩함을 한동안 지워 내지 못했다.

* * *

어두운 복도를 걸었다. 도환은 대표직 사무실로 소지품들을 직원이 옮기는 사이, 잠시 도영의 집무실로 이동 중이었다.

긴긴 복도 끝에 비스듬히 열린 사이로 빛이 새어 나왔다. 형광등이 너무 차가워 그 안이 춥지 않냐고 언젠가 물은 적이 있었는데, 큰형은 오히려 자신을 미친 사람을 보듯 바라봤던 시선이 떠올랐다.

열린 문 틈 사이를 더 벌리고선 그 안으로 들어서자 이제는 슈트 차림이 아닌, 도영은 평상복 차림을 하고 있었다. 검은색 긴 목 폴라티에 카디건, 그리고 청바지를 입은 차림이 실로 오랜만이었다.

"……무슨 일이야?"

"축하한다는 얘기 듣고 싶은데."

"제 형제 목에 칼날을 겨눈 놈에게 내가 축하를 건네야 할 정도로 어리숙해 보여?"

"……."

도영은 매번 이런 식이었다. 둘째 형과 제가 큰형에 대한 좋은 일이 있을 때마다 박수를 보내면 그때마다 좋게 해석하지 않았다. 그런 도영에게 서운했지만, 이제 어른이 된 도환은 그 어릴 적의 어리숙함에 치를 떨었다.

"목에 칼을 겨눈 사람은 형이 먼저야."

"말조심해. 너희 둘은 그저……!"

도영은 화를 참지 못하고 정리하던 소지품을 집어 던졌다.

"그저…… 사업에 재능이 없었을 뿐이라고?"

"그래."

"그 결과가 이런 건가?"

굳게 다물린 도영의 턱이 도드라졌다. 이를 갈고 있는 게 분명했다.

"넌 아직도 도여가 그렇게 간 게 내 탓이라고 생각하나 본데. 그건 그 녀석이 약해 빠져서라는 거. 난 아직도 내 생각에 변함이 없어."

"그래……. 형 탓이 아니지. 둘째 형이 개발해 낸 부품을 허락도 없이 상용화시켜 버린 게 큰형의 죄겠지."

"……!"

"죄는 무슨……. 사업이 다 그런 거 아니겠어."

"너……."

"어차피 아버지는 병상에 계시고, 깨어나서 그 사실을 안다고 해도 별 의미 없게 들으실 텐데. 형이랑 어쩌면 똑같은 반응이실지도 몰라."

"감성팔이 좀 그만해라. 새끼야……. 모든 것들을 되돌리기에는 이미 그 녀석이 개발한 것이 뛰어났었어."

"그래도 가족이었잖아……. 둘째 형이 양심상 싫다고 형한테 애원이라도 한 것 같은데……. 조금이라도 편은 들어 주지. 그까짓 거 우리 쪽에서 개발 하나 안 한다고 한들, 큰 타격은 없었을 텐데 말이지……."

"이것저것 가릴 때가 아니었다고. 당시에 대표직 두고 아버지가 우리에게 어떤 짓을 저질렀어! 넌 해외에 나가서 들어올 생각도 안 하고! 오로지 나만 독식하려는 건 보기 싫어하시고! 그래서 사업에 '사' 자도 모르는 둘째 녀석 데려다가 목에 목줄 채워 놓은 게 나라는 이야기야?"

도영의 절규는 처참했지만, 도환에겐 그 또한 악어의 눈물이었다.

"은나기업이 개발한 부품과, 우리가 개발한 부품은 분명 달랐어. 우리 쪽에서 상용화하면 은나기업이 휘청일 거라는 둘째의 염려가 한심했을 뿐이라고."

"형……."

"사업이 다 그렇지, 누구 하나는 간판 내리는 게 이 바닥인데. 그까짓 병아리 새끼 하나 못 죽이니까 매번 아버지한테 들들 볶이기나 하고……."

"그래서, 형이 그걸 결국 둘째 형 몰래 상용화시켰지."

"그래! 젠장! 내가 그랬다. 하도 하는 짓거리가 한심해서. 내가 그 녀석 개발지 빼돌리고 연구 좀 방해하는 척 일 꾸려서! 일사천리로 상용화시켰어. 그게 왜. 뭐가!"

"그러고서 어떻게 됐는데."

날 선 목소리가 차분하게 도영의 집무실 안에 울렸다.

"지금……. 그래서……. 도여의 죽음이 결국 내 탓이라는 거야?"

"……아니라고 제발 변명이라도 해 봐. 그러니까."

도영은 참지 못해 악을 썼다. 결국 손에 쥐고 있던 소지품을 내던졌다.

소지품을 정리하고 있다는 이야기가 직접 이곳에 방문을 하게 한 이유였다. 도환은 극단적으로 물건을 내던지는 도영의 움직임에 별 반응을 보이지 않았다. 그저 유유히 걸어가 창가에 선 뒤, 늦은 밤 화려하게 빛나는 도심을 느리게 바라봤다.

"본가로 들어간다고……?"

"……."

"아버지 병상 옆에서 감성 팔이 하려는 건 오히려 형 같은데."

"배도환! 말조심해."

"……형."

"……."

"꼭 성공해."

"뭐?"

"형 말대로라면 말이야. 나든, 둘째 형이든, 성공하지 못한 감성 팔이 짓 좀 하려는가 본데……."

무기력한 얼굴이 오히려 도영을 더욱 주춤하게 했다.

"꼭 성공해서, 내가 앉아 있는 자리로 다시 올라와."

"하……."

"다시 끌어내려 줄게. 백 번이고 천 번이고 내려가는 기분이 어떤 건지 느끼게 해 줄게."

도영은 포기한 듯 자신의 집무실 의자에 털썩 앉아 몸을 돌렸다. 그런 그를 두고 도환은 사무실 문을 향해 걸어다가 다시 멈춰 선 뒤 그를 바라봤다.

"나는, 차마……. 형을 죽음으로까지는 내몰지 못할 것 같아서."

"……!"

자리에서 상체를 일으킨 도영의 표정에는 처절한 절규만 가득했다. 느리게 걸어왔던 어둑한 복도를 도환은 평소보다 무거운 발걸음으로 다시 빠져나왔다. 뒤늦게 복도를 따라 나온 도영이 그를 붙잡았다.

"하나만 묻자."

느리게 뒤돌자 집무실에서 새어 나오는 불빛에 형의 모습은 그저 까만 인영으로밖에는 보이지 않았다.

"짧게."

"은나기업. 그 딸. 유이랑. 너랑 갑자기 결혼한 거……. 은나기업 합병을 염두에 두고, 도여가 은나기업 때문에 한참 속 앓았던 거 알고 진짜 떠안은 거야? 그거……. 네 의도였냐고. 이렇게 만들 거 애초에! 하나부터 열까지 계획을 세워 놓고 한 거였냐고."

"……."

도환은 굳게 닫고 있던 입술을 마침내 열고 도영을 바라봤다.

"아니."

"뭐?"

"……아마. 둘째 형이. 그날 알려 줬나 봐."

"뭐라는 거야……. 미친 새끼."

역광으로 드리워진 모습에 도영의 얼굴은 보이지 않았지만, 어떤 표정으로 자신을 보고 있을지 잘 알고 있었다.

* * *

도환은 방전된 컨디션에 정신을 다잡기 위해 화장실에 들러 찬

물로 세수를 연거푸 했다. 그리곤 하상 그룹에서 주최하는 비공식 로터리 클럽에서 유이랑을 보았던 날을 회상했다.

대한민국의 유명한 기업 혹은 하상 그룹과 연이 닿은 기업들은 죄다 참석해야만 하는 특별한 날이었다.

"그날…… 왜…… 유독……."

이제는 모자란 잠 때문인지 두통이 밀려왔다. 지끈거리는 머리에 한 손으로 관자놀이를 꾹꾹 누르며 수건을 집었다.

"하……. 네가 눈에 띄었던 걸까. 수많은 사람 중에."

결혼을 한다고 미친놈처럼 삿대질을 하며 말했지만, 어쩌면 첫눈에 반했던 건 아닌지 스스로를 의심해야 하는 단계였다.

다잡은 정신이 어느 정도 선명해지자 깊은 한숨을 내쉬었다. 다시 집무실로 향하는 몸이 무거웠지만 서둘러 끝내야 했다. 그래야만 이번 주에는 집에 들어갈 수 있을 거라는 희망을 감히 품을 수 있었다.

집무실 밖의 파티션 사이사이 아직 퇴근 안 한 직원들의 머릿수가 제법 보였다.

"다들 퇴근 안 해요?"

"아, 대표님. 저……. 집무실 안에 사모님 와 계십니다."

"그래요. 알겠어요. 다들 동 트기 전에는 집에들 다녀와요."

직원들은 도환만큼 피곤함이 누적되어 있는 건 기본이었지만, 그럼에도 불구하고 퇴근을 미루는 이유를 알았다. 축제였다. 도환 밑에서 열심히 함께 달려온 사람들은 지금 축제 기간이나 다름이 없었다. 집무실 안으로 들어서자 익숙한 뒷모습이 창문 밖을 내다보고 있었다.

"가까이 가면 위험해."

도환의 피곤한 목소리가 쩍 하니 갈라져서는 울렸다. 이랑은 그의 목소리에 놀라 어깨를 움찔거리며 뒤를 돌았다. 통통 부어 있는 눈을 보고 한 번 미간이 찌푸려졌고, 벌겋게 충혈된 흰자가 마침내 도환의 표정을 굳게 만들어 버렸다. 가까이 다가와 그의 옷가지를 내미는 하얀 손을 표정 없는 얼굴로 바라봤다.

"여기……. 옷 가져왔어요. 그리고 축하해요……."

"……."

도환은 고개를 들어 자신의 눈을 마주치지 못하는 이랑을 바라봤다. 그사이 식사를 제대로 못 한 건지 수척한 얼굴에, 잔머리가 제멋대로 이마 라인을 덮고 있었다. 아마도 제 전화를 받고 다급하게 뛰어온 것 같았다.

"저 유리 벽 방탄 아니야. 가까이 가면 위험해."

"……네?"

엉뚱한 소리에 이랑이 그제야 고개를 들자, 도환과 시선이 맞부딪혔다.

"이제야 눈을 마주치네."

"……."

"축하한다는 얘기는 얼굴 보고 해야지. 안 그래?"

그러고선 가방을 받아 들어 긴 회의용 테이블에 아무렇게나 던져 놓고 커피 머신이 늘어져 있던 곳으로 걸어갔다.

"제, 제가 할게요……."

"됐어. 앉아."

순간 서슬 퍼런 목소리를 오랜만에 들어서인지 이랑은 섬뜩한 기분이 들었다. 서러움이 목 아래에서 왕왕 울리는 것 같았다.

그녀가 조용히 의자를 끌어당겨 회의용 탁자에 앉자, 얼마 가지 않아 따듯하게 데워 온 우유 한 잔이 그녀의 앞에 놓였다. 커피라고 생각했던 잔에 하얗고 김이 모락모락 올라오는 우유가 담겨 있자, 이랑은 그를 다시 바라봐야 했다.

도환은 어느새 그녀의 옆에 다리를 꼬고 앉았다. 그리고 넥타이를 한쪽 어깨로 올리고선 턱을 괴고 있었다.

"마셔."

"……."

"따듯할 때 마시는 게 좋은데. 식으면 비릿한 맛이 나거든."

이랑은 컵을 손에 쥐었다. 날씨가 따듯해져도 며칠 전부터 좋지 않은 컨디션 때문인지 자꾸만 손발이 차가워졌다. 그래서 컵에서 전해져 오는 온기가 반가웠다.

"아침에 쌀을 먹어서 머리가 잘 돌아갔던 건가? 주주 총회 투표가 있었던 날, 조금 애를 먹긴 했지만 머리가 아주 팍팍 잘 돌아가던데."

그날 일에 대한 언급이 그로부터 시작되자, 이랑의 표정이 순식간에 굳었다. 컵을 다시 탁자 위로 조용히 내려놓자, 도환은 한동안 표정 없는 얼굴을 했다.

"……."

"질문."

"네?"

"두 번은 대답 안 해."

도환은 괴고 있던 팔을 치우고, 몸을 틀어 의자를 뒤로 밀었다.

순식간에 기다란 다리가 탁자 위로 교차하여 올라왔다. 의자 위로 머리를 기댄 도환은 질문에 대한 응답을 할 생각이 있는 건지, 깊게 눈을 감았다. 이랑은 오랜 머뭇거림이 도움이 되지 않는다는 걸 잘 알고 있었다.

"처음에 기사가 났을 때, 그저 카더라 형식 따위의 기사라고 생각했어요. 은나기업과 하상 그룹과 관련된 기술, 아무튼 그런 것들 말이에요……. 배도환 이사님. 아니, 아니……. 대표님이 저를 기업 간에 골치 아팠던 문제를 조용히 무마시키려고 결혼을……. 하셨다고 생각하진 않는데……."

"했으면……?"

이랑은 놀란 표정으로 도환을 바라봤다. 여전히 나지막하게 눈을 감고 감정이 드러나지 않는 표정을 하고 있는 도환이 무서웠다.

"아니라고 말하면 믿을 거야?"

"……."

"벌써 여기 들어와 있을 때부터 네 표정은, 아니던데."

이상하게도 도환의 목소리가 적적하게 들려왔다.

"은나기업. 저랑 굳이 결혼 안 했어도, 합병 가능했을 텐데 후회하셨겠어요. 알고 보니 혼외 자식에 집에서는 박대당하는 자식이라. 오히려 뽑기를 잘못……."

"입."

도환이 몸을 퍼뜩 일으켜 세우고 이랑의 볼을 잡아 눌렀다. 순식간에 부풀려진 볼이 우스꽝스러웠지만, 이랑의 눈가에는 이미 눈물이 가득 고여 있었다.

"조심해."

도환은 살살 흔들다가 놓아주며 자리에서 일어나 가방을 집어 들었다. 옷을 갈아입으러 가려는 듯 보였다.

"언제부터였어요? 은나기업 먹어치우려고 했던 거. 언제부터 계획이 있었던 거예요? 정말……. 정말 저랑 결혼할 때부터 전부 계획에 있었던 거예요? 보기 좋은 구실 만들려고……. 그랬던 거예요?"

"……."

도환은 애처롭게 묻는 이랑의 모습이 밉지 않다는 게 제일 큰 문제라고 여겼다. 목덜미를 주물럭거리다가 소리 없이 한숨을 푹 내쉬었다. 오해를 풀어 준다 해도, 은나기업이 이미 쓰러져 가고 있었던 전조 증상에 대해서까지 설명하고 싶지 않아서였다.

"그래. 맞아. 그러니까 사람들 앞에서 더 잘해야 해. 넌 사랑받는 아내인 척. 나는 애처가인 척."

"대표님……."

"아아……. 맞다. 며칠만 회사에 더 있다 갈게. 조심히 들어가."

말을 끝으로 도환은 집무실 문을 닫고 옷을 갈아입는다는 핑계로 사라졌다.

9. 출발선

이런 식으로 사내 휴게 목적으로 마련된 숙직실에 들어오고 싶지 않았다. 옷을 갈아입으려면 자신의 집무실이면 되는 일이었는데, 이랑을 피해 집무실을 달아나는 꼴이 우스웠다.

그녀가 챙겨 온 가방이 이제야 무겁다는 게 느껴졌다. 안을 살펴보다 도환은 한동안 그 안에서 시선을 떼어 낼 수 없었다.

"하……. 도대체……. 이런 건 어떻게 가져올 생각을……."

간이침대에 풀썩 주저앉아 가방을 아무렇게나 바닥에 내려놨다. 비죽 고개를 내려 안에 담긴 것들을 바라봤다. 생소한 것들

사이로 은연중에 본 적이 있는 것들이 눈에 들어왔다. 이런 상황이 제게도 도래했다는 게 새롭게 다가왔다.

"배 즙이라……."

도환은 피곤하고 나른한 시선으로 한동안 투명한 껍질에 쌓여 있는 갈색 물을 바라봤다. 손 안에서 물결치는 것의 끄트머리를 조금 뜯어내고 쭉 한번에 들이켰다. 금세 빈껍데기만 남은 것을 바라보다가, 옆으로 놓인 작은 휴지통에 던졌다.

"영양갱, 홍삼 스틱……. 이건 또 뭐야."

부스럭거리는 정체 모를 지퍼 백을 들어 올렸다. 작고 네모난 도시락 통이 딸려 올라왔다. 허공에 들어 조심스럽게 돌려보다가 자신의 무릎에 내려놓고 뚜껑을 열었다. 고소하고 매콤한 냄새가 풍기는 걸 보고 설핏 웃음이 터졌다.

"또……."

웃음이 터진 그가 황당한 듯 고개를 숙이고 안의 내용물을 바라봤다.

"김치볶음밥……. 하……하하."

아마 상하가 있었더라면 제대로 된 음식을 챙겼을 텐데, 아니면 제대로 된 전문 업체의 고급 도시락을 주문하는 방법을 알려 줬을지도 몰랐다. 이랑은 아마도 그 큰 집에서 홀로 그에게 오기 위해 분주히 움직였던 것 같았다. 그 흔적이 고스란히 커다란 가방 안에 보였다.

도시락 뚜껑 위에는 딸기 모양의 캐릭터가 있었는데 사용감이 많아 보였다. 얼핏 지워진 걸 보아, 오래전 이랑이 사용했던 도시락이 아니었나 추측했다. 도환은 뚜껑 아래에 달려 있는 숟가락을 빼냈다. 그러자 큼직한 손바닥에 빨간 손잡이가 쥐어졌다. 모양새가 웃기긴 해도, 허기가 고개를 들고 있었다. 한 숟가락을 입에 넣고 턱을 움직였는데 생각보다 요기가 됐다.

입 안이 갈라지고 그간 잠을 자지 못한 피로함이 누적되어 속이 쓰라렸다. 손바닥에 쥐어진 귀여운 도시락 통에 담긴 볶음밥을 싹 다 먹어 치웠다. 대표직에 올라오면 당장 이 공간부터 없애 버리겠다고 호언장담했지만, 스스로가 이곳으로 도망 온 꼴이 우스웠다.

어두운 공간은 직원들이 잘 애용하지 않는 탓에 먼지 냄새가 퀴퀴하게 맡아졌다. 그런 2층짜리 간이침대에 몸을 욱여넣은 도환은 팔로 베개를 만들고 멍하니 막힌 곳을 바라봤다. 얼핏 어디선가 어두운 시야를 밝혀 주는 단조로운 빛이 눈앞에 어른거렸다. 어딘가 건물 사이에 자리 잡고 있는 네온사인 간판이었다.

"……."

벼랑 끝으로 내몰린 피곤함에 결국 눈을 감았다. 작은 체구가 처연한 표정으로 자신을 기다리고 있을 것만 같아 자연스럽게 미간이 구겨졌다.

* * *

이랑은 홀로 집으로 돌아오는 데 오래 걸렸다는 걸 깨달았다. 동이 트기 전 새벽이 도심 위로 자리 잡고 있는 걸 멍하니 바라봤다. 집무실 문을 닫고 나갈 때까지 도환을 잡지 못한 자신이 한심했다. 묻고 싶은 말이 머릿속을 뱅뱅 맴돌았지만 무엇을 먼저 물어야 할지도 정리하지 못했었다. 도환은 집무실로 돌아오지 않았다. 이랑은 곤란한 얼굴로 한동안 그곳을 벗어나지 않고 있었다. 그러나 그를 보좌하는 직원의 곤란한 표정을 보며 결국 집으로 돌아와야 했다.

꼬박 날을 새워 버린 탓에 머리가 지끈거렸다. 거실 소파에 앉아 동이 트는 걸 고요히 바라보다가 그제야 목이 타들어 가는 게 느껴졌다. 화장실로 먼저 들어가 후덥지근한 날씨 탓에 끈적해진 몸을 씻어 냈다. 학교에 갈 준비를 다 마친 뒤, 부엌으로 향해 목을 축였다. 제가 할 수 있는 일은 해야 한다는 무의식에서 비롯된 행동이었다.

상하가 평소보다 일찍 출근하는 소리가 들렸다. 개강 날짜에 맞춰 당분간 일찍 출근하고, 일찍 퇴근하는 것으로 최근 근무 시간을 조율했던 탓이었다.

"어머."

주방이 난장판인 걸 본 상하가 놀라 걸음을 멈췄다.

"어제, 급하게 대표님 회사에 다녀오느라고요."

"전화해 주시지 그랬어요……."

상하는 죄송하다는 말과 함께 서둘러 옷을 갈아입고 나와, 앞치마를 동여맸다. 난장판을 해놓은 걸 물끄러미 보던 이랑은 자신이 더 미안했다.

"음식도 직접 해서 담아 가셨어요?"

그녀가 프라이팬을 싱크대 볼에 넣고 물을 틀며 물었다.

"네……."

"어디에 담아 가셨어요? 찬합이랑 도시락 용기가 없었을 텐데요. 제발 필요한 거 있으시면 저한테 전화 좀 주세요. 사모님……."

"미안해요……."

"네? 아니……. 그런 말씀 하시면 제가 더 할 말이 없는데……."

"그렇게까지 생각할 건 아닌데, 아무래도 너무 난장판이네요. 나도 도울게요."

"아, 아뇨. 괜찮습니다. 혹시 잠도 못 주무셨어요?"

"……."

상하는 유독 이랑의 표정이 좋지 않아, 그제야 눈치를 봤다. 눈그늘은 물론이고 충혈된 눈이 어쩐지 심상치가 않은 분위기였다.

"어릴 때 사용하던 도시락 통이 마침 있었어요. 제 소지품 넣어 놨던 상자에서 찾았거든요."

"아……."

다급한 마음에 할 수 있는 걸 해본다는 게, 그만 자신이 가끔 애용했던 도시락 통까지 꺼내 와 음식을 담아 달려가 버렸던 거였다. 이제 와서 생각하자니 어이가 없었다. 다 지워진 딸기 그림과 빛이 바랜 옥색 플라스틱 용기였다. 돈을 주고도 사지 못할 유물 같았다.

결국 주방에서 밀려난 이랑은 덩그러니 소파에 앉아야 했다. 이제야 막 기상할 시간인데 밤을 꼴딱 새어 버린 탓에 눈이 뻐근했다. 일찍 집을 나설까 잠시 고민했지만 그마저도 관뒀다. 무기력함이 몸을 좀먹는 기분이 들어 발가락만 꼼지락거릴 뿐이었다.

"아침 차릴까요? 사모님?"

"아, 아니요. 생각이 없어요."

"……아침에 뭐라도 드셔야죠. 한창 공부하셔야 하는데……."

"글쎄요……."

"사실 제가 이제 와서 사모님 취향을 좀 알았지 뭐예요. 밥 차려 드릴게요. 샐러드나 빵, 시리얼보다는 나으실 거예요."

"오늘은. 오늘은 정말 괜찮아요."

이랑은 무거운 몸을 일으켰다. 상체를 숙이고 제게 말하고 있는 상하를 향해 아니라며 손을 흔들었다. 아무래도 집에서 나가야 만, 홀로 있을 수 있을 것 같았다.

"저 사실 아침에 누구 좀 만나서 같이 강의실 들어가기로 했거든요. 그래서 일찍 나가려던 참이었어요."

"어머, 그럼 잠시만요."

상하는 팬트리로 다급하게 뛰어가서 시리얼 바 몇 개를 가져와 이랑의 가방에 챙겨 넣었다.

"꼭꼭 씹어서 드시고, 가는 길에 차가운 커피는 드시지 마시구요……. 아셨죠?"

문득, 한 여사님이 보고 싶었다. 그날 이후로 연락이 닿지 않는 한 여사님는 제게도 어머니 같은 존재인데. 오늘날에는 왜 제게 이토록 냉정해졌는지 이해가 되지 않았다. 변함없이 내밀어 주던 그 온정이 하루아침에 돌변한 것에 대하여 이제는 화가 치밀어 올랐다.

"……그럴게요."

상하는 이랑의 혼란스러운 표정을 의아하게 바라봤다. 이랑의 얼굴엔 평소와 같지 않은 감정 기복이 표정에 고스란히 드러나 있었다. 상하는 걱정을 가득 얼굴에 담고 이랑을 배웅했다.

지하 주차장으로 내려가는 이랑의 발걸음이 무거웠다. 도착한 운전석에 앉았지만, 시동을 바로 걸지 못했다. 결국, 다리를 모아 끌어안은 채 퉁퉁 부은 눈을 무릎에 내리눌렀다.

모든 것들이 신기루처럼 사라지는 기분은, 처참하고 지옥 같았다. 휴대 전화를 들어 한 여사에게 전화를 걸었다. 이제는 아예 전화기도 꺼져 있는 안내 음에 이랑은 입술을 깨물었다.

"도대체 다들 왜 이러는 건데……."

아무리 아버지가 돌아가셨다 하더라도, 한 여사까지 제게 이런 적은 없었다. 친정으로 찾아가고 싶어도 어머니가 무서웠다. 어머니는 은나기업의 생산동이 다시금 활기를 띠게 만들려 하셨다. 하상 그룹이 은나기업과 직속 계약을 체결해 주길 바라는 부품 목록을 정리해 노골적으로 내밀기도 했다. 설마 그것들에 대한 일을 이행하지 않아 이 무시무시한 일을 벌인 것일까.

어머니가 회사를 배도환에게 고민도 하지 않고 팔아 치운 거라 믿고 싶었다. 하지만 세상은 그가 은나기업을 매각하기 위해 고군분투했던 거라고, 다들 그렇게 입을 모아 말을 하고 있었다.

눈시울이 뜨거워졌다. 은나기업은 어떤 회사로 매각되어 팔려가기엔 회사 이미지가 특출 났고 독특했다. 아버지가 기업에 눈독 들이는 자들의 유혹을 뿌리치기 위해 얼마나 고군분투했는지 이랑은 커 오면서 보아 왔기 때문에 알 수 있었다. 아무리 제가 배도환에게 특별한 감정이 있다고 해도 이건 사업이었다. 하상 그룹이 은나기업에 어떤 옷을 입힐지, 혹은 어떤 제품을 만들게 할지 모른다. 또다시 다른 곳으로 팔아넘길지도 모를 일이었다. 감정과 이성 사이에서 소용돌이치는 감정이 고통스러워 몸부림쳤다. 이랑은 젖은 볼을 닦고 뒤늦게 시동을 걸었다. 그럼에도 불구하고 이랑은 끝끝내 학교로 향해야 했다.

 돌아오지 않을 답장임에도 불구하고 한 여사에게 별일이 없는 건지에 대해 안부를 묻는 문자를 보냈다. 그렇지 않으면 주야장천 하루가 또 끝날 때까지 운전석에 앉아서 눈물을 짓다가 혼자서 가설만 내세울 것 같았다. 이제 와서 아버지가 일구어 낸 모든 것들이 왜 하상 그룹에게 넘어갔는지 누구를 탓한들, 가족들은 그렇게 말하는 저를 비웃을 뿐이라는 걸 잘 알고 있었다. 겁쟁이였다. 그런 시선이 두려웠다. 내면에 자리 잡은 어머니와 언니들을 향한 두려움이 크다는 걸 느꼈다. 찾아가는 것조차 감히 하지 못하고 있는 현실이었다.

* * *

"엥? 눈 무슨 일이람?"

상현이 옆자리에 가방을 내려놓았다. 미리 도착해 자리를 맡아 놓고 있던 이랑을 보고 던진 첫 인사말이었다.

"어…… 어제 슬픈 영화를……."

"아, 이거 참. 지혜 말이 진짜 맞나 보네."

"응?"

눈을 최대한 마주치지 않으려 노력했지만 은연중에 시선이 돌아갔다.

"아니, 실연의 아픔은 남자로 치유해야 한다니까요."

"그런 거 아니라니까……."

"아, 그럼 뭔데요."

"너희들은 진짜 이상하다. 사람 말 곧이곧대로 믿지도 않고."

"누나."

상현은 팔짱을 끼고 책상에 상체를 기댄 뒤 이랑에게 몸을 가까이 했다. 그리고 아주 신용 있어 뵈는 낮은 목소리로 말했다.

"사람이 진실로 말을 하는 거랑 말하고 싶지 않아서 둘러대는 거랑 얼굴에서 얼마나 티가 나는 줄 알아요?"

"……그런가."

"엥? 그런가는 무슨. 진짜예요. 애초에 자기한테 관심이 없는 사람한테나 둘러대야지. 지혜나 저나, 누나한테 잘 지내보자고 손 내밀었는데 그런 것도 눈치 못 챘겠느냐고요."

"개강한 지 얼마나 됐다고……. 언니를 마치 잘 아는 것처럼 말한다, 너?"

옆에서 가방을 퍽 내려놓으며 핀잔을 던진 지혜가 이랑을 가운데 두고 앉았다.

"왔어?"

상현은 입술을 삐죽거리고, 한 방 먹은 얼굴을 한 채 가방을 열어 책을 꺼내 들었다. 이랑은 노트북을 잠시 닫아 두고 지혜가 내민 유산균 음료 두 개를 받았다. 상현에게 하나를 전달하고 제 것으로 보이는 것의 은박 껍데기를 벗겨 냈다.

"어휴, 우리네 인생 곧 살얼음판인데 이거라도 먹고 버텨 보자고요."

꼴깍꼴깍 한번에 마신 상현은 세 사람에게 빈 유산균 통을 모아서는 버리고 돌아왔다.

"야, 너 맨날 이거 챙겨 오는 것도 일인데. 어디서 사 와? 편의점?"

"우리 엄마 아침마다 이거 배달하셔. 같이 강의 듣고 밥 친구 두 명 생겼다고 하니까 두 개씩 챙겨 주시네."

상현은 사뭇 놀란 표정이었다. 부모가 새벽에 배달 일을 하는 것에 대하여 스스럼없이 꺼내는 목소리가 당당했다. 이랑은 별생각 없이 고개를 끄덕였고, 상현은 여러 가지로 복잡해 보이는 표정이었다.

"왜?"

"멋있어서. 부럽기도 하고."

"……."

지혜는 책을 꺼내고 태블릿 PC에 작은 키보드를 연결했다.

오늘은 그룹 과제를 받아야 하는 날인데, 마침 멤버 구성도 잘 됐다며 입을 모았다. 오히려 여기저기 기웃거리지 않아도 되는 덕분에 세 사람은 마음이 가벼운 마음이었다.

"근데 언니 눈이 왜 그래?"

"어. 괜찮아."

"중간 생략하시겠다 이거지……."

지혜가 옅은 한숨을 푹 내쉬었다. 속을 콕 찌르는 말에 결국 살포시 웃음이 터졌다.

"얘기하고 싶지 않은 기분일 때가 있죠. 굳이 하라는 소리는 아니지만, 눈이 엄청 빨개요. 마치…… 만화 캐릭터에 나올 법한."

"그렇게 이상해?"

이랑은 가방을 뒤적여 작은 손거울을 하나 꺼내 자신의 눈가를 바라봤다. 생각했던 것보다 충혈이 심했다. 아마도 잠을 자지 못하고 꼴딱 밤을 새우고 온 탓이 한몫을 한 것 같았다. 교수님이 그 사이 등장하고 두 사람은 목소리를 죽였다. 그리고 세 사람은 점심 메뉴에 대해 심오하게 토론을 시작했다. 강의가 끝나고 난 뒤, 그룹 과제의 난이도가 미친 것 같다며 상현이 툴툴거렸다.

"아까 우리 강의실에서 나오기 전에, 각자 자료 조사할 것들 대충 봐도 네가 할 게 제일 없어 보였거든?"

그런데도 상현은 툴툴거림을 멈추지 않았다. 결국, 남자들의 소울 푸드에 양보해 주는 것으로 결정한 세 사람은 돈가스집으로 향했다.

"와, 이제 꽃 필 것 같아……."

어제와 너무 다르게 나뭇가지가 파릇해진 봉우리가 보였다. 지혜가 신기한 듯 가리키며 중얼거렸다.

"진짜 하루 이틀 사이에 활짝 피겠는데?"

"비 소식도 없고 딱 맞는데. 근데 우리는 어째 점점……."

세 사람의 한숨이 동시에 터졌다.

"이러지 맙시다. 안 그래도 뉴스에서는 우리나라 경제가 어느 한 기업으로 인해 더 좋아질 거라고 내심 기대하고 있는 것 같던데."

"어휴, 하여튼. 완전 공화국이라니까."

"아, 왜. 좋잖아……. 하상 그룹 다들 못 들어가서 난린데."

"넌 거기 가고 싶니?"

"넌 아니냐?"

툴툴거리는 두 사람의 이야기를 가만히 경청할 뿐 이랑은 끼어들지 않았다. 어젯밤까지만 해도 들락거렸던 그의 집무실이 현실감 없는 꿈속에서 다녀온 공간처럼 느껴졌다.

"언니는 목표로 둔 회사 있어요? 하반기 때 교수님들 추천서 받아서 인턴 돈다고 다들 눈에 불 켜고 있는데. 어떻게 하실 거예요?"

그사이 돈가스집 앞에 도착하자 상현이 번호표를 받아 온다며 가게 안으로 뛰어 들어갔다.

"글쎄……. 나는……."

"어학연수도 좋고, 다른 집안 좋은 친구들은 유학 가서 뭐라도 하나 연수받고 들어오는 추세인데 저는 그러지도 못하고……. 이러다가 좋은 대학 나와서 지방으로 내려가는 거 아닌가……. 겁도 나고 그래요. 그래서 아까 봉우리가 새파란 게, 더 약 오르는 거 있죠."

"반전은 있더라."

"네?"

지혜는 이랑의 피곤한 음성에 문득 고개를 돌렸다.

"좋은 결과든, 나쁜 결과든 예측할 수 없는 일들은 벌어지더라고. 일단 목표를 정해 놓고 준비는 하는 게 좋은 것 같아. 그래야만…… 무슨 일이 벌어져서 혼란스러운 와중에도 내가 가려던 길은 가게 되거든."

"……."

번호표를 받은 상현이 가게 문을 열고 나와 두 사람이 있는 곳으로 걸어왔다. 매장 안이 사람들로 득실거려서 어쩔 수 없이 메뉴도 통일시켰다며, 기다란 벤치에 털썩 앉았다.

세 사람은 한동안 따스한 벤치에 앉아 볕을 받았다. 막연하게 이제 사회에 나가야 하는 갈림길에 서 있었다. 그 자체로도 각자가 가지고 있는 무게는 사뭇 다르다고 느꼈다.

* * *

"우와……."

"……."

식사를 마치고 난 뒤, 두 사람은 이랑의 차에 탑승했다. 이랑은 오후 수업이 없는 날이었고, 두 사람은 함께 강의 시간을 맞춰 놓은 탓이었다. 오후에 교양 수업을 들으러 학교 맨 끝에 있는 후미진 곳까지 걸어야 했다. 두 사람을 강의가 있는 건물 앞에 내려 준 뒤 집으로 가려던 계획이 문제였다.

"아니, 이런 외제 차를 끌고 다녀요? 학생이?"

"응?"

이랑은 뒷좌석에 탑승한 두 사람을 백미러로 바라봤다. 지혜는 어리둥절한 표정이었고, 상현은 여느 남자아이처럼 자동차만 보면 사족을 못 쓰는 흥미진진하고 고조된 얼굴이었다.

"거봐, 거보라니까! 금수저야, 금수저!"

"아우, 진짜 시끄럽네. 너 조용히 좀 해."

상현이 지혜를 팔을 툭 치자, 그녀가 상현에게 식은 눈을 하며 눈치를 줬다.

"아니, 누나도 진짜 희한하다. 아무리 뭐 돈을 굴려서 벌었다 해도 그렇지, 이런 외제 차를 어떻게 뽑아요. 그리고 진짜 안 어울려! 와하하!"

"그, 그렇지? 내가 타고 싶어서 타게 된 차는 아니라서……."

"부모님이 타라고 선물해 준 거 맞죠?"

이랑은 쓰게 웃으며 벨트를 잡아끌어 고정하고, 조심스럽게 말했다.

"나…… 부모님 없어."

"……."

"……."

솔직하게 뱉은 말인데 순간 찾아온 적막에 당황스러웠다.

"엇. 아버지는 지병으로 돌아가셨고, 어머니는 나 어릴 적에 지병으로 돌아가셨어. 그리고 보니 두 분 다 지병이네? 하하…….."

이랑이 가볍게 말했지만 두 사람은 억지로 웃고 있었다.

"아……."

"아, 우리 내일 점심은 뭐 먹을까요? 이따가 단체 문자로 의논해요. 아, 그리고 언니. 과제 있잖아요. 그거 자료 조사해야 할 거 있는데, 잡다한 건 얘 시켜 버릴까요?"

"으, 응."

"아, 뭐야. 왜 난데!"

지혜가 뜬금없이 고개를 돌리며 상현을 툭 쳤다. 그러자 상현은 과제 준비를 위해 조사해야 할 자료들이 생각났는지 몸을 앞으로 당겼다.

"음, 일단 제가 인터넷 검색 자격증을 따 놓은 게 있어요."

"그런 것도 있어?"

지혜가 심드렁한 눈으로 바라보자, 그가 으스대며 대답했다.

"어, 초딩 때 따 놓은 건데. 우리 엄마가 엄청 자랑스러워하셨지."

"어이구. 대단하시네."

걸어가면 20분이나 걸릴 거리를 5분 만에 도착하자 두 사람은 감탄했다. 분명 배도 불러서 이 날씨에 육수 질질 흘리며 걸었을 거라고, 고맙다는 말을 잊지 않았다.

두 사람은 이랑을 배웅하려 했지만, 먼저 들어가라는 이랑의 인사에 어색해하며 등을 돌리고 건물 안으로 들어섰다. 이랑은 차 핸들에 박힌 엠블럼을 물끄러미 바라봤다. 그가 던져 놓은 차가 또래의 학생들에게는 어울리지 않는 거라는 사실을 잠시 잊고 있었다.

"아……."

누군가가 제가 끄는, 아니 그가 제공해 준 차에 탑승할 거라고 상상해 본 적이 없어서였다. 상현과 지혜가 그나마 하루의 반나절을 옆에서 조잘거려 주는 것이 그나마 다행이었다. 한동안 머리 아픈 생각에서 잠시나마 빠져나왔었다. 자신에 대한 의미심장한 것들을 캐묻지 않아 주는 것에 고마웠다. 질문에 대하여 함부로 대답하지 못하는 자신을 이해하는 지혜의 빠른 눈치의 덕을 본 것이다. 묘하게 저를 닮은 성향도 있어 보였다. 진취적이고 당돌한 건 전혀 달랐지만.

집으로 돌아가려 핸들을 돌리는 사이 상하에게 전화가 왔다. 핸들에 연결된 버튼으로 연결하자 그녀의 목소리가 차 안을 울렸다.

– 사모님, 오늘 일정 많으세요?

"아뇨. 오늘은 오후 수업이 없어서. 점심은 먹었어요. 이제 집으로 가려던 참이에요."

– 아아, 그렇구나. 대표님 집에 들렀다 가셨는데……. 조금 전에

말도 없이 나가셨어요.

"……."

– 아무래도, 급하게 잠시 들르셨나 봐요. 식사도 하지 않고 두 시간 정도 잘 거니까 깨우지 말라고 하셨거든요. 정확하게 아무것도 안 하고, 잠깐 눈만 붙이고 가셨어요.

"그래요. 알겠어요……."

– 점심은 뭐 드셨어요? 자극적인 거 많이 드시면 안 되는데……. 저녁 일찍 준비할까요?

걱정스러운 상하의 목소리가 무슨 의미를 담고 있는지 잘 알았다. 이랑은 그래서 더욱 쾌활하게 대답했다.

* * *

이틀째 되던 밤에 그가 집으로 다시 돌아왔다. 그날은 오후 늦게까지 강의 일정이 꽉 들어차 있었다. 저녁을 지혜와, 상현과 먹게 될 것 같아 상하에게 일찍 퇴근하라며 연락을 보냈던 게 문제였다. 그들과 저녁을 먹고 집으로 돌아왔을 땐 밤 9시가 얼추 넘어간 시간이었다.

얼마간 보이지 않았던 남자의 구두가 흐트러져 있었다. 상하가 있었더라면 불시에든 정리를 했을 거였다. 그녀가 없는 사이에 그가 집으로 돌아온 게 분명했다.

이랑은 연락 없이 들른 그에게 놀라 다급하게 신발을 벗고 현관을 지나쳤다. 하지만 어둑하게 조명이 내려간 집은 이상하게 인기척이 들리지 않았다. 거실에 최소의 조명만 켜져 있는 걸 보아, 그가 집에 있는 건 분명했다. 그가 집에서 집무실 용도로 이용하는 방의 문을 밀어 열었다. 이곳도 물론 조명은 켜져 있지 않았지만, 그가 화면을 열어 둔 노트북은 책상 위에서 빛을 발하고 있었다. 다시 거실로 나와 주방으로 고개를 돌렸을 때였다. 식탁 위로 켜진 작은 조명 아래로 시선이 갔다.

"······."

인스턴트 컵라면과, 상하가 항상 여분으로 냉장고에 넣어 두었던 샐러드 그릇이 놓여 있었다. 가까이 다가가자 컵라면은 싹 비워져 있었지만 샐러드는 휘적이다가 만 모양새였다. 남은 건 침실뿐이라는 생각에 발소리를 죽이고 반쯤 닫혀 있는 문을 밀어 열었다. 도환이 제대로 옷조차 갈아입지 못하고 침대에 엎어져 있었다.

이랑은 너른 등이 고른 숨에 오르락내리락하는 모습을 한참 동안 바라봤다. 깊게 잠든 그를 깨우지도 못한 채 이랑은 자신의 방으로 돌아와야 했다.

가방을 내려놓고 단체 문자함에 들어갔다. 이미 집에 도착한 두 사람은, 과제를 위한 자료 수집을 주제로 토론이 한창이었다. 이랑은 그들에게 집에 막 도착했음을 보고했다. 노트북을 열어 놓고 대충 옷을 갈아입으러 방으로 들어가는 걸 머뭇거리다가 포기했다.

복도 맨 끝에 딸린 화장실로 걸음을 향했다. 며칠 동안 화가 응축된 듯한 연락을 해 오던 화정은 이제 조금 잠잠해져 있었다. 하상 그룹에 대한 소식이 뜸해지기 시작하자, 어느덧 화도 누그러진 것으로 보였다.

과제 자료 취합은 그녀가 제일 어려운 걸 뽑아 버려 골머리를 앓기 직전이었다. 거기다 집에 와 있는 그와 불시에 맞닥뜨려 버리자 앞서 자신이 해야 할 일들을 잘 정리해 둔 머릿속이 다시 백지화되어 버렸다. 단체 문자함에 실시간으로 이야기가 누적되어 가는 걸 멍하니 바라봤다. 이랑은 결국 책상 앞에 팔을 모아 고개를 파묻어 버렸다.

"……."

머리를 털고 다시 고개를 들자 흐릿한 시야에 열어 두었던 모니터가 들어왔다. 과제에 도움 될 만한 서적을 챙겨 온 게 떠올라 가방에서 꺼내 들었다. 한둘씩 모은 자료들이 단체 문자함에 올라왔다. 늦은 시각 대화의 빈도수마저 뜸해지기 시작했다.

이랑은 집중해서 자료를 취합하고 도움 될 만한 것들에 밑줄을 쳐 내려갔다. 휴대 전화로 찍어 스캔하는 걸 마지막으로 고개를 들자, 시계바늘이 벌써 12시를 가리키고 있었다. 그간 뒤척이며 편하게 잠을 자지 못했던 탓인지 하품이 쩍쩍 터졌다. 유료로 결제해서 받을 수 있는 논문까지 싹 취합했다. 그런데도 이상하게 겉핥는 기분이 들었다.

[교수님 점수 그렇게 짜게 주는 사람 아니니까, 너무 걱정하지 말아요. 언니, 자료 취합하는 데 너무 시간 빼앗기지 말자고요.]

늦은 시간까지 단체 대화방에 취합된 자료를 드문드문 업데이트하는 이랑을 발견했는지, 지혜가 한마디를 던졌다. 늦은 밤 본인도 잠자리에 들지 않고 아직 책이든 과제든 붙잡고 있는 거면서. 남에게는 느슨하게 하라는 말이 어쩐지 귀엽게도 얄미웠다.

학교에 다니면서 그룹 과제를 안 해 본 것도 아니었다. 그렇다고 학교에서 아웃사이더로 자처해서 지낸 것도 아니었는데 딱히 그렇다 할 만한 절친이 없었다. 어쩐지 4학년이 되어서 보니 낯이 익은 사람들이 없다는 게 의아했다. 아마도 제가 다니는 대학의 특수성을 고려하자면, 유학이 대부분일 거였다. 상현과 지혜가 어쩌면 조금은 유별난 아이들일 거라 여겼다. 저를 포함해서 말이다. 저처럼 어설프게 1년을 휴학하는 학생은 거의 드물었다. 그래서 아마도 지혜와 상현은 자신을 알아본 게 아닌가 싶었다. 어쨌든 제게 다가와 준 두 사람에게 고마울 뿐이었다.

[아직 안 자?]

[내일은, 아니 이제 오늘이네요. 12시 넘었으니까. 오전에 강의 없는 날이라, 엄마 배달 도와 드리러 따라 나가려고요.]

이랑은 사사로운 이야기를 마무리로 그녀와 대화를 종료했다. 엎드려 저릿한 머리를 한 손으로 꾹꾹 눌렀다.

상현은 올 하반기에 인턴에 합격하지 못하면, 학과 사무실에서 모집하는 인원에 이력서를 내 볼까 한다고 말한 적이 있었다. 각자 가야 할 길에 고군분투하는 그들이 어쩐지 부러웠다.

취업, 혹은 인턴에는 지원할 수 있을까. 불시에 얼굴이 팔릴지도 모른다, 아니 교수님들 중에 제 존재에 대하여 이미 알고 있는 사람들도 꽤 많다고 화정을 통해 언뜻 들은 적이 있었다.

이런저런 것들을 통해 취합해 보자면, 어쨌든 졸업하고 나면 대학원 정도까지가 사회에서 돌아다니는 건 끝일지도 모른다는 거였다. 정말 그가 첫 만남에서 했던 경고대로, 사랑받는 아내인 척. 예쁘게 웃으며 평생 살아야 할지도 모르는 막연함에 갇힌 기분이었다.

비스듬히 뜬 시야에 도환이 주주 총회 투표에서 승리를 거둔 날 제게 전달되어 온 선물 상자가 들어왔다.

"……."

열어 보진 않았지만, 안의 내용물이 딱히 궁금하지 않아 반대로 고개를 돌려 버렸다. 따듯한 질감의 나뭇결이 볼을 짓누르는 느낌이 좋아 눈을 감았다. 그나마 이 와중에 유일하게 자신을 위로하는 기분이었다. 한참 동안 눈을 감고 귀를 기울이다가 거실 한편에서 들려오는 인기척에 무거운 눈꺼풀을 떴다. 그리고 본능적으로 몸을 일으켜 세웠다. 문을 열고 거실로 향하자 도환이 물 한 잔을 손에 쥐고 걸어 나왔다.

"오랜만이네."

"……오셨어요."

"오늘만 귀가가 늦은 건가?"

"아뇨……."

"아니야? 그럼 자주라는 뜻인가? 그러면 곤란한데……. 비서라도 붙여야 하나."

도환은 별 대수롭지 않은 말투긴 했지만, 분명 속에는 뼈가 있었다.

"저녁을 먹고 들어왔어요."

"누구."

"대학 후배들이랑……."

"음……."

도환은 입술을 모으고 잠시 생각에 잠겼다. 어떤 생각을 하는지 표정 없는 얼굴은 도통 읽을 수가 없어 어려웠다.

"마지막 학년인데, 졸업 준비를 같이 할 것 같아요. 마침 겹치는 수업도 많아서요……. 도움받고 있고요."

"그렇군. 수고해."

"……."

도환은 지끈거리는 미간을 문지르며 이랑에게 고개를 끄덕였다. 그러고선 이랑을 스쳐 지나 곧장 집무실을 향해 저벅이며 걸어갔다. 이랑은 무심결에 뒤를 돌았다. 그가 집무실 문손잡이를 잡는 모습에 저절로 입술이 열렸다.

"그……."

짧은 단어인지, 소리인지 알 수 없는 불분명한 목소리에 도환은 움직이던 몸을 몇 초간 멈춰 세웠다. 이랑은 머릿속에 묻고 싶은 게 가득한데도 쉽게 입이 열리지 않았다. 그에게 물을 기회가 찾아왔음에도 불구하고, 무엇을 먼저 내뱉을지 정리도 하지 못했다. 왜 이토록 막연한 두려움이 그를 향해 자리 잡고 있는 걸까.

천천히 몸을 돌린 도환이 이랑의 시선을 바라봤다.

"묻고 싶은 게 가득한 무거운 얼굴인데."

"……."

도환은 미세하게 인상을 썼다.

"어쩌면, 그 질문에 대답해야 하는 나도 무거운 얼굴인 건가?"

"……왜요?"

"넌, 질문을 정리 못 한 혼란스러운 눈이고. 나는 대답을 준비 못 해서 서로가 멍청하게 어물쩍거리는 중인 것 같은데."

이랑은 퍼석하게 마른입 때문인지 구역질이 나오기 일보 직전이었다. 간신히 마른 입술을 지그시 물어 핏물이라도 고이게 해서는, 입 안을 침으로 적셨다.

"물어도 돼요?"

"네가 원하는 답이 아니면, 상처받지 않을 자신 있나?"

"……."

"나 믿을 수 있냐고."

순간 절대 설명하지 못할 만큼의 저릿한 감각이 왼쪽 가슴에 찾아왔다. 결국, 자연스럽게 고개가 발치로 떨어졌다. 급작스럽게 눈가에 고인 눈물을 그에게 보여서는 절대 안 될 것 같아서였다.

고개 숙인 이랑의 모습에, 도환은 뒤돌아 다시 집무실로 들어서려 했다. 여린 몸이 떨리듯 목이 꽉 막혀 간신히 뱉어 내는 이랑의 말이 들려왔다.

"좋아해서요……."

믿을 수 없는 눈이 다시 그녀에게 돌아왔다.

"……뭐?"

"좋아해서요."

이 현실 감각 없는 상황에서 딱히 서둘러 빠져나가고 싶은 생각은 없었다. 도환은 바지 주머니에 손을 꽂아 넣고 비스듬히 문에 몸을 기댔다.

"좋아해서요."

이랑은 손등으로 눈물을 훔치고 다시 고개를 들었다. 집무실에서 새어 나오는 불빛이 그를 등지고, 도환의 얼굴을 더 이상 볼 수 없게 만들었다. 그래서 더욱 절실한 마음에 말이 정리도 되지 않은 채 무자비하게 튀어 나갔다.

"많이 좋아하나 봐요. 그래서……. 그래서. 내가 존경하고, 그토록 보고 싶었던 아버지가. 소중하게 일궈 낸 회사가 하루아침에 넘어갔음에도, 불구하고……. 저는, 왜……. 왜 이러는 거예요? 왜. 그 쉬운 질문 하나 대표님한테 못 하는 건데요? 지금. 뭐가……. 뭔지 모르겠다고요."

이기적인 질문이 튀어 나가려던 찰나에 살아남은 이성이 바로 잡았다. 왜 제게 왔던 온기가 그새 멈춘 거였냐고. 왜 우리가 하루아침에 온기 없는 일상으로 돌아가 버린 거냐고.

도환은 손가락을 들어, 불어 터진 입술의 거칠함을 매만졌다.

"너에게 속죄하는 중이고, 나에게 벌을 주는 중이라고 치자."

튀어 나가지 않은 질문에 대한 답이었다.

도환은 뒤돌아 집무실로 들어갔다. 이랑 역시 자신의 공간으로 들어갔다. 그렇게 두 사람은 각자 개인적인 자신들의 공간에서 나오지 않았다.

* * *

이랑은 눈만 잠시 감았다 뜬다는 게, 누군가 조심스럽게 흔드는 손길에 눈을 떴다.

"으음……."

"사모님, 침대에 가서 주무세요."

이랑은 한동안 굳어 있던 몸을 힘겹게 일으켜 세웠다. 이미 해는 중천이었다. 마침 금요일은 강의 스케줄이 빠듯하게 있지 않았다. 아침부터 일찍 나가지 않아도 되어 알람이 울리지 않았던 탓에 그대로 기절했던 것 같았다.

"아침 드실 시간인데 한참 방에서 안 나와서 침실 갔더니 거기도 없으셔서 깜짝 놀랐어요."

"아, 그랬어요? 집에……. 저 혼자인가요?"

"네? 네……."

"어제 늦게까지 과제 한다고 깜빡 졸았더니, 여기서 잠이 들어버렸어요."

상하는 웃으며 고개를 끄덕였다. 집안일을 도와주는 직원들은 집주인들의 분위기를 기민하게 살폈다. 이랑은 관습처럼 이어진 그들의 행동들을 이해했다.

얼마 전부터 상하는 부쩍 걱정을 많이 했다. 도환이 옷을 갈아입고 새벽에 나간다든지 혹은 오늘처럼 들어왔는지도 모를 정도로 잠시 쪽잠만 자고 다시 나가는 사실에 걱정하고 있었다. 그런다 해도, 그들의 삶에 큰 무리는 없을 테지만 상하는 잘 알고 있었다. 이랑은 이 세계의 사람들과는 조금 다른 특이성을 띠고 있다는 것을. 그래서인지 친근하게 굴면서도 사뭇 제 동생처럼 걱정과 노파심에 던지는 사사로운 잔소리들이 많았다.

만약에 본가에서 상하가 그런 유의 잔소리를 던지는 걸 알았다면, 굉장히 혼이 날지도 모른다는 생각이 들었다. 은연중에 본가에서 높은 직원이 나와 이랑에게 상하에 대한 업무 능력을 물어올 때면, 제 안으로 숨길 때가 많았다. 이랑은 요즘은 제 안에서 끌어안고 잃고 싶지 않은 사람들이 한둘씩 늘어나고 있다는 사실이 괴로웠다.

도환이 새벽에 왔다 간 것이 마치 제가 만들어 낸 신기루가 아닌가 싶은 생각이 스쳤다. 그렇게 우울한 눈으로 거실을 훑었다. 그의 흔적은 보이지 않았다. 침실 역시 상하가 정리를 싹 해 둔 상태였다. 다만 주방 끄트머리에 그녀가 치우려 한 컵라면의 스티로폼이 분리수거를 위해 정리된 걸 보며 그가 새벽에 다녀간 것이 현실로 다가왔다.

"오늘은 금요일이니까 일찍 안 나가셔도 되죠? 천천히 식사하고, 여유 있게 뒹굴뒹굴하다가 나가는 건 어떠세요?"

"……그럴게요."

"마사지나, 쇼핑은 안 하세요? 사모님?"

"딱히……."

"제가 본가에 있을 때 큰 사모님들이 다니셨던 숍이 있거든요. 거기 예약하면, 아무래도 여기 집안 친인척 사모님들이 대대로 다니셨던 곳이라서 반길 텐데 예약해 드릴까요? 받고 나면 한껏 기분도 좋아지실 거고 머리도 개운해져서 공부하는 데도 도움 되지 않을까요?"

"……."

이랑은 제 앞에 하나둘씩 차려지는 반찬들을 묵묵히 바라봤다. 그녀가 늘어놓는 말들을 경청할 뿐 대답을 선뜻 내놓지 못했다.

"어? 벨소리……."

상하가 빠르게 이랑의 방으로 걸어가 이미 벨소리가 끊긴 휴대전화를 들고 나와 무색의 표정인 그녀에게 내밀었다. 이랑은 식은 눈으로 부재중 전화가 찍힌 화면을 바라봤다.

"어……?"

한 여사였다. 그간 한참이나 연락이 닿지 않았던 그녀에게서 불시에 온 연락은 죽은 눈에 불꽃이 튈 정도로 생기를 불어넣었다.

휴대 전화를 쥔 작은 손이 서서히 떨려 왔다. 온기 없는 배도환과의 관계보다는, 먼저 본가로부터 오는 수수께끼를 해결해야 하는게 순서라고 머릿속에서 빠르게 종이 울렸다.

이랑은 제일 가까이에 있는 문을 잡고 들어갔다. 닫힌 공간에서 전화를 다시 걸었지만, 끝에 돌아오는 건 음성 사서함으로 연결되는 안내였다. 손톱을 잘근잘근 물다가, 결국 방으로 뛰어가 차키를 집어 들고 현관으로 내달렸다.

"어머, 사모님!"

"저 잠시 나갔다 올게요."

이랑은 낮은 운동화를 구겨 신으며 대답했다. 한 여사가 전화를 걸었다는 건, 첫 번째로 그만큼 저와 통화를 해도 불편하지 않을 장소에 있다는 것. 또는 그동안 전화를 받지 못했다는 건 저를 보호하기 위함일지도 모른다는 직감이 들었다.

어려서부터 매번 이런 패턴의 반복이었다. 어릴 적 제 편을 들었다가 어머니에게 호되게 혼이 난 적이 종종 있었다. 어떤 날에는 제대로 화가 난 어머니가 한 여사를 지방으로 보내 버린 적도 있었다. 유기농 식품을 직접 선별해 오라는 명목에서였다.

"헉⋯⋯."

숨이 벅차오르기 시작했다. 지금 친정 본가로 달려가지 않으면, 어쩌면 앞으로 한 여사를 보지 못할지도 모른다는 절박함이 들었다. 엘리베이터가 맨 끝 층까지 도달하는 걸 기다리지 못해 중간 층까지 뛰어 내려갔다.

"어떻게 해야 하지⋯⋯."

울먹거림이 고요한 엘리베이터에서 울렸다. 이랑은 운전석에 앉자마자 다시 한 여사에게 전화를 걸며 핸들을 잡았다.

* * *

"열라고요!"

"여기서 이러시면 안 된다니까요."

낯선 직원이 대문 앞까지 나와 이랑을 막아 세웠다. 겉옷도 입지 않고 얇은 청바지에 스웨터 차림의 그녀는 마침내 얼굴이 창백해져 소리를 질렀다. 지나가던 정신 나간 대학생으로 보던 직원이, 나중에는 그녀가 유이랑이라는 걸 알아보고선 최대한 격식을 갖추며 문 앞을 가로막았다.

"여기 집 주인 바뀐 거 아니잖아요. 제 친정이라고요!"

"알아요, 아가씨. 그런데……."

직원이 뒤를 돌며 흘깃거렸다. 이랑은 대문 위로 설치되어 있는 카메라로 자신의 모든 것들을 보고 있을 어머니와 언니들에게 이제는 살의가 느껴졌다.

"한 여사님만 보고 갈게요."

"……."

이랑이 카메라를 보고 나지막하게 말했다. 얼마 지나지 않아 직원이 허리춤에 차고 있던 무전기에 신호가 울렸다. 그리고 평생 드나들며 자라 온 오래된 대문이 어렵게 열렸다.

화를 삭이며 집 안을 뛰어 들어갔다. 어머니와 언니들과 딱히 대화하고 싶진 않았다. 이왕 온 김에 머릿속을 답답하게 맴도는 것들에 대한 몇 가지를 확인해 볼 필요가 있겠다 싶어서였다.

여전히도 정리가 잘된 정원은, 그녀들이 제가 없는 시간에도 여전히 부를 누리며 잘살고 있다는 걸 여실히 보여 주고 있었다. 현관문을 제 팔로 힘껏 당겨 열고 그 안으로 들어섰다. 익숙한 세 모녀가 한참 전부터 응접실에 모여 앉아 있었던 듯, 찻잔이 놓여 있었다.

"너는, 연락도 없이 이게 무슨 예의니."

"제가, 제 본가 오겠다는데 누구 허락이 필요한 거예요?"

어머니는 찻잔을 입술에 가져다 대다가, 순간 굳은 표정으로 천천히 이랑을 바라봤다. 일생이 비 맞은 병아리 같았던 아이였다. 어머니의 한쪽 입꼬리가 비스듬히 올라가더니, 이제는 찻잔을 내려놓고 소파에 등을 기댔다.

"앉아."

"……싫어요. 한 여사님 어디 있어요?"

큰언니는 연신 큼직한 휴대 전화로 회사 메일함을 체크하는 모양새였다. 이랑에게 귀찮은 듯 중얼거렸다.

"앉아서 얘기해."

"아버지 회사는 왜 그렇게 과자 팔듯 팔아넘겼어요?"

이랑의 주먹이 꾹 쥐어졌다. 새하얘져서는 마침내 피도 통하지 않을 정도로 힘이 들어갔다.

"그럼, 애초에 내가 전해 준 서류 좀 빨리 그 사람한테 전달해 주지 그랬어. 그까짓 게 뭐라고……. 단독으로 발주만 해 줘도, 은나 기업 휘청거리는 건 바로잡지 않았겠니?"

"어머니……."

"그랬으면 회사를 매각하는 선택을 왜 했겠니."

"어머니!"

"소리 지르지 마라. 네가 하상 그룹 며느리로 들어간 건, 그저 지나가다가 5천 원짜리 로또에 당첨된 것이나 다름없다고…… 둘째가 말했다지?"

얼큰하게 낮술에 취해 비스듬하게 누워 있던 둘째 언니가 그제야 눈에 들어왔다.

"그래, 어쩌면 딱 맞지. 너한테 어울리는 자리. 복권. 비루하고 척박한 인생에 그런 행운 하나 없으면 어쩌겠나 싶었단다. 그래서 네 역할이라도 똑바로 하게끔 임무 하나 줬더니, 그것도 못 한 건 너야."

큰언니는 어머니의 빈정거림과 이랑의 거친 숨이 업무에 방해된다는 듯, 자리에서 일어났다. 구석진 곳으로 가서 연신 휴대 전화로 답장을 쓰는 것에 몰두했다.

"나는 네 아버지 밑에서 일한 게 십 수 년이었단다. 그러다가 무책임하게 자기는 지병이라는 핑계를 내세워서 가버리고, 나는 이리 혼자 두고……. 왜 나한테 뭐라고 하는 거니, 너는."

어머니가 자리에서 일어나 거실 한편으로 걸었다. 살랑거리는 실크 커튼을 가까이 바라봤다.

"아버지가, 은나기업 어떻게 세웠는지 어머니도 잘 아시잖아요."

옆으로 달려 있던 리모컨을 들어 버튼을 누르자, 자동으로 커튼이 걷히며 잘 가꿔진 정원이 한눈에 들어왔다.

"은나기업은. 네 아버지 혼자서만 세운 게 아니란다, 이랑아."

"……."

"이랑아. 나를 탓하고 싶니?"

"탓하고 싶은 게 아니라, 이유를 듣고 싶은 거예요! 도대체! 돈이 필요하셨어요? 충분히 있으시잖아요! 경영이 힘들면, 충분히……!"

사업 분야를 축소해서라도 운영하는 것에 무리를 두지 말았어야 했다. 공부한 대로 말하고 따지고 싶었지만 이랑은 자연스럽게 입이 다물어졌다. 그녀는 20년이 넘도록 실무를 보며 경험을 쌓은 사람이라는 것이 떠올랐기 때문이었다.

"나는 너의 아버지와 결혼을 해서 가정을 꾸린 부잣집 딸이었어. 고생이란 건 해 보지 못했고, 대학 졸업하고 사회생활 한번 해 보지 못한 채 네 아버지가 사업에 필요하다는 이유로……. 나는 그와 결혼할 수밖에 없었단다."

"……."

어머니가 뒤를 돌아 이랑의 눈과 마주쳤다.

"네 아버지가……. 밖에서 널 가졌을 거라고 상상 못 했던 나는 왜 불쌍하게 여기지 않는 건지……. 나는 누구를 탓해야 하는 거니."

"하……."

이랑의 볼 위로 결국 뜨거운 눈물이 타고 내렸다.

"죽은 네 아버지가 불쌍하니? 그럼, 남겨진 나는. 남겨진 너는! 내 딸들은! 넌 네 아비가 하늘에서 보살피기라도 하나 보구나. 세상에……. 하상 그룹이라니. 하……. 네게 가당키나 한 것인지……."

"어머……니……."

처음으로 어머니가 수척하게 말라 있다는 걸 느꼈다. 화장기가 없는 건 회사가 매각된 이후에 큰딸이 집에서 일을 보는 탓이었다. 모두가 집에서 휴일을 즐기고 있던 것 같았다.

"돌아가. 다시는 이곳에 발 들이지 마. 너와 유일하게 한 핏줄이었던 사람, 이제 여기 없어. 친정이라고 부를 이유 더 없다."

결국, 던진 질문에 돌아오는 대답은 없었다. 얻은 거라곤 남은 제 몸뚱이가 끝없이 추락하고 있다는 거였다.

가슴이 터질 것 같았다. 울분과, 화가 억눌린 마음은 누군가를 이해하는 마음에 터지지 못했다. 결국 스스로 또다시 그곳에서 도망치듯 빠져나오게 만들어 버렸다.

뒤돌아 현관문을 열고 뛰어나왔을 때, 한 여사도 까맣게 잊은 사실에 망연자실했다. 정원의 중간에 서서 멍하니 젖은 볼을 훔쳤다. 집 안에서는 다른 직원들이 숨죽이듯 나타나지 않았던 걸 보아, 아마 한 여사를 찾는다고 해도 모습을 쉽게 드러내 줄 것 같지 않았다.

볕이 따뜻하게 내리는 정원은 곧 녹음이 가득한 정원으로 가득 차오를 거였다. 이 집 안에 우환이라는 건 단 한 번도 없었다는 듯 푸르게 여름을 빛내고도 남을 정원이 그리울 것 같았다.

이상하게도 모든 것들을 죄다 망가뜨려 버리고 싶은 심리에 빠져들었다. 하지만 먼지만큼도 못 한 자존감이 바닥을 쳤다. 아무것도 할 수 없다는 현실에 놓여 있는 걸 깨닫는 순간 끔찍한 기분이 발목을 휘감았다. 젖은 볼이 쓰릴 정도로 쓸어 냈지만, 화끈거리기만 할 뿐 눈물은 마르지 않았다.

"거기, 서 봐."

"……."

이랑은 뒤에서 불현듯 들려오는 목소리에 놀라 몸을 돌렸다. 한쪽에 블루투스 이어폰을 끼고 왼손에는 휴대 전화를 쥔 큰언니가 서 있었다. 아버지가 돌아가시고 나서 회사의 수장으로 남아 있는 어머니조차도 이제는 수수한 얼굴로 집 안에 느긋하게 앉아 있는 와중이었다. 그렇지만 그녀는 어쩐지 아직까지도 무장을 하고 있는 느낌이 들었다.

"아버지 돌아가시고 난 후로부터 회사 일 전해 줄 사람이 없어서 잘 모르지?"

"전해 주시던, 한 여사님조차도 회사에 발 못들이게 딱 끊어 버린 게 큰언니랑 어머니세요."

"그래, 뭐. 맞다."

첫째 언니는 어릴 적부터 계산적이고 감정이 결여된 사람처럼 굴었다. 그런 그녀에게 온정을 기대해 본 적이 없었다. 어쩌면 망나니 취급에 꿔다 놓은 보릿자루 취급당해도 괜찮았다. 자신을 향한 오만 감정을 다 싣고 바라보는 둘째 언니에게 몇 번이고 더 시선이 갔다. 심리를 해석하기가 묘하리만치 어려웠다.

"우리도 지금 내부에서 구조 조정 중이라서 뭐 쉽게 말하자면 아예 관둔 게 아니라는 말이야."

"그게 무슨 말이에요?"

"한마디로, 나는 아직 이사직으로 남아 있을 수 있고. 어머니는 일선에서 물러나고 싶다고 딱 잘라 말씀하시긴 했지만 어쨌든 우리 집안사람 중 한 명은 회사에서 한자리 정도는 차지하고 있을 수 있다는 얘기지."

"그런다 해도 회사가 다른 그룹에게 넘어간 건 변함없는 사실이잖아요.”

　감정이 혼란스러워하는 것에 대하여 큰언니는 딱히 이해할 수 없는 표정이었다.

　“이건, 사업이야. 내가 타고 있는 배에 물이 새고 있으면, 내 목숨 구제해 줄 수 있는 큰 유람선에 갈아탈 줄도 알아야 해. 혹은 배를 팔아서 더 나은 주인이 내가 타고 다닌 배를 수리해서 가질 수 있게 하는 것도 어쩌면 이 세계가 돌아가는 순리지.”

　“저는 그런 딱딱한 세계 이해 못 해요.”

　이랑은 고개를 돌리며 이제 파릇해지려는 잔디밭에 시선을 받아 버렸다.

　“…….”

　큰언니는 손을 들어 자신의 왼쪽 귀에 꽂혔던 블루투스 이어폰을 빼 들었다. 휴대 전화도 뒷주머니에 꽂아 넣었다.

　“도대체 그 사람은 너랑 어떻게 결혼하게 된 거니?”

　“저도 그게 궁금해요!”

　버럭 소리를 지른 이랑의 모습에도 꿈쩍하지 않는 첫째 언니였다.

　“계산이었겠죠! 아니면 모의라도 하셨어요? 마침, 제가 미운 오리처럼 박혀 있으니까! 은나기업과 얽힌 불편한 일화를 마치 동화처럼 승화시키려면 저를 데리고 가라고 하신 거 아니냐고요!”

　“상상력도 참…….”

　이랑은 눈을 꾹 감았다. 줄줄 흐르는 눈물이 이제는 추할 정도였다. 그마저도 별 안쓰럽지 않다는 눈으로 바라보던 첫째 언니는 먼 곳 어딘가에 시선을 던져 버렸다.

"얼마 전에, 배도환 대표가 여기 직접 찾아왔었어."

"……네?"

불시에 고개가 들렸다.

"왜, 너도 알 거 아냐. 너 먹인다고 반찬 직접 받아 갔던 날."

불규칙적인 호흡이 불편할 정도로 가슴팍을 옥죄어 왔다. 이랑은 트인 곳에 자신이 서 있다는 걸 잊지 않기 위해 숨을 크게 쉬었다.

"그 터진 기사가 너무 자극적이라나. 그 김에 은나기업 보기 좋게 하상 그룹 안으로 들어오게 하는 게 좋겠다고 제안하더라고. 난 그때 회사에 있던 차였고, 급하게 소식을 듣고 집에 오는 길에 비서한테 보고받는데 기가 막히고 황당하더라?"

이랑은 어리둥절해하면서도 무슨 소리인지 하나도 놓치지 않고, 귀담아들으려는 눈이었다. 그렁그렁 눈물이 맺히다 못해 다시 툭툭 떨어져 잔디 위로 흩어졌다.

"네 말대로 치자면 그것도 맞는 말이지……."

"도대체 그게 무슨……!"

쓰린 얼굴을 드디어 다시 바라봐 주는 첫째의 얼굴에 묘한 감정의 동요가 일어났다.

"사실, 지금에서야 우리 은나기업에 누가 관심이나 두겠어……. 생각해 봐. 아버지는 그대로 가셨고, 일궈 놓은 사업체들도 다들 우리가 개발하는 모든 것들이 발전이 없다고 비평하며 하나둘씩 외면하는 와중에……."

"……."

"그 사람이 타산도 안 맞는 걸, 가져간다잖아."

"타산이 안 맞다뇨. 분명 제가 알기로는……. 저희한테는 그들이 개발하지 못한 특허 기술이……."

"몰랐구나."

"……."

"그……. 누구더라."

첫째 언니는 입에 잘 붙지 않는 이름을 기억하려 애쓰다가, 간신히 끄집어냈다. 동시에 이랑은 놀란 얼굴에 손이 올라가 자동으로 입을 막았다.

"배……도여?"

"그, 그 사람……."

"그래. 그 사람. 죽었다는 배도환 대표 둘째 형."

"은나기업이 도대체 왜 그 사람이랑 연관이 있는 건데요."

"그 둘째 형이 개발했던 기술이, 은나기업 무너뜨리기에 충분했었어."

"……뭐, 뭐라고요?"

"이, 내가 막 아버지, 어머니 따라서 회사에 들어가 일을 배우던 때였어. 어쩐지 그 당시에 출범하지 않고 우리에게 뜬금 자기들이 개발한 기술을 보여 주더라?"

"……."

"물론, 놀랐지. 혁신이었고 뛰어났으니까. 뜨뜻미지근하게 우리한테 와서 합병을 제안하더라고. 아버지는 자존심에 허락하지 않았어. 출범하라고, 도리어 소리치셨어."

"그, 그럴 리가요……."

그녀는 쓸쓸하게 웃으며 그때를 회상했다.

"그 이상의 것을 우리는 개발해 낼 거라고 했지만 본인도 스스로 겁이 났던 거지. 몸은 노후가 진행되고 머리조차도 젊고 똑똑한 인재들을 따라잡지 못하는 걸 느꼈으니까. 그래서 덜컥, 그렇게 갑자기 큰 병에 걸렸을지도 몰라."

"언니……."

믿을 수 없다는 듯 목소리가 흔들렸다. 이랑은 어디에 둬야 할지 모르는 시선을 이리저리 혼란스럽게 움직였다.

"그런데 아버지 병상에 눕고 얼마 안 있다가, 그게 그들이 만드는 제품들에 속속히 들어가며 상용되다 보니, 우리가 무너지는 데는 시간이 오래 걸리지 않았어. 그러고 나서 얼마 안 있다가 그 둘째 형이 죽었더라고."

"……."

"석연치가 않지. 거기서부터는 난 수수께끼가 풀리지 않아. 별로 풀고 싶은 생각도 없었고. 애초에 그들이 내민 손을 잡지 않은 아버지가 이제는 나이 들어 날카로운 사업성마저 잃었다고 생각했거든."

"거짓말하지 마세요……."

"그 사람이 어떻게 그날 밤. 불시에 너와 결혼을 결심하게 되었는지는 그에게 가서 물어봐. 그리고……."

절규하는 얼굴은 이미 젖은 채 첫째 언니를 바라볼 뿐 아무런 말도 내뱉지 못했다.

"나도 솔직히 묻고 싶더라. 은나기업 손해를 감수하면서까지 끌어안으려고 하는 이유가 뭐냐고. 그것도 한번 물어볼래? 반은 너 때문일 거라는 생각도 들어. 왜냐고? 그날 양손 무겁게 반찬 들고 가는, 뒷모습 보고 느꼈거든.”

“……그 사람들이 우리 기술을 베낀 거잖아요. 기사에도 그렇게 나 있고요. 사람들도 대부분 그렇게 알고 있어요. 증권가든, 어디든, 도는 소문은 다 그렇잖아요. 언니……. 솔직하게 말해 주세요…….”

그녀는 시크하게도 웃으며 단호하게 고개를 가로저었다.

“그 기술을 우리에게 브리핑하던 날, 내가 그 자리에 있었기 때문에 거짓말은 할 수 없어.”

“……하.”

“안 그래도 이것도 마저 말하려고 했는데, 얼마 전에 났던 기사 말이야. 뜬소문 가지고 써 내려가는 기사긴 한데 너무 노렸더라. 은나기업을 그의 등에 업은 앙큼한 여자애로, 다들 그렇게 인식하게끔. 잘도 썼던데.”

“……네?”

“이 와중에 합병 안 하면 오히려 넌 그 집안사람들한테, 혹은 기업인들 사이에서 본보기로 당했을지도 몰라. 우리 회사는 오늘쯤이면 부도 처리를 받았을지도 모르고.”

그녀는 무언가 골똘히 생각하는 듯 목소리를 낮추고 말을 쏟아 냈다.

“뭐, 아무튼. 나로서는 모든 것들이 잘 이해가 안 돼. 그가 은나기업을 인수한 건 내 입장에선 무리수였다고. 뭐 어머니 입장에서는 인생에서 올가미 같은 거였는데. 잘됐다 싶어서 후딱 판 거겠지만.”

“은나기업 간판 떼지 못하게 해 주는 대신, 그가 모든 걸 가져갔군요……."

그녀는 온기 없는 눈으로 이랑을 바라보다 이내 시큰둥하게 고개를 끄덕였다.

"조심히 가. 어머니 말대로 본가에는 웬만하면 돌아오지 마. 요즘 기력이 많이 없어서 너 두 번 봤다가는 나도 내 부모 지병으로 잃을까 봐 덜컥 겁난다."

말을 끝내자마자 그녀는 곧장 다시 휴대 전화를 들고 무선 이어폰을 한쪽에 꽂았다.

그녀가 회사에서 맡은 포지션조차도 이제는 모른다는 게 허탈할 정도였다. 아무리 두드려도 그들은 절대 제게 문을 열어 줄 생각이 없다는 것을 사소한 것들로부터 깨닫게 된 순간이었다.

이랑은 창백해진 얼굴을 쓸었다. 한여름 앞에 다가온 날씨임에도 불구하고 손끝 마디가 시려 와 도무지 참을 수 없었다. 손을 번갈아 쥐며 마지막으로 집을 빠져나왔다.

10. 회오리

집으로 돌아온 이랑을 기다리고 있는 건 상하와 표 비서였다.

"사모님⋯⋯."

불시에 뛰어나간 이랑이 걱정되어 상하가 아무리 연락을 해도 닿지 않자, 결국 표 비서에게 연락을 취한 듯한 모양새였다.

"이런 상황에 돌발 행동하시면 곤란합니다. 어딜 다녀오신 겁니까?"

"⋯⋯."

상하는 돌아온 이랑의 얼굴이 집에서 다급하게 뛰어나갈 때보다 더 좋지 않은 것을 보고 놀란 듯 그녀의 곁으로 다가왔다. 그러나 그저 부축만 할 뿐 단 한마디도 건네지 않았다.

"개인적으로 다녀올 곳이 있었어요……. 죄송합니다."

"학교는요."

"……."

결국, 결석이었다. 휴대 전화에는 지혜와 상현의 전화가 빗발쳤지만 이 정신머리로는 전화를 받는 게 어려웠다. 집으로 돌아오니 이미 밖은 어두컴컴하게 해가 져 있었다. 시간 감각도 사라진 지 오래였다.

상하의 부축을 받아 어지러움을 간신히 견뎌내고 소파에 몸을 내렸다. 어느덧 손안에 미지근한 머그잔이 감겨 왔다.

"천천히 들이켜세요."

고개를 들어 올리자 표 비서가 무덤덤한 얼굴로 서 있었다. 왜 자신 빼고는 이토록 모두가 괜찮은 것인지 괴로웠다. 표 비서가 상하에게 잠시 자리를 비켜 달라며 조심스럽게 요구하자, 그녀가 고개를 숙이고 얇은 카디건을 들고 사라졌다.

그제야 긴장이 풀린 듯 표 비서도 평소답지 않은 한숨을 푹 내쉬며 맞은편 소파에 앉았다. 그는 휴대 전화를 꺼내 들어 어디론가 전화를 걸었다. 얼핏 그가 잡은 휴대 전화기 너머로 가라앉은 목소리가 들리는 것 같기도 했다.

"집으로 오셨습니다. 네. 알겠습니다."

간단하게 보고를 끝낸 그는 전화기를 내려놓고 건조한 손을 비비면서 마른세수를 했다.

"죄송합니다."

"저한테 죄송할 필요는 없습니다. 대표님이 중국으로 어제 급하게 새벽 비행기를 타고 가셨다가 이제 막 한국에 도착한 참이었습니다. 휴대 전화가 잘 터지지 않는 지역이라 그 바람에 일이 조금 꼬였습니다……."

미지근한 컵을 손에 쥐고, 입가에 가져다 댔다. 퍼석하게 말라 있던 입술이 따갑고 쓰라렸다.

"두 시간 안으로 이랑 씨 이동 거리가 확인 안 되면, 대표님께 보고가 들어가야 하는 규칙이 있습니다. 나름대로 대표님 측근에서 일하는 직원들끼리 규칙이죠. 중국에서 잘 되지도 않는 휴대 전화 붙잡고, 걱정이 많으셨다는 것만 알아 두시면 됩니다."

"……죄송합니다."

"……."

표 비서는 입을 다물었다. 아까부터 이랑에게서 돌아오는 대답이 한 가지 외엔 없다는 걸 깨닫자 잠시 침묵을 지켰다.

"친정 본가에 다녀오셨습니까?"

"……이제, 오지 말라고 하더라고요."

"왜 가셨습니까?"

"못 갈 데가 아니잖아요. 제 아버지가 살던 곳이고……. 제가 자랐던 곳입니다……."

"환영받지 못하는 곳에 왜 그토록 미련을 버리지 못하고, 고개를 돌리지 못하냐고 여쭙는 겁니다."

이랑은 문득 고개를 들어 그를 바라봤다.

"제가 약자라서 그래요."

"약자라뇨."

"아버지의 체취가 남아 있는 그곳이 아직 그리워서, 좋아서. 그래서 못 놓는 거니까요. 알아요. 가족이라고 표현하기에는 제가 그 집안에서 많이 미움받고 자랐다는 것도. 알면서 외면하는 것도 유일하게 잘하는 재주이자 특기였어요."

"……"

"근데, 이젠 아니에요."

손에 쥐고 있던 머그잔을 앞에 있던 탁자에 내려놓고 양손을 꽉 쥐었다. 정원에서 첫째 언니가 했던 말들은 모든 퍼즐을 맞춰 놓기에 충분했다. 자신을 미련으로부터 고개를 돌리게끔 도움을 준 것도 한몫했기 때문이었다.

"배도환 대표님은, 고인이 되신 유 회장님의 죽음에 대한 이유가 둘째 형님 탓이라고 여기고 있습니다. 정확하게 말하자면 둘째 형님이 개발하신 신부품 때문이라고 여기고 있죠."

"그 때문 아닌 거 알아요. 본의 아니게 들었어요. 듣고 오는 길이에요."

성대가 좁아지는 기분이 들었다. 목소리를 가다듬고 소리를 쥐어 짜내며 간신히 대답했다.

표 비서는 늘어지는 대답을 차분하게 들었다. 그녀가 본가에 들어가 첫째 딸을 만났다면 어느 정도까지의 이야기를 들었을지 대충 가늠이 되었다. 합병이 시작되고 나서부터, 그들에게 이랑과 최대한 접선을 하지 말아 달라고 요청한 것이 이 때문이었다. 모든 것들이 안정적으로 자리가 잡히고 난 뒤에, 그녀가 알아야만 혼란스럽지 않을 거라 여겼다. 그래서 모두가 동의한 방법이었다. 어차피 그녀들은 이랑과 접선을 잘 하지 않았다. 이랑도 친가에 함부로 잘 찾아가지 못하는 처지여서 더더욱 오늘같이 불시에 뛰어갈 거라고 예견하지 못했다.

"은나기업은, 어떻게 해서든 방법을 만들었을 것이고 분명 살아남았을 겁니다. 일전에도 제가 말씀드렸지만 살아 계실 적 유 회장님은 그러고도 충분히 남을 대단한 분이셨으니까요."

이랑은 쓰게 웃으며 표 비서의 말에 고개를 가로저었다.

"아니라고 생각하십니까?"

어쩌면 첫째 언니의 말이 정확하게 맞았는지도 모른다고 생각하면서도 한편으로는 아닐 거라고 의심했지만, 현실이 그랬다.

시대는 빠르게 격변하고 있었다. 아버지가 자신의 노후에 스스로 힘겨워하고 있었다는 건 저도 은연중에 알던 사실이었다. 항시 외로운 사람이었다. 누구에게 털어놓지 못했을 게 분명했다.

"병은 불시에 찾아왔고 그 누구도 예견하지 못했어요. 아버지가 심장에 무리가 가서 쓰러지던 날……. 그게 대대로 내려오던 가족력이었다는 것도 식구 중 아는 사람이 없었어요……."

"가족력이었다고요?"

"과다한 업무가 아니었어요. 일각에선 모두가 휘청이는 은나기업을 살리기 위해 고군분투하던 아버지가 스트레스와 과로로 병을 얻었다고 말했지만……. 아버지는 내려오는 가족력이 있었습니다. 그 와중에……. 신제품은 가당치도 않지요."

표 비서는 씁쓸한 표정을 지으며 고개를 숙였다.

"배도환 대표님이, 저를 보호하려고 하셨던 걸 알았어요. 전 그런 줄도 모르고……. 은나기업을 그저 보기 좋게 합병하기 위해 억지로 저와 결혼한 게 아니냐고, 반대로 질문을 던지기도 했었거든요."

"……대표님께선 뭐라고 하셨습니까?"

그가 쓰게 웃으며 다시 이랑을 바라봤다. 도환의 반응이 훤히 눈에 보인다는 얼굴이었지만, 딱히 입 밖으로 내비치진 않았다.

"전, 항상 그 사람 눈치를 봐요. 그건……. 제가 그만큼 많이 좋아한다는 뜻이겠죠."

"……."

표 비서는 당황스러운 표정이었다. 두 사람 사이는 필요에 의해 결혼한 사이라고 하기에는 묘한 기류가 있었다.

"제가 드릴 수 있는 이야기는……. 배도환 대표님은, 유이랑 씨를 보호하기 위한 조치를 하신 겁니다."

"……알아요. 그것도. 그리고 제가 바보가 아닌 이상. 엄청난 리스크를 감당하면서까지 은나기업을 인수한 건 여럿에게 손해를 끼칠 수 있다는 것도요."

"잘 아는군요. 맞습니다. 엄청난 위험을 감수하고, 높은 금액을 가치로 치면서까지 은나기업을 가지고 오려는 것엔 그만큼 이유가 있을 거라고 생각합니다. 저희는 그저 대표님 결정을 따랐을 뿐입니다."

"……내부에선, 큰 반대가 없었나요?"

"그럴 리가요. 반대가 있었습니다. 사업성에 대하여 장래가 밝지 않다는 이유로요. 하지만 배도환 대표님은 딱 5년 후를 이야기하면서 꼭 허락을 받아야 하는 중요한 임원 몇 분을 설득하셨습니다."

"……그렇군요."

"이해하신 것 같아서 다행입니다. 때가 되면 말씀드리려고 했습니다. 당연히 지금은 학생 신분이니 본업에 충실할 거라고 여겼지 이 일에 신경을 곤두세우고 있을 거라고 생각지도 못했습니다. 제불찰입니다. 그리고……. 아마도 직접 몸을 움직이게 만들어 버릴만큼, 감정이 아주 깊으셨나 봅니다."

이랑의 얼굴이 금세 붉어졌다.

"사업이라는 건, 감정은 배제해야 하죠. 미래에 내 손에 얼마만큼 황금을 쥐여 줄 수 있느냐에 대한 가치만 따져야 하니까요. 그렇다고 은나기업을 반대한 사람들 미워하지 마세요."

"아닌 거 아시잖아요."

어느새 울음기가 사라진 얼굴엔 뽀얀 피부만이 자리 잡고 있었다. 이랑은 더는 말을 하지 않고 그저 손톱 위로 일어난 거스름만 만지작거렸다. 표 비서는 문득 그녀가 이제 갓 20대 초반밖에 되지 않았다는 걸 떠올렸다.

"그만, 일어나 보겠습니다."

표 비서는 너무 회사를 오래 비웠다면서 자리에서 일어났다. 이랑은 그를 따라 일어나며 느린 걸음으로 배웅했다. 현관에서 그가 신발을 신으며 나가려던 차에 뒤를 돌아섰다. 이랑을 잠시 바라보다 다시 입을 열었다.

"화정이는……. 잘 지내나요?"

"……네."

아니라고 대답하고 싶었다. 이랑은 예고 없이 화정의 이름을 입에 담는 그가 얄미워 거짓말을 했다. 간결한 대답이었다. 그 대답으로 인해 그가 조금은 화정을 홀로 남겨 둔 시간에 대한 형벌을 받았으면 좋겠다고 생각했다. 그는 고개를 미세하게 끄덕인 뒤 현관문을 닫고 사라졌다.

이랑은 적막한 공간에 홀로 남자 벽에 기대 한참을 서 있었다. 기분이 엉망진창이라는 걸 깨달았다. 비척거리며 간신히 침실로 돌아가 얼굴을 파묻었다. 저 자신이 쓸모없고 못났다는 생각으로 무겁게 짓눌렸던 적이 언제인가 생각해 봤다. 이제는 얼굴도 잘 떠오르지 않는 어머니가 병상에 누워 있던 기억이 마지막이었다. 낯선 아버지 손을 잡고 떠났던 날이었던 것 같다. 어린 마음에 어머니가 호흡기에 의지해 간신히 폐가 섬유화되어 가는 걸 견디던 날이었다. 색색거리는 숨을 내쉬는 걸 속수무책으로 바라보던 날, 어쩌면 그 무기력함을 외면하고 싶어 아버지 손을 잡고 도망치듯 병실을 떠났다.

저를 낳지 않았다면, 병을 얻지 않았을지 모를 일이었다. 아버지는 저를 집에 데려오지 않았다면, 지금의 어머니와 그리고 언니들과 불화가 없었을지도 모를 일이었다. 자신의 존재 자체가 누구에게도 반갑지 못한 건 오늘날에도 여전했다.

* * *

침대에 엎어진 김에 그대로 잠에 빠졌다.

얼핏 상하의 목소리가 들리는 것 같았는데 쉽게 잠에서 깨질 못했다. 다시 그대로 잠이 들었다가, 끈질기게 울리는 진동 소리에 머리를 간신히 들어 올려 팔을 휘적였다.

침대 옆으로 놓인 탁상 위로 휴대 전화가 계속해서 몸부림을 쳤다. 옆으로는 머그잔이 놓여 있었다. 아마도, 상하가 놓고 간 것 같았다. 발신인을 확인하지도 않고 그저 본능적으로 휴대 전화를 귀에 가져다 댔다.

"……."

– 잘 왔으면 왔다고 연락이라도 한 통……!

허우적거리는 와중에 도환의 목소리가 귓가에 울렸다. 주변에는 잡다한 바람 소리가 가득했다. 어디론가 다급하게 이동하고 있는 걸음이 분주하게 느껴졌다.

"집이에요. 잘 있어요……."

온몸이 축축했다. 그간 컨디션이 좋지 않은 걸 억지로 일으켜 강의 일정을 소화한 게 탈이 난 게 분명했다. 또 불시에 얇은 옷차림으로 뛰어나갔다 온 것이 열을 얻었다. 이마가 후끈거리고 온몸이 열기로 가득한 게 몸을 일으키자 그제야 느껴졌다.

– 잘 있었냐고 안부 전화 한 거로 들려? 넌 도대체……!

"집으로……. 올 거예요?"

– …….

도환은 말문이 막힌 듯, 다급하게 말을 내뱉다가 뚝 멈췄다. 이랑은 그가 그리웠다. 그립다고 말을 하려다가 그가 주변 누군가에게 일정을 변경하라는 말을 내뱉는 걸 무기력하게 듣고 기다릴 수밖에 없었다.

– 갈 테니까. 기다려.

알겠다고 대답하려던 차에 전화가 끊겼다. 그가 몹시 화가 났다는 건 짧은 몇 마디로도 알 수 있었다. 분명 화를 내고 있는데도, 겁이 나지 않았다. 그가 제게 와 주길 바라는 마음이 더 컸기 때문이었다. 걱정을 시킨 거라면, 와서 감정이 보이는 얼굴로 제게 무어라 질타라도 해 주길 간절히 바랄 뿐이었다.

땀에 젖은 눅진한 몸을 일으켜 세워 샤워실로 향했다. 옷을 벗어 아무렇게나 바닥에 밀어 놓고 샤워실로 들어가 온수를 틀었다. 조금은 정신이 드는가 싶더니 금세 오한이 찾아들었다. 간단히 샤워만 하고 나오니 그간 상하가 사다 둔 옷을 걸어 둔 게 보였다. 취향을 따질 때가 아닌 것 같아 대충 상표를 손으로 뜯어내고 걸쳐 입었다.

젖은 머리를 대충 말리고 거실로 나와 물을 마시자 다시금 어지러움이 불시에 찾아왔다. 툴에 앉아 선명해진 시야에 거울을 정면으로 바라보자 볼품없는 껍데기가 추했다. 드높은 곳에 살아도 이곳은 제가 살기엔 적합한 곳이 아니라는 건, 아버지를 따라 그 집에 입성할 때부터 알고 있었다. 그런데도, 왜 인정하지 않고 꿋꿋하게 버티고 그곳에서 지내 왔던 걸까. 어린 마음은 아직도 정의를 내리지 못했다. 열악한 환경에서 살아남을 자신이 없어서. 어쩌면 계산적인 성향은 타고난 게 아닌가 싶었다.

아버지의 명예는 죽어서 더욱 칭송을 받았다. 살아생전에는 사업에 손해를 보는 것에 대하여 사촌지간에도 손절을 할 정도로 냉정하다는 비평이 항상 따랐다는 것이 떠올랐다.

이랑은 거실에서 느껴지는 거친 인기척에 놀라 흠칫 떨며 뒤를 돌았다. 문을 열고 나가자 도환이 휴대 전화를 귀에 대고 집 안으로 들어서는 게 보였다.

"5분. 아니 10분이면 돼."

잔뜩 화가 난 도환의 눈이 이랑의 얼굴을 직접 확인한 순간, 몇 초간 눈꺼풀이 꾹 감기더니 안도를 했다. 도환은 낮게 욕을 읊조리며 휴대 전화 전원을 종료했다. 그마저도 소파로 내던지고선 이랑을 향해 다가왔다.

"뛰어나갈 정도로 궁금했다면 나한테 물어볼 수도 있었잖아."

"⋯⋯죄송해요."

"죄송하다는 말, 표 비서한테 구구절절 했으면 충분하니까. 그만해."

도환의 낮은 음성에 이랑은 불쑥 눈물을 차올랐다. 울고 싶지 않았다. 이성적으로 그와 이야기를 하고 싶었고, 정리해 둔 이야기를 꺼내야 했다. 모든 걸 다 알게 된 와중에 이제서는 제가 할 수 있는 일이 분명 있었다.

"몰골이 이게 뭐야!"

"말 안 들어서. 처음부터 예쁘게 웃으면서 사랑받는 아내인 척, 그렇게 굴었어야 했는데 그러지 못했어요. 알고 싶었고, 사랑받고 싶었고, 사랑받는 척은 하고 싶지 않았어요."

"하⋯⋯."

도환은 허망한 표정으로 손을 올려 이마를 짚었다. 그의 슈트는 여전히 잘 어울렸지만, 어쩐지 오늘은 그의 몸에 걸쳐 있는 게 너무 무거워 보였다.

"어머니께 은나기업을 인수한다고 했을 때, 대표님 표정이 어땠을까 상상했었어요. 첫 번째는 욕망이 가득한 나쁜 사람의 얼굴이었고, 두 번째로 모든 걸 다 알게 된 날엔 죄책감과 슬픔이 가득 찬 얼굴이 떠올랐어요."

"그딴 것까지 네가 도대체 왜 생각을 해야 하지?"

도환은 성큼 다가가 화를 주체하지 못하고 이랑의 팔을 잡아당겨 자신의 몸에 가까이 하더니 곧장 턱을 고정하고 눈을 억지로 마주하게 했다.

"고개 똑바로 들어."

"……."

"사랑받는 척이 아니라, 사랑받고 싶어? 좋아. 그렇다면 애초에 알려고 들지 말았어야지. 네가 이토록 고통스러워하는 모습을 보이고, 불시에 모든 사람을 걱정시키면서 행동하는 게. 과연 사랑받고 싶어서 하는 행동이야?"

"대표님……!"

"너……."

 도환은 이랑의 표정이 변했다는 걸 기민하게 알아챘다. 팔을 쥐고 있던 손에 힘을 풀고 이랑으로부터 한 발자국 떨어졌다. 그리고는 음울한 눈으로 이랑의 표정을 살폈다.

"무슨 생각을 하는 거지?"

"……."

"대답해."

 이랑은 눈을 꼭 감았다. 제가 할 수 있는 것을 입 밖으로 꺼내야 했다.

"이혼이요."

"……."

 도환의 입술이 살짝 벌어지고 멍하니 머리를 해머로 맞은 것 같은 표정이 되었다.

"아, 이 일을 책임지겠다는 소리야? 이혼으로?"

"네."

"……"

"대표님 책임이 아니에요. 둘째 형님이 죽은 것도, 저희 아버지가 지병으로 어쩔 수 없이 명이 다한 것도, 은나기업이 다 쓰러져 가게 된 이유도! 그게……. 왜 대표님이 저까지 책임져야 할 이유냐고요."

이랑의 하얀 볼로 뜨거운 눈물이 흘렀다.

"너……. 도대체……."

"많이 좋아해요."

눈을 꾹 감았다. 그와 이혼해야만, 발목을 잡고 지옥으로 끌고 가는 모든 감정으로부터 해방될 수 있을 것 같았다. 흐느낌은 가녀린 어깨까지 전율하게 했다.

"나를…… 좋아하게 돼서. 내가 가진 여러 가지 엿 같은 책임감 따위를 네가 해방시켜 주겠다는 거야?"

"……"

"그럼. 너를 사랑하게 된, 나에 대한 책임은 질 생각 없어?"

이랑은 온몸이 딱딱하게 굳었다. 뻣뻣하게 굳어 버린 고개를 천천히 들어 도환을 바라봤다. 눈물로 잔뜩 젖은 시야가 그의 얼굴마저 가려 버렸다. 이랑은 이미 판단하는 모든 이성적인 것들이 바닥을 기어 다니고 있었다. 그가 지금 무슨 소리를 내뱉은 건지 머릿속에 들어오긴 했지만 이해가 되질 않았다.

도환은 성큼 어딘가로 사라졌다가 다시 나타나더니 대표직에 확정됐던 그날에 전달한 선물 상자를 내밀었다. 얼결에 받아 든 이랑은 혼란스러운 눈으로 그를 바라봤다.

"그래. 그러자. 받아. 위자료라고 치고받아."

현관 벨 소리가 울렸다. 아마도 표 비서가 따라서 올라온 것 같았다. 그가 벽에 달린 인터폰으로 다가가 버튼을 누르자 표 비서가 들어왔다.

"하……."

도환은 결국 긴 숨을 내뱉었다. 그사이 집 안으로 들어선 표 비서는 두 사람의 심상치 않은 분위기를 읽었다. 하지만 대회의 시간을 더 중요하게 여긴 듯 배도환을 재촉했다.

"대표님, 해외 바이어들 이미 대기 중입니다. 영상 회의 시작 15분 전입니다."

"알아."

"지금 출발하셔야……."

"알아! 안다고! 젠장."

도환은 연신 욕을 내뱉으며, 뒤돌아 현관을 향했다. 표 비서는 불안정한 이랑의 표정을 보며 휴대 전화를 들어 올렸다. 그리고 상하의 이름을 불렀다. 이랑은 그 자리에 주저앉아 멍하니 혼자 남은 공간을 자각했다. 덜 마른 머리카락에 온몸이 더더욱 서늘해졌다가 다시 훅 하고 뜨거운 열감이 올라와 전신을 휘감았다.

새벽이 푸르스름하게 한쪽 유리창을 가득 메울 즈음에 정신이 들기 시작했다. 그가 이혼하겠다고 그리도 쉽게 대답하는 것에 대하여. 왜 반대로 충격을 받았는지도 알 수 없었다. 모든 것에 어리숙한 제가 한심했다. 상자 뚜껑을 열자 안에 든 것은 상상했던 샴페인이 아닌, 엉뚱한 것들이었다. 서류 뭉치들이 잘 정리된 모습이 보였다. 가만히 내려 보다가, 서류 몇 장을 들어 올렸다. 그 안의 사무적인 내용을 읽어 내리자 이랑은 순식간에 표정이 무너졌다.

"미쳤어……."

대략적인 내용은 은나기업이 하상 그룹과 합병되는 동시에 그 안의 주식이 유이랑에게 존속된다는 것이었다. 더불어 그녀 앞으로 모든 것을 배당한다는 내용이었다. 스무 명 정도 돼 보이는 유명한 로펌 변호사들의 직인이 금박으로 찍혀 있었다. 마지막에는 하상 그룹 대표의 서명이 다정하게도 휘날려져 있었다.

"하……."

이제는 황당하고 어이없어 이랑은 믿을 수 없는 표정을 지었다. 마지막에는 빨간색 실로 봉인되어 있는 봉투가 보였다. 뜯어 그 안을 보자 이 또한 서류라는 걸 알았다. 종이를 꺼내 들어 전과 비슷한 내용일 거라 여기고 훑었다. 하지만 서면의 내용을 이해하는 순간 이랑은 한 손으로 입을 가렸다. 어느 날, 아버지가 돌아가실 때 유이랑에게 남겨 둔 유산을 그가 찾아낸 것이었다. 어머니가 변호사를 섭외해 음흉하게도 숨겨 놓았던 이랑의 몫이었다. 제가 아버지를 원망했던 현실적인 부분을 그가 정확하게도 찾아냈다. 이제는 아버지를 원망했던 걸, 그마저도 할 수 없게 만들어 놓은 것이었다.

* * *

화를 주체하지 못한 배도환은 휴대 전화를 벽으로 던졌다. 낙화 테스트에서 세계 최고의 호평을 받은 휴대 전화가 그의 분노를 알아챈 듯, 결국 파편을 남기며 깨졌다.

"대표님."

화상 회의를 하는 내내 포커페이스를 잘 유지한 그였다. 그러나 회의를 끝내고 대표실에 들어오자마자 화를 참지 못했다.

"그 여자들, 기회를 줬어."

"……."

"이랑이가 그 집에 불시에 찾아갈 거라고 계산하지 못한 내 불찰이지."

"애초에 설득해 둘 생각을 안 하셨던 것도 불찰입니다."

표 비서다운 말이었다. 그는 애초에 달랠 생각이 없어 보였다. 오히려 그를 더욱 화나게 하려는 듯 불난 집에 부채질을 하는 투였다.

"이랑 씨는, 유 회장님 핏줄입니다. 아무리 어리고 어리숙해 보여도 스스로가 궁지에 몰리고 궁극적으로 원하는 게 생겨 버리면 분명 불시에 돌발 행동을 하고야 말 거라는 거 아셨지 않습니까."

도환은 마른세수를 하며 의자에 털썩 앉았다. 대표직에 올라와 과도한 업무로 집에도 함부로 들어가지 못할 정도로 일정이 살벌했던 것이 문제였다. 애초에 이랑을 일거수일투족 데리고 다닐 수도 없는 노릇이었다. 마킹을 했지만 학교와 집 외에는 이동 거리에 큰 변수가 없다는 이야기를 듣고 나자 그마저도 하지 않았다. 그녀를 스토킹하는 기분이 들어 찝찝해 하지 말라고 했던 것을 후회하던 찰나였다. 어느 정도 일선이 안정적인 궤도에 오르면, 그때 차분하게 눈을 마주치고 설명할 생각이었다.

"그 여자들이 유이랑 몫으로 남겨진 유산까지 변호사를 선임해서 다 빼돌렸었어."

"……."

표 비서는 쓸쓸한 한숨을 티 안 나게 쉬며, 배치된 머신으로 다가가 커피를 받았다. 어느 날부턴가 도환은 사무실 구석의 미니 냉장고를 치웠다. 더 이상 맥주를 채우지 않았고 이제는 커피만 입에 달고 살았다.

"본가에 들어갔을 때 아마 자신에게 남겨진 유산까지 대표님이 찾아갔다는 이야기는 듣지 못했던 것 같습니다. 제가 밤늦은 시간 사모님 찾으려고 집에 들렀을 때 그런 이야기는 하지 않으시더군요."

도환은 표 비서로부터 따듯한 커피를 받아 입을 축이고, 비릿하게 웃으며 창밖을 바라봤다.

"같은 핏줄인데, 어쩌면 그리들……. 집구석에 비린내뿐인지."

"어쩌실 겁니까?"

커피 잔을 내려놓은 배도환은 미간을 꾹꾹 누르더니, 표 비서를 바라봤다.

"이혼하재."

"예?"

"배씨 가문을 두고 이혼을 하자는 여자는 처음이라. 아주 신선하고, 새롭다."

도환은 허탈하게 웃었다. 말도 안 되는 소리였다. 한번 결혼한 이상 이혼은 절대로 승낙되지 않는다는 게 가문의 철칙이었다. 이랑은 어리숙하게도 그 암묵적인 룰을 잘 모르는 탓에, 감정만 앞서 귀여운 투정을 부리고 있었다. 그 모습에 당장 침실로 끌고

가 어떻게 해서든 눈물을 닦고 달래 주고 싶었다. 빌어먹을 시차라는 것만 아니었어도, 해외 바이어들이 기다리고 있는 탓에 다시 회사로 돌아와야 했다. 아무것도 할 수 없는 현실이 그를 더욱 화나게 했다.

"과감하고, 아주 배포도 있으신데요."

표 비서의 말에 도환은 입맛을 다셨다. 잠을 그간 못 잔 탓에 머리가 저릿저릿했지만, 이 또한 기분 나쁘지 않았다. 간만에 이랑과 감정을 두고 배치한 것이 어쩐지 두통약이 된 것 같았다.

"내 마음 좀 알아주지……."

"아, 너무 나약한 말씀 아닙니까."

도환은 찻잔을 검지로 톡톡 때리다가 문득 표 비서를 바라봤다.

"뭡니까. 그 표정은 조금도 반갑지 않습니다. 대표님."

"기사 내보내자."

"예?"

"이랑이 결혼식 때, 아니면 예쁘게 독사진 하나 나온 거 있으면 그런 거로."

대충 예상은 했어도 지금 시점은 너무 이른 것 같다는 말을 내려 했지만, 대표는 단단히 토라진 얼굴이었다. 이혼이라니, 그에게 어떤 명목으로 이혼이라는 말을 했을지 뻔했지만 표 비서는 오후 내내 두통을 앓아야만 했다.

* * *

상하가 새벽에 다급하게 택시를 타고 도착했을 때였다. 이랑은 멍하니 그저 소파에 앉아 그녀를 맞이하는 것 외에는 딱히 할 수 있는 게 없었다. 상황에 대한 이해나, 앞으로 어떻게 해야 하는지에 대해서도 말이다. 오로지 할 수 있는 일은 당장 빼곡하게 들어차 있는 개강 일정에 맞춰서 움직여야 한다는 거였다.

"괜찮으시겠어요?"

상하가 직접 운전을 하겠다는 걸 극구 사양하며 이랑은 서둘러 숟가락을 움직였다. 퉁퉁 부은 목 때문에 가는 길에 병원에 들러 약을 타야겠다는 생각이 들었다. 아프다는 걸 입 밖으로 내뱉었다가는 집으로 의료진을 부르겠다고 호들갑을 떨 것 같아 그마저도 함구했다.

책과 노트북을 준비하면서 밀린 단체 문자함을 확인했다. 지혜의 부재 전화와 상현의 문자에도 하나씩 답했다. 개인적인 사정이라는 함축된 단어로 일단은 앞서 날아올 질문에 대한 모든 것들을 일단락시켜 버렸다.

오늘은 오전에 그들과 겹치는 강의가 없었다. 점심에 식당에서 합류하는 것을 약속하고 마지막으로 휴대 전화를 가방에 던져 넣었다.

"……."

나갈 준비를 끝내고 방을 나서기 전, 물끄러미 책상 위에 올려져 있는 걸 바라봤다. 입술을 끌어 올려 이로 깨물고서는, 제가 저지른 말들에 대해서 곱씹었다. 어쨌든 저런 것들은 이제 와서 단 하나도 필요하지 않다는 게 결론이었다. 방문을 닫고 현관에서 신발을 신을 찰나에 상하의 볼멘소리가 연이어졌다.

"사모님, 꼭 휴대 전화 충전 항상 해 두셔야 하고요."

"알겠어요. 엊그젠 정말 미안했어요. 걱정 안 시킬게요."

엘리베이터 앞으로 극구 따라 나온 상하는 문이 닫힐 때까지 고개를 빼꼼히 들이밀었다. 이랑은 어색하게 웃으며 그녀의 배웅을 받고 학교로 향했다.

휴대 전화로 빠르게 검색해 제일 가까운 내과에 들러 진료를 받고 약을 탔다. 링거를 맞고 가라는 의사의 권유에 대학생이라는 한마디로 거절했다. 약국에서 막 계산을 끝내고 나오던 차에 화정에게서 전화가 왔다.

"네."

– 너 왜 이렇게 연락이 안 돼. 또 주말 내내 우울해했나 싶어서 전화했더니 도통 안 받고.

예기치 못한 상황에, 표주훈이 선배의 안부를 물었다고 말할까 하며 고민했다.

– 왜 대답이 없어?

지금은 아니라는 생각에 먼저 자신이 저지른 일들에 대해 나열했다.

처음에는 본가 식구들에 대한 욕을 신랄하게 했다. 그리고 유회장님이 남겨 주신 유산을 숨긴 것에 대하여 분노를 여지없이 표출했다. 마지막엔 도환에게 이혼을 하자고 내뱉은 말까지 하자 화정은 비명을 내지르며 기함했다.

– 이혼?

"왜요?"

– 그 집안 대대로 이혼의 역사를 가진 기록이 없는데. 너도 참 당돌하게 말했다. 그리고 애초에 받아들여질 말을 했어야지.

"······아예 불가능하다는 거예요?"

– 너 정말 배도환 대표랑 이혼하고 싶어서 한 소린 맞아······?

"······."

– 어휴, 너 이러니까 그 사람한테 애 취급당하는 거 아니니. 그러면서 애 취급하지 마세요, 은연중에 발끈하지?

"그러니까. 저는 그 사람 입장이······."

– 가끔 아니, 매일. 너는 그 사람이 대한민국에서 어떤 위치, 혹은 어떤 인물인지 잘 모르는 것 같아. 네 남편이야. 좀 알아 가보는 것도 좋을 것 같은데.

"좋은 사람인데······."

– 하여튼 이럴 때 보면, 이상하게 백치미가 있단 말이지.

"욕이죠?"

– 응.

쿨한 대답에 괜스레 숙연해졌다.

– 나름대로 진지하게 고민하고 크게 마음먹고 그 사람한테 이혼하자고 덤빈 건 알겠다만······. 지금은, 그가 너를 위해 노력했던 것도 알아줘야 할 것 같은데?

"······후."

답답한 마음에 그저 한숨만 터트렸다.

– 노력뿐이던가, 아주 큰 돈도 썼네. 의원데? 그리고 그 사람이 그러겠다고 대답해 준 것 또한 어쩌면 네 응석 받아 준 거야. 그 순간만큼은 네가 불안정해 보였을 테니까.

화정의 말은 뜨끔할 정도로 정확했다. 엉엉 울면서 말하고 있었을 자신을 상상하니 별안간 허공에 발이라도 차고 싶었다. 오만 가지 감성에 혼자 젖어서는, 이혼해 달라고 하는 모양이 그에겐 얼마나 웃겼을지 상상도 하기 싫었다.

"그럼 어떻게 해요?"

– 지금 나한테 묻는 거니? 황당하다, 야! 난 아직 결혼도 못 했거든! 부부 싸움 해결 방법을 왜 나한테 물어보는 건데!

화정은 불쑥 성질을 내며 소리를 고래고래 질러 댔다. 이랑은 멋쩍게 웃으며 전화를 종료하고 서둘러 학교로 향했다.

강의 시간에 빠듯하게 도착해 입실하고 난 뒤, 책을 펼쳤다. 집중한답시고 눈을 부릅뜨고 힘을 줬다. 얼마 가지 않아 힘이 풀린 시선은 그저 한 시간 반 내내 허공을 향했다.

두 개의 강의를 뛰고 대학가에서 만난 세 사람 중 두 사람은 의미심장한 눈이었다.

"미, 미안."

"누나 과제 하기 싫어서 그런 거죠? 그렇게 안 봤는데 의외네요."

능글맞은 표정으로 상현이 이랑의 옆구리를 쿡 찌르며 말했다.

"아니야, 진짜 이번 주 중으로 꼭 다 취합할 거니까. 기대해도 좋아……."

괜히 호기까지 부리고 나니까, 막막함이 덤으로 찾아왔다.

지혜도 걱정을 담아 물었다. 하지만 집안일인 듯한 뉘앙스에 덧붙여 말끝을 흐리자 자세하게 파고들지 않았다.

세 사람은 식당에 들어서 대충 불고기 백반을 먹었다. 이후에 세 개나 겹친 강의를 들으려 함께 이동하기 위해 동선을 확인했다.

"이거요."

"이게 뭐야……?"

선결제하기 위해 자리에서 잠시 일어난 상현을 바라보다 지혜가 내민 것을 받아 들었다.

"두통약이요."

"······."

"머리 아플 때 가끔 유용해요. 오늘 같은 날은, 필요할 것 같아서요. 그거 효과 좋아요. 나름대로 인기 있는 약품이에요."

오늘 아침에 병원에 들러 갖가지 증상에 대한 약을 직접 처방받고 온 사실에 대해서는 구태여 말하지 않았다. 작게 손에 쥐어진 네모난 상자가 괜스레 용기를 불어넣어 주는 신묘한 약이라도 되는 착각이 들었다.

상현이 자리로 돌아오자 지혜는 곧장 취합해야 할 자료들에 관해 이야기를 시작했다. 문제는 핵심이 되는 몇 가지 자료를 구하기 어렵다는 거였다.

"우리 같은 대학생들이 해외 관련된 실제 사례들을 어떻게 알겠어요? 국내 기업들이야 사례들을 축약해 놓은 논문들이 많다지만, 해외라뇨."

이랑이 덥석 물고 간 숙제이기도 했다. 지혜는 혼자서 해결하기 힘들 거라며 말을 거들었다. 아무래도 그 자료에 대해선 같이 검색하고 해외 사이트를 뒤적이면서 봐야 할 것 같다고 우울하게 말했다.

그사이 세 사람 앞으로 음식이 놓여졌다. 제정신이 아닌 탓에 제대로 된 음식도 삼키지 못해서인지 허기가 고개를 들었다. 밥숟가락을 들려던 찰나에 카운터 옆으로 크게 놓인 TV 화면에서 뉴스가 흘러나왔다. 무음으로 해 났던 탓에 신경을 쓴 적 없는데 왜 그곳에 시선이 갔는지 모를 일이었다. 이상하게 분주한 아나운서들의 상기된 표정이 시선을 잡았다. 그리고 곧 흘러나오는 자막에 이랑은 움직이려던 숟가락을 그대로 입가에 대고 멈췄다.

"……?"

상현은 밥을 한껏 입에 넣고 우물거렸다. 마주 앉은 이랑의 모습에 그 시선을 따라 등을 돌렸다. 그리고 두 사람의 반응에 지혜도 마찬가지였다. 무엇에 홀린 듯 지혜가 자리에서 일어나 젓가락을 쥔 채로 TV 앞으로 다가갔다.

카운터에 주인이 없는데도 불구하고 그녀는 무례하게도 리모컨을 기웃거리면서 찾아 음소거를 해제했다. 곧장 뉴스 룸에서 흘러나오는 속보 아닌 속보가 세 사람이 앉아 있던 테이블까지 크게 울렸다.

– 합병된, 은나기업 대표가 갑자기 해임이 됐다고요.

– 네, 그렇습니다. 갑작스럽게 결정된 사안이라 내내 자리를 지키고 있었던 원래 안주인, 그러니까 지금은 고인이신 유 회장님의 가족분들이 경영에 다들 투입이 되셨잖습니까?

– 그런데 예고 없는 해고 통지에 다들, 어리둥절하고 있는 와중인 거예요. 다급하게 하상 그룹을 찾았지만 면담이 안 되는 사진이 지금……. 이렇게 보여지고 있네요.

갑자기 시간대를 편성해 시청률을 노리기 위한 뉴스 룸이었다. 이랑은 심드렁하게 한숨을 푹 내쉬었다. 어쨌든 주인이 바뀌어 현 경영 라인에 있던 첫째 언니와 어머니를 해임시킨 거였다. 그에 대해서는 하상 그룹 마음이지 제가 알 수는 없는 노릇이었다. 숟가락을 뒤적이다가 이랑은 다시 넘어가지 않는 음식물에 물컵을 입에 대었다. 그리고 순간 앞으로 뿜을 뻔했다.

 – 하지만 저희가 준비한, 시청자 여러분들이 아주 깜짝 놀랄 소식이 있죠.

 – 맞습니다. 바로 유 회장님 혼외자로 알려진, 그러니까 지금 하상 그룹 배도환 대표와 결혼한 아내 유 모 씨인데요.

 – 이제 이십대 초반, 대학생으로 알려진 이분 앞으로 모든 주식이 배당됐다는 게 저희가 입수한 내용인데요. 이 정황으로 보아 이건 마치 은나기업의 집안싸움으로 보입니다.

 – 그렇네요. 그렇다면, 비록 새어머니이긴 하지만 사이가 평소 안 좋았다고 볼 수 있나요? 하상 그룹 배도환 대표와 결혼하면서 은나기업을 이쪽으로 흡수하는 게 궁극적인 목표였을 수도 있고요.

 – 저희가 하상 그룹에 이 사실을 요청할 때만 해도, 배도환 대표는 아내분과 그런 사이가 아니라고 일축하는 바람에 오히려 저희 취재진이 참 멋쩍은 상황이었죠?

 – 맞습니다. 미리 계획을 세우고 있었을 수도 있겠어요. 아주 똑똑하고, 사업에 재능이 뛰어난 젊은 친구라고 볼 수 있는 것 아닙니까?

 – 어떻게 보면 차후에 하상 그룹에 떠오르는 비선 실세가 될 수도 있다고, 증권가에서는 입을 모아 이야기하고 있…….

"헐……."

 상현과 지혜는 그 자리에 우뚝 멈춰 서 어설프게 모자이크 처리된 이랑의 모습을 멍하니 바라보고 있었다. 뉴스 룸에서 터져 나오는 자신에 대한 이미지는 이상하리만치 승격화시켜 버린 말도 안 되는 소리였다. 아버지가 돌아가시고 나자마자 어머니와 언니들에게 복수의 칼을 겨눈 대단한 여대생이 되어 있었다.

"아닌 거 알지?"

이랑이 두 사람에게 다가가 조심스럽게 말했다. 상현은 화들짝 놀라면서, 당황스럽고 놀란 눈을 감추지 못했다. 지혜도 역시나 혼란스러움을 감추진 못했다. 그보다 걱정스러운 눈빛으로 다시 화면을 바라봤다. 누가 봐도 의도적인 모자이크 처리가 인상적이었다. 유이랑의 이목구비를 잘 아는 사람이라면, 다 알아볼 수 있을 만큼 투명한 모자이크 처리가 황당했다.

* * *

세 사람은 식사가 끝난 뒤 단 한마디도 하지 못한 채 강의를 위해 날아야 했다. 오늘따라 그 번쩍번쩍한 외제 차도 애먼 곳에 주차해 놓은 탓에 이랑도 함께 뛰었다. 상현은 업어 드려야 하냐며, 중간에 이상한 소리를 했다가 지혜에게 머리를 맞았다.

강의 두 개를 연달아 듣고 나온 세 사람은 중간에 쉬는 시간에도 침묵을 유지했다. 그리고 누가 먼저라고 할 것 없이, 주변 시선을 살피고 신경을 쓰고 있었다. 다행히도 점심시간에 흘러나온 기업과 인물에 관련된 내용에 학생들은 별 관심이 없어 보이는 것 같았다.

나란히 벤치에 앉아 다크 서클을 달고, 아이스크림을 쩍쩍거리며 씹어 먹었다. 이랑을 가운에 앉혀 놓고 두 사람은 아무 말도 못한 채 한동안 가만히 앉아 있었다. 누가 먼저 말을 꺼내지 않으면 이대로 집에 가야 할 상황이었다. 해가 점점 기울어 가는 걸 가만히 바라보고만 있을 뿐이었다.

"그……. 누님."

"……응?"

"누님'?"

지혜가 망측하다는 표정으로 상현을 바라봤다. 그러자 그가 기죽은 듯 다시 벤치로 등을 기댔다. 한숨을 푹 내쉰 지혜가, 드디어 입을 열었다.

"언니……. 아니……."

"혹시, 불편해?"

"앞으로 언니가 누구인지 계속 까먹고 함께 지내야 하는데 그게 쉽겠어요?"

지혜의 말이 칼날처럼 박혔다. 잘근잘근 아이스크림 막대를 씹을 뿐 이랑은 아무 말이 없었다. 무릎을 모아 그 위에 손을 올려 청바지를 손톱으로 살살 긁었다.

"그……. 아까 뉴스에서 나온 건 다 사실이 아니야."

"그죠? 하……. 난 또……. 막 온갖 상상을."

상현은 그녀의 말에 가슴을 쓸어내리며 갑자기 벌떡 일어나더니 허리춤에 손을 올렸다. 뉴스 룸에서 구구절절 떠들던 아나운서들을 욕하기 시작했다.

"아니, 그 자식들 그런 식으로 카더라를 뿌리면 어떡해요? 진짜 언론이 제일 나쁜 놈들이라니까."

"그럼. 어디서부터 어디까지가 사실이에요?"

지혜의 물음에 이랑의 고개가 두 사람을 번갈아 바라봤다.

"……."

"……."

"……."

세 사람 사이에 무거운 침묵이 내려앉았다. 상현은 마치, 고 유 회장의 딸인 것 빼고는 모든 것들이 다 거짓말이라고 제발 말해 달라는 절규의 표정이었다.

"일부러……. 그러니까. 내가 일부러 그와 결혼해서, 은나기업을 하상 그룹에 들어오게 만들었다거나……. 복수의 칼날을 갈고, 그 사람이랑 계획적으로 결혼해서 이런 성공적인 상황을 만든 나쁜 여자라는 거. 다 거짓말이야."

"……와우."

아까보다 더 창백해진 상현이 한 보 뒷걸음질을 쳤다. 지혜는 벤치에 등을 기대고 고개를 뒤로 꺾어 버렸고, 상현은 머리를 쥐어 뜯으며 제자리를 천천히 뱅글뱅글 돌았다.

"그 말은, 하상 그룹 배도환 대표의 아내인 것도 맞고. 은나 그룹의 주인인 것도 맞다는 거잖아요?"

가만히 있을 수만은 없어 사실대로 질문에 고개를 조심스럽게 끄덕였다. 주인이라는 명칭이 마음에 쏙 들진 않았지만 주식의 대부분이 제 몫으로 온 이상 주인은 주인이었다.

지혜는 포기한 듯 이제는 한숨만 푹푹 쉬었다. 제 대학교 생활의 앞날에 혹여나 유이랑이라는 존재가 찬란한 빛이 될 거라고 기대하는 낯빛은 전혀 보이지 않았다. 그건 상현도 마찬가지였다.

"많이 힘들었겠어요."

"……응?"

상현은 반대로 이제는 이해할 수 없는 얼굴로 지혜를 바라봤다.

"성향 맞지 않는 가족들 밑에서 지내느라, 고생이었겠다고요. 저도 알거든요. 새아버지 밑에서 자라 봐서. 지금은 엄마랑 나만 둘이 남아서 조금 고생이긴 한데, 차라리 몸이 고생인 게 낫지."

"……아."

이랑은 불시에 알게 된 지혜의 가족 사항에 고개를 떨궜다. 어느 날, 열심히 새벽 배달을 하기 위해 조금 더 평범한 친구들보다 부지런을 떨던 지혜가 왜 그랬던 건지 깨달았다.

"됐어요. 상현이 너도 가까이 와 봐."

"아, 왜."

아직도 심란한 얼굴을 한 상현이 다가왔다. 쪼그리고 앉자 지혜는 두 사람에게 손짓해 가까이 모이라는 손짓을 했다.

"어차피, 우리는 앞서 중요한 과제가 남았고 그것부터 처리하는 걸로 해요. 수업 시간에 하도 신경 쓰여서 인터넷을 싹싹 뒤졌는데, 생각보다 사람들은 잘 모르는 것 같아요. 우리니까 분명 알아본 것 같고요."

"그건 다행인 것 같아……. 아마 내가 사회성이라도 좋았으면……. 큰일 났을지도 몰라."

상현은 지나가는 개미들을 바라보며 고개를 끄덕였다. 이번 주까지 빠듯하게 취합해야 할 자료들을 마지막으로 점검하기 위해 함께 모이는 날짜를 정하는 걸로 화두를 바꿨다.

"누나. 돈 많아서 좋겠다."

"……응?"

"그 기분 어때요? 온 세상을 가진 것처럼 짜릿한가?"

"으이구! 이 자식아!"

지혜가 결국 상현의 뒤통수를 퍽 하고 내려치자 그가 불시에 맞은 머리를 부여잡으며 비명을 질렀다.

"때, 때리지 마⋯⋯! 지혜야."

"언니, 저희 먼저 가요!"

이랑은 도망가는 상현과, 잡으려고 필사적으로 뛰어가는 지혜가 검은 점이 될 때까지 그 자리에서 한참 동안 떠나지 못했다.

* * *

"많이 기다렸어?"

풀벌레 우는 소리에 한참 동안 혼자 있는 시간을 즐겼다. 집에서 홀로 있는 시간과는 사뭇 다르게 묘한 기분으로 그간의 시간들을 위로받는 순간이었다.

이랑은 어두컴컴해진 캠퍼스 구석 벤치에 앉았다. 휴대 전화 안으로 펼쳐져 있는 메인 기사에 시선을 떼지 못했다.

"바쁜데 제가 갑자기 전화했죠. 미안해요."

"아니야. 안 그래도 나 뉴스 보고 너한테 전화하려던 참이었어. 아침에 그렇게 통화하고 나서 점심에 이게 웬 불벼락이야?"

"⋯⋯그러게요."

"괜찮아? 딱히 알아보는 애들은 없지?"

"아직은요. 그런데 복학해서 만난 한 학년 후배들이 있어요. 그 친구들 대번에 알아보는 바람에⋯⋯."

"뭐?"

화정은 이랑의 곁에 지인이 생겨난 것에 신기한 눈이었다. 그리고 곧장 그들이 어떤 반응이었는지에 관해 물었다.

"전에는 하도 아웃사이더처럼 지내는 것 같아서 걱정이었는데……."

화정은 들고 내려온 캔 커피 두 개 중 하나를 건네며 이랑의 옆자리에 털썩 앉았다.

"아싸라고 해도 딱히 학점에는 별 영향 없었잖아요."

"그건 다들 네가 공부를 잘하니까 얻을 소스도 있고, 알게 모르게 비벼 댔던 걸 몰라서 그래."

"선배 눈에는 그런 게 보여요?"

"다행히 조금 전의 그 친구들은 아닌 것 같긴 한데……. 혹여나……."

"알아요. 그런데 저도 눈칫밥만 먹고 살아 그런지, 부류를 알아봐요. 앞으로 내게 불편한 사람이 될지 안 될지. 그런 것들."

"그럼 다행이고. 어쨌든 기사는 조금 충격적이야. 그리고 당분간 학생들 많은 변화가는 가지 않는 게 좋을 것 같은데. 그 친구들이랑 거의 나가서 밥 먹고 그랬지? 어쩔 셈이야?"

사실 지혜는 당분간 구내식당을 이용하자고 눈치 빠르게 제안했었다. 하지만 그와 반대로 상현은 우리 외엔 알아보는 사람이 없을 거라고 단정 지었다. 그러고 나선 메뉴에 대한 욕심을 버리지 못하는 대화로 이어지는 사사로운 순간들이 떠오르자 픽 하고 웃음이 터졌다.

"이번 학기는 잘 버틸 수 있을지……. 그것도 고민이에요."

"차라리, 이왕 이렇게 된 거 누려 보는 건 어떠니?"

"너무 진지하게 그렇게 말씀하시면 정말 부담되거든요."

"차기 은나기업 대표가 이 자리에 앉아 있다고 하기엔……."

화정은 이랑을 위아래로 훑더니 옅은 한숨을 푹 내쉬고 다시 자세를 고쳐 잡고선 혀를 찼다.

"도대체 그 사람은 무슨 생각인지……."

사실 아직 사회에 발도 못 뻗은 새파랗게 어린 여자애를 대표직에 앉혀 놓는 건 무리였다. 그가 무슨 생각으로 어머니와 첫째 언니를 대표직과 일선에서 완벽하게 물러나게 했는지도 의문이었다.

"그나저나 도대체 누가 그런 악의적인 내용을 퍼트린 걸까요?"

"악의?"

기가 찬 듯 허 하고 웃으며 이랑을 바라본 화정은 이랑의 팔을 툭 쳤다.

"야, 누가 봐도 그거 배도환 그 자식이랑 밑에 있는 놈들이 머리 굴려서 낸 기사 같은데?"

"……."

설마, 라는 믿을 수 없는 표정으로 화정을 바라봤지만 이미 그쪽으로 확신하는 투였다. 그사이 화정의 전화가 울렸다. 화정은 다시 자리에서 일어나야 했다. 아무래도 바쁜 시간에 불시에 찾아온 게 미안해서 이랑은 그녀가 일어나는 김에 자신도 집으로 돌아가겠다고 손짓했다. 그러나 화정은 잠시 기다리라며 손을 붙잡고 가지 못하게 했다.

"미안하다. 오늘 술이라도 한잔 사 먹이고 싶은데. 학기 시작해서 지금이 젤 손볼 게 많아."

"아니에요, 선배. 그냥 얼굴 보러 들른 거니까. 올라가세요. 그 기사 터진 거 아니었어도, 오늘 보고 가려고 했어요."

"하여튼, 말 이쁘게 해."

화정은 다정하게 웃어 보였지만, 목소리는 어딘가 씁쓸하게 들렸다. 이랑은 어쩔 수 없이 뒤돌아서서 몇 발자국 멀어지다가 다시 뒤돌아섰다.

"……왜?"

"저기, 화정 선배."

"응."

"……."

"왜 그래."

화정은 이랑의 머뭇거리는 모습을 어색한 눈으로 보며 그녀의 말을 기다렸다.

"표주훈 씨요."

이름의 석 자에 순식간에 화정의 표정이 무너졌다. 그런 모습을 처음 본 이랑은 순간 주훈의 이름을 입에 담은 걸 후회했다.

"잘 지내고 있더라고요."

"……어."

"아직 하상 그룹에 있어요. 나름……. 꽤 성공했던데요. 승진도……. 음. 많이 했고……."

머뭇거리던 와중에 화정의 음울한 눈이 많은 것들을 함축시켰다.

"갈게요."

주훈에 대한 소식을 전하면 선물이 될 거라 여겼다. 그러나 이

것 또한 어리석은 짓 같아 후회하며 다시 뒤를 돌아가던 길을 가려던 찰나였다.

"이랑아. 고마워."

"네?"

"……궁금했거든. 살아 있을 때 그 자식 소식이나 들을까 하고."

"……."

"잘 가. 들어가서 연락 줘."

화정은 간결한 말을 끝으로 뒤돌아 건물로 들어서 버렸다. 이랑은 한참 동안 화정이 사라진 자리만 바라보다가, 천천히 주차장을 향해 걸었다. 이로 인해 그녀의 멈춰 있던 시간도 다시금 시작됐으면 좋겠다는 바람이 아닌 욕심이 들었다.

* * *

이랑은 집으로 돌아오자마자 단체 문자함을 확인했다. 걱정과는 반대로 두 사람은 과제에 필요한 자료를 구하는 것에 혈안이 되어 있었다. 딱히 오늘 있었던 일들에 대한 이야기는 더 꺼내지 않았다.

이랑은 그 와중에 이제 며칠 남지 않은 제출 일자에 촉박한 마음이 들기 시작했다. 서둘러 오늘까지 정리해야 할 자료들을 정리해 두고, 단체 문자방에 올리려던 차에 상현이 물었다.

[누나의 재력이 얼마나 되는지 솔직히 궁금합니다.]

그러자 지혜의 코멘트가 뒤따랐다.

[얘 또 시작이네. 하여튼 남자들이란, 세 살이나 스물셋이나 어

쯤 수준이 이리 똑같애? 내가 정확히 이야기해 줘?]

이랑은 대화방을 보고 그저 웃고 있다가 지혜의 말에 눈이 동그래졌다.

[너 우리 집 서울 외각인데도 아파트값 얼만지 대충 알지? 너랑 나랑 같은 동네에서 살아 봐서 알 거 아냐.]

[어, 알어.]

[이랑 언니가 타고 다니는 차가, 우리 집 아파트 한 채다. 됐냐?]

[헐!]

"헐……."

상현의 말과 동시에 이랑의 입에서도 똑같은 말이 터져 나왔다. 아무렇게나 밀어 둔 차 키의 엠블럼을 물끄러미 바라봤다. 그리도 비싼 가격의 차였단 말인가. 그렇다면, 왜 지혜는 애초부터 자신이 그저 그렇고 그런 금수저라고 단정 지으며 단 한 치의 의심도 하지 않았던 건가. 여러 생각이 교차하던 순간 전화가 울렸다.

"네."

- …….

"여보세요?"

주변에서 들려오는 잡음에 전화기를 가까이 가져다 대는 순간 이랑은 자리에서 벌떡 일어났다. 아무 말도 하지 않았지만, 동전이 덜컥덜컥 넘어가는 소리와 함께 발신인이 누구인지 알 것 같아서였다.

"하, 한 여사님……. 한 여사님 맞죠."

- 아가씨…….

목소리가 초췌했다. 본인 휴대 전화로 딱 한 번 전화를 걸었지만,

받지 못했던 게 내내 찜찜해 조만간 표 비서에게 한 여사를 찾아 달라고 부탁이라도 할 셈이었다.

"어디 계신 거예요?"

"……."

그녀는 분명 흐느껴 울고 있었다. 많은 일이 있었음에도 전화로 는 다 듣기 힘들 것 같다는 느낌이 불안하게 들었다.

"어디로 가시는 거예요? 어디요. 제가 거기로 갈게요. 그러니까 만나요, 여사님. 네?"

— 아가씨. 거기 계세요. 제가 갈 거예요.

눈물을 훔치던 한 여사는 이랑의 목소리를 듣자 한동안 흔들리 던 목소리를 차분하게 가라앉히고선 말을 이어 갔다.

— 합병이 시작되고 나서, 큰 사모님이 저를 제주도에 있는 농장 으로 보내셨어요. 사람이 계속 곁에 붙어서 아가씨와 연락을 주고 받는지 감시하는 바람에 연락을 드릴 수가 없었어요…….

"……."

이랑은 순식간에 눈물이 차올랐다. 혹시나 그녀에게 폭력이나 위해를 가한 건 아닌지 온갖 상상이 들었다.

— 그러다가 그 사람들이 조금 느슨해지는 틈을 타서 연락 한번 드린 건데, 받지를 않으셨어요. 더 걱정하실 것 같아서 마음이 안 좋았던 차였는데…….

울지 않으려 애썼다. 그녀가 어떻게 해서든 자신이 있는 곳으로 온다고 했지만, 이랑은 다급하게 차 키를 집어 들었다.

"부재중 전화 한 통 받고 불시에 본가로 달려갔었어요. 그런데 한 여사님 흔적은 보이지 않았고, 그날 다 알게 됐어요."

– 어떻게 해서든 미리 알려 드렸어야 했는데 죄송합니다…….

"그런 말씀 하지 마세요……."

– 그리고 갑자기 일선에서 큰 사모님과, 큰 아가씨가 해임되시고 난 이후에 절 감시하는 사람들이 사라졌어요. 그리고 곧장 제가 있는 별장으로 사람들이 찾아왔는데…….

그들이 지금도 조금 떨어진 곳에서 한 여사를 지켜보고 있는 것 같았다.

– 휴대 전화를 빌려준다고 했지만, 제가 꼭 공중전화로 한다고 고집을 부려서 이렇게 하는 거랍니다.

"잘하셨어요. 그 사람들 누가 보냈는지는 아시겠어요?"

불안한 마음에 도대체 그들이 누구인지 당장 얼굴을 보고 싶었다. 답답한 마음만 앞설 뿐 할 수 있는 게 아무것도 없었다.

– 예. 배도환 대표님께서 보내셨다고 했어요. 아가씨 염려하시는 것만큼 위험한 사람들로 보이진 않아요, 이제 제주 공항으로 출발해요. 서울 도착해서 아가씨한테로 데려다 준다고 약속했어요.

이랑은 당장 전화를 끊고 도환에게 전화를 걸어 확인하고 싶었다. 하지만, 한 여사와 전화를 끊으면 안 될 것 같아 이도 저도 하지 못하는 상황이었다.

– 아가씨, 다 잘됐어요. 이 사람들이 아가씨와 함께 지내게 해주겠다고 약속했어요.

불안한 마음이 들었지만, 그저 믿을 수밖에 없었다.

– 이 사람들 믿는 것 외엔, 할 수 있는 게 없어요. 그러니까 긍정적으로 생각하기로 해요.

도착하는 시간에 맞춰 공항으로 가겠다고 했지만 한 여사는 그마저도 사양했다.

전화를 끊자마자 적막에 휩싸였다. 도심은 불안한 마음과는 다르게 너무나도 화려하게 빛이 나고 있었다. 창문으로 톡톡 빗방울이 떨어지는 소리와 함께 봄비가 내리기 시작했다.

11. 위태로운

- 네.

"비서님, 저……."

- 대표님 지금 회의 다 끝나 가시는데요. 무슨 일이십니까?

"하, 한 여사님……."

- 아, 제주 공항에서 오늘 밤 비행기로 올라오실 겁니다.

"왜 저한테 말 안 해 주신 거예요? 제가 얼마나 찾았는데요!"

- 저희도 많이 찾았습니다.

"그런 뜻이 아니라……."

－ 대표님께 하실 말씀 있으면, 전달 드릴까요? 대표님이 지시하셔서 그나마 빨리 찾은 겁니다. 안 그랬으면……. 현장에서 보고한 직원 이야기로는, 위험하게 드넓은 농장에서 한 여사님 혼자 오랫동안 누군가를 기다리고 있었을지도 모른다는 낌새였다고 들었습니다.

확실하게 배도환 대표와, 표 비서의 도움으로 육지로 다시 올라오고 있음을 깨닫자 다리에 힘이 풀렸다.

"회사로 갈게요……."

－ 아, 차량 대기시킬까요.

"직접 운전해도 돼요."

－ 알겠습니다.

주저앉아 있던 다리를 일으켜 세우자 몸이 핑 도는 기분에 벽을 짚고 잠시 기다렸다.

차 키를 집어 들고 무작정 지하 주차장으로 내려가 운전석에 앉았다. 안도감에 휩싸이자 눈물이 핑 도는 기분이 들었다. 한 여사를 제주도까지 내려보낼 필요까진 없었다. 자신이 평생토록 외롭게 살기를 바라는 것에 어머니가 그토록 노력을 기울이고 있다는 것이 충격이었다.

밖에서 혼외 자식을 데려온 남자에 대한 배신감 때문이었을까. 어쩌면 제가 이해할 수 없는 범위의 끝에 다다르자 서러움에 표정이 무너졌다. 이토록 이를 악물게 만드는 모든 상황에 혼란스러움이 가중되기 시작했다.

지하 주차장을 빠져나가는 동시에 후두둑 유리창을 때리는 빗방울이 굵었다. 와이퍼를 작동하며 비가 오는 날 운전을 해 본 적이 없다는 걸 문득 깨닫자 덜컥 겁이 났다. 회사로 간다는 것에 반대하지 않는 걸 보아하니, 그가 오늘도 집에 들르지 못할 건 뻔했다.

운전을 하면 할수록 거세지는 빗줄기에 잠시 긴장했다. 오는 비 때문인지 늦은 밤인데도 도로가 막히는 구간에 갇혔다. 다행히 속도를 내지 않아도 되는 터였다.

간신히 회사 앞까지 도착하자 당연하다는 듯 직원이 내려와 대기하고 있었다. 이랑의 차량 번호를 확인하더니, 안경을 추켜올리고선 우산을 펼치고 다가와 운전석을 두들겼다. 유리창만 빼꼼히 내려 지하 주차장에 진입하는 경로를 물어보려던 차였다.

"제가 주차 도와 드리겠습니다."

"아, 아녜요. 제가 하면 돼요. 게이트 바 그냥 열리나요? 아니겠죠?"

"예. 안 열려요. 사모님. 사원증 가지고 가서 열어야 합니다. 차량 등록이 안 되어 있어서……. 늦은 밤이라 당장 처리할 수 있는 전산 팀도 퇴근해서요. 제가 직접 처리해 드려도 될까요?"

이랑은 어쩔 수 없이 입술을 잘근잘근 깨물며 운전석문을 열었다. 미안한 표정을 지었지만, 그럴수록 사원의 표정이 더욱 불편해져 간다는 걸 알아채곤 서둘러 내렸다.

늦은 밤 회사 로비는 한산했다. 보안 팀이 마침 교대를 하기 위해 모여 무리를 짓고 있었다. 그 옆으로 게이트를 빠져나온 표 비서가 보였다.

"아, 이사님."

보안 팀에서 남자들을 모아 교대를 지시하고 있던 한 사람이 표 비서에게 다가가 인사를 건넸다. 이랑은 변경된 호칭에 놀라 눈을 동그랗게 떴다.

"오셨습니까."

"그……."

남자는 이랑을 알아보지 못하다가, 표 비서가 높게 칭하자 빠른 눈치로 알아채고 정중하게 인사했다.

"직접 모시러 내려왔는데, 제 승진 소식은 그 누구를 통해서도 듣지 못하셨나 봅니다."

"전달해 줄 사람이 없었잖아요!"

"집에서 일 도와주시는 상하 씨는 알았을 텐데……."

흠 하며 그가 입을 삐죽 내밀었다. 화정에게 아까 당신의 소식을 전했다고 말할까 고민했다.

"승진 선물은 그럼 없겠네요."

"있어요."

주훈은 임원진 전용 엘리베이터로 이랑을 안내하며 함께 이동했다. 그러다 불시에 튀어나온 대답에 이랑을 흘깃거렸다.

"그게……."

되는 대로 던져야겠다 싶어서 일단 입을 열었다.

"화정 선배한테……. 잘 지낸다고 전했어요. 제법 성공한 도시의 남자가 되어 있다고……."

약간 좋게 포장도 해서 말이다. 그는 짐짓 화정이라는 이름에 당황하는가 싶더니, 이내 고개를 돌려 정면을 바라봤다. 이런 반응을 보고자 던진 말은 아니었다. 반가운 선물을 받은 사람의 반응이 아니라 이랑은 눈을 굴렸다. 포장도 그럴싸하게 했는데…….

고층에 멈춰 선 엘리베이터 문이 열리자 주훈은 앞서 걸었다. 늦은 밤 남아 있는 직원은 없었다. 일전에 들렀던 공간과 달라진 층이었다. 이랑은 졸졸 따라가다가 문득 도환의 대표실에 들어서려면 두 번의 방을 거쳐야 한다는 걸 깨달았다. 대표실 문 앞에는 그의 이름이 걸려 있었는데, 문득 그 걸려 있는 명패가 이상하게도 너무 높아 보여 낯설게 느껴졌다.

"들어가시죠."

문을 열어 준 주훈은 이랑의 등을 밀어 안으로 안내하고선 문을 닫았다.

조명이 아늑하게 내려간 분위기가, 전에 사용하던 그의 집무실과는 분명 달랐다. 더 이상 잡다하게 어지럽혀져 있는 서류 따윈 굴러다니지 않았다. 치열해 보이는 흔적도 없을뿐더러, 그의 집무실은 두세 배나 더 거대해져 있었다.

"……."

이랑은 도환을 발견하자 걸음이 멈춰 섰고, 업무를 보던 그와 눈이 마주쳤다.

"직접 운전하고 왔다고?"

"네……."

도환은 안경을 빼 들고 미간을 꾹꾹 눌렀다. 이랑은 어정쩡하게 서 있는 제게 다가오라고 말하지 않자 비죽 서운하게 느껴졌다. 결국 스스로 걸음을 조심스럽게 떼어 가까이 다가갔다. 중간쯤 다가가자 도환이 고개를 다시 들어 이랑을 바라봤다.

"비가 많이 오는데."

"급했거든요."

"표 비서한테 전달해도 될 일이었을 거고."

"직접 말해야 했어요."

이랑의 목소리에 힘이 들어가자 나른하게 바라보던 도환의 눈빛에도 힘이 들어갔다. 도환은 깍지 낀 손으로 입을 가리고 그저 바라보고만 있었다. 이랑은 그에게 한 걸음 더 가까이 갔다.

"무슨 이야기일까……."

"고맙습니다. 한 여사님 찾아 주셔서……."

"아, 난 또 뭐라고."

도환은 싱겁다는 표정을 짓고 다시 안경을 집어 들었다. 얼굴에는 장난스러운 표정이 떠올라 있었다. 화를 내며 집을 나섰던 때와는 다르게 분위기가 다정하게 변해 있다는 걸, 예민하게도 알아챌 수 있었다.

"위자료 그걸로 모자란다고 할 줄 알았지. 할 말 다 했으면 가 봐도 좋아."

"……."

이마에 힘이 빡 들어가는 소리였다.

"그런 거 다 필요 없어요. 알잖아요."

"그래?"

입술을 잘근잘근 깨물었다. 도환이 화를 내며 뒤돌아서던 그 순간이 악몽 같아서, 눈만 감으면 도돌이표처럼 돌아오는 꿈에서 깨고 싶었다.

"그런 거 다 필요 없어요. 그러니까……. 대표님이 속죄하든, 뭐를 하든요……. 내 아버지가 죽은 이유가 대표님 탓 아닌 거 알잖아요. 그냥……. 모든 게, 각자로서는 부정할 수 있는 충분한 이유가 있잖아요……."

"……."

도환은 조심스럽게 자리에서 일어나 이랑의 앞으로 다가섰다.

이랑의 입에서는 정리 안 된 말들이 엉터리로 튀어나왔고 시선은 바닥으로 내려갔다. 그러다 불현듯 시야에 들어온 도환의 구두코를 보고선 그가 가까이 다가왔다는 걸 인지했다.

도환의 검지가 잘근거리며 씹히고 있는 이랑의 입술을 조심스럽게 빼냈다.

"미안해요. 말 함부로 해서……."

"진심이 아니었다고 말하는 건가?"

"……."

이랑은 조심스럽게 고개를 끄덕였다. 도환은 소리 없이 웃었다. 이랑은 어쩐지 그 웃음이 귀에 들리는 것 같아 고개를 들어 도환을 바라봤다.

"아……."

도환은 자신의 심장이 자리 잡고 있는 왼쪽을 문지르며 다정하게 웃었다.

"위로가 조금 되는 것 같아."

"뭐예요……."

"또 울 거야?"

"아뇨……."

"그럼?"

도환은 양팔을 벌려 이랑에게 안으로 안기라며 고개를 까닥였다. 노골적으로 안겨 본 적이 없던 터라 이랑은 어색한 표정으로 그의 품 안에 쏙 들어갔다. 그에게서만 나는 은은한 체향이 실로 오랜만이었다. 정말이지, 집으로 돌아온 것 같은 기분이 들었다. 목이 울음으로 가득 차오르는 기분에 입술을 다시 깨물었다.

"이제 비죽 울고 그러는 거 안 할게요."

"아니. 그래도 돼."

"⋯⋯네?"

도환은 큰 손으로 이랑의 등에 살며시 쓰다듬으며 정수리에 턱을 대고 나긋하게 대답했다.

"넌 그래도 돼. 슬프면 울고⋯⋯. 기뻐도 울고⋯⋯. 웃고 싶으면 웃고⋯⋯. 하고 싶은 거 다 해라. 다 하게 해 줄게. 노예처럼 벌어서 다 갖다 바쳐 줄 테니까. 평생 하고 싶은 사업도 해 보고, 공부도 해 보고. 펑펑 써 재끼다가 말아먹든 그것조차도 네 맘대로 해."

"무, 무슨 소릴 하는 거예요."

이랑은 당혹스러움에 몸을 빼서 도환을 바라보려 했다. 하지만 도환이 쉽게 놓아주지 않는 탓에 다시 몸이 그의 품 안에 갇혀 버렸다.

"대신에, 내 앞에서만 그렇게 해 줘. 나한테 감정이 생겨서 울긋불긋한 그런 표정. 감정 조절하지 못해서 어쩔 줄 몰라 하는 표정. 그것만 계속 보여 줘."

"⋯⋯."

이랑은 서서히 뜨거워지는 볼을 그의 가슴에 푹 박아 버렸다. 그러고선 한동안 고개를 들지 못했다. 도환은 처음부터 자신에 대하여 모조리 파악한 것 같았다. 이미 섭렵하고 있었을지도 모른다는 생각이 들었다.

"회사까지 찾아와 주고, 이렇게 비가 오는데도 말이지⋯⋯. 기특하게."

이랑은 한 가지 더 확인해야 할 질문이 떠올라 고개를 팍 들어 도환을 바라봤다. 도환은 고개를 뒤로 빼고선 눈을 마주했다.

"근데, 오늘 터진 기사. 그거⋯⋯. 누가⋯⋯."

"⋯⋯."

도환의 얼굴에서 잠시 당황스러움이 스쳐 지나갔다. 품에서 이랑을 당장 놓아준 그는 집무실 책상 한편으로 다가가더니 배달 책자를 잽싸게 빼 들었다.

"저녁 먹었나? 여기 근처에 새로 생긴 치킨집이 있다고 했는데 직원들 칭찬이 자자해. 난 아직 안 먹어 봤어. 너랑 먹어 보려고. 이왕 온 김에 지금 시킬까?"

"⋯⋯."

이랑의 미간에 슬슬 힘이 들어갔다. 그는 끝끝내 못 본 척하며 다급하게 휴대 전화를 꺼냈다. 휴대 전화로 간편하게 배달을 시키는 방법을 배웠다고 자랑까지 하며.

* * *

그가 실수하는 경우를 본 적이 있냐고 누군가에게 묻는다면, 그런 경우를 볼 기회가 있느냐는 질문이 되돌아올 거였다.

"아⋯⋯."

주훈은 사무실로 배달 온, 음식이 담긴 봉투를 들고 대표실로 들어왔다. 도환은 의기양양하게 자신이 배달 어플을 사용해서 시킨 거라며 어깨를 올렸다. 하지만 그가 말했던 굉장한 맛집이라고 소문이 난 치킨이 아닌, 햄버거가 담겨 있었다.

"이상하네……."

도환은 어정쩡하게 서서 안의 내용물을 어색하게 바라보았다. 이랑은 그런 도환에게 다가가 봉투를 빼앗았다.

"그냥 먹어요."

"다시 시킬까?"

"아뇨, 배도 고프고……."

도환은 어이없게도 자신에게 실망감을 감추지 못하는 표정이었다. 이랑은 웃음을 참지 못해 결국 햄버거를 꺼내 들다가 소리 내 웃어 버렸다. 이 상황에 대한 변명은 꼭 해야겠다며, 주훈이 원래 사용하던 아이디였다고 했다. 주훈이 먹으려고 담아 두었던 음식 목록을 손가락이 미끄러져 잘못 선택한 거라고 구태여 말했다.

나란히 앉은 두 사람은 동시에 햄버거 포장지를 까면서 비 내리는 도심을 바라봤다. 비가 내려서 그런지 유독 차들이 느리게 달리고 모든 것들이 속도를 내지 않는 것처럼 보였다. 안개까지 자욱하게 끼어서는 분위기가 몽환적이었다. 두 사람은 함께 다른 이국적인 도시에 여행을 온 기분마저 들었다.

"맛있다."

"다행이네."

도환은 심드렁하게 햄버거를 씹다가 이랑을 바라봤다.

"원래 전자 기기에 능한 줄 알았는데."

"조금 전에 변명한 게 하나도 안 통한 것 같네."

이랑은 음료를 집어 들고 빨대를 물다가 다시 웃음이 터졌다. 바스락거리는 종이가 작은 손에 조금 버거워 허우적거렸다. 도환은 자신의 것을 테이블에 내려놓고 이랑의 포장지를 아래로 곱게 접어 먹기 편하도록 각을 잡아 주었다.

"은나기업 대표에 앉아 있는 사람들 왜 해임했냐고 따질 줄 알았는데."

이랑은 마침 생각났다는 듯 그를 바라보며 고개를 끄덕였다.

"아버지 회사 망하게 하려고 작정했냐고. 막 눈에 불을 켤 줄 알았는데, 다행히 아니더라."

"그 생각도 없는 건 아니었거든요. 도대체 무슨 계획이신 거예요……."

도환은 회사 경영에 참여하고 있던 어머니와 첫째 언니를 가족으로 칭하지 않았다. 그 사람들이라고 칭하는 말에서 이제는 다시 보지 못할 사람들로 분류하는 듯 냉기가 느껴졌다.

"어머니와 첫째 언니만큼 회사 내부 사정을 잘 아는 사람도 없을걸요."

"그럼 너는 알아?"

"……몰라요. 그러니까요!"

이랑은 테이블에 먹다 남은 햄버거를 내려놓았다. 티슈를 한 장 뽑아 입을 닦고 오물거리며 간신히 말을 이어 갔다.

"갑자기 그렇게 해임하면 그 자리엔 누가 앉냐고요. 저한테 모든 걸 다 주신 게 다가 아닐 거 아니에요."

도환은 자신의 햄버거 내용물에 대하여 유심히 살펴보며 말했다.

"앞으로의 은나기업이 걱정이면, 공부나 열심히 해. 딱 스물아

홉 살이 되면 널 1년 동안 임시 대표에 앉힐 생각이야. 그사이 네 주식을 내가 야금야금 먹어 치울 생각이거든? 그때 가서 내 표를 받지 못하면, 넌 대표직에 못 올라가."

"……컥."

순간 내려가던 음식물이 목에 걸렸다. 주먹을 말고 가슴을 툭툭 때렸다. 예상하지도 못했던 갑작스러운 발언이었다. 도환은 표정 변화 하나 없이 음료를 들어 이랑의 입에 가져다 댔다.

"그전까지는……. 월급 사장 알지? 그런 사람들로 2년 동안 두 번 돌릴 거야. 은나기업은 혁신이 필요해. 네 말대로 내부 사정을 잘 아는 사람들도 중요하지. 하지만, 변화가 필요하다면 능력 있는 사장들이 자리에 앉아 회사를 꾸려 가는 것 또한 중요하다고 보지 않아?"

"……."

이랑은 머리에 해머를 맞은 기분이 들었다. 아버지가 고뇌하다가 결국 해결하지 못하고 죽음을 맞이했던 것에 대한 간단한 대답을 도환은 너무도 쉽게 내뱉고 있었다. 그럼에도 불구하고 화가 나지 않는 이유는, 그가 아버지가 일구어 낸 은나기업을 절대 남의 손에 주지 않겠다고, 무언의 약속을 머리 좋게 돌려 하고 있기 때문이었다.

"쓸데없이 능력도 없으면서, 꾸려 갈 힘도 없으면서 자리 차지하고 있는 사람들이야말로, 아끼는 자신들의 회사가 계속해서 침몰하는 걸 보고만 있는 것도 아주 한심한 거라고."

이랑은 도환이 누구를 빗대어 말하는지 잘 알고 있었다.

"그건 너도 예외 없어. 지금은 네게 모든 주식이 몰려 있지만. 조금 전에도 말했듯이, 난 네 주식을 아주 야금야금 먹어 치울 생각이거든. 난 사업에선…… 가족이고 뭐고 없는 거 알지."

"……가족."

"어. 가족."

이랑의 입가에 웃음이 피어났다.

"어쭈, 웃어? 부부 사이에 주식으로 칼바람이 불지도 모르는데, 넌 이게 웃겨?"

"네."

"……참나."

도환은 반쯤 남은 햄버거가 취향에 안 맞는지 내려놓고 음료를 집어 들었다.

"상관없어서요."

"뭐가."

"그냥……. 가족인데 뭐 누가 다 가져가든 어때요."

도환이 눈을 위로 굴렸다. 음료를 다시 테이블로 탁 하고 내려놓더니 이랑을 향해 고개를 비스듬하게 꺾었다.

"이런 게 무슨 경영을 공부한다는 거야. 사회 복지나 공부해라."

"그럴걸……. 그랬으면, 혹시나 인정받고 살았을지도 모르잖아요."

"지금도 그 사람들한테 인정받고 싶어?"

이랑은 고개를 좌우로 흔들며 아니라고 단호하게 표현했다.

"근데, 인정받고 싶은 사람은 생겼어요."

그리고 생긋 웃으며 도환을 바라봤다. 도환은 그토록 생긋거리며 웃는 이랑의 웃음에 결국 입을 꾹 닫았다. 쓴소리를 다발로 내뱉으려 장전했지만, 그 또한 다시 속으로 삼켜 버렸다.

* * *

돌아오는 길 본인이 운전대를 잡겠다고 고집을 부리는 바람에 얻어 낸 귀한 한 시간이었다.

"자, 잠깐만요."

지하 주차장에 진입하자마자 지정된 구역에 벽을 보게 주차를 한 도환은 다급하게 이랑을 잡아당겨 입술을 부딪쳤다.

"왜."

"사람 지나갈 것 같아요."

"그래서 벽에 대고 거꾸로 박아 놨잖아."

도환은 다급한 성미를 부리며 재촉했다. 도착하면 집에 올라갈 시간이 없으니, 입술만 머금겠다고 오는 내내 그토록 신중하게 허락을 받느라 구구절절이었다.

"하……."

무게를 싣고 입술로 밀어붙이는 바람에 이랑의 등이 결국 차 유리창에 바짝 붙어 버렸다. 양팔을 벌려 도환의 머리를 끌어안는 순간 순식간에 몸이 들어 올려져, 그의 몸 위로 포개졌다.

"이, 이럼 어떡해요!"

"딱 5분."

"아, 안 돼요. 아무래도 이건."

"사람 피 말려 죽일 거야?"

"……."

그가 침으로 번들거리는 입술만 보며 중얼거리다가 마침내 다그치기 시작했다. 치졸하고 양아치다움에 스스로 자괴감이 드는지 결국엔 한숨을 푹 쉬었다. 이랑의 어깨에 도환의 이마가 꾹 눌러 내렸다.

"아……."

한동안 고개를 들지 않던 도환은, 속으로 자책을 다 한 것인지 고개를 들고 평정심을 찾은 얼굴을 했다. 허벅다리 위로 올려진 이랑은 다리를 오므린 채 손가락을 꼼지락거리며 눈만 조용히 굴리고 있었다.

"필요한 건 없고?"

뜬금없는 질문에 이랑은 어색함을 감추려 최대한 화사하게 웃어 보였다. 전화 한 통이면 다 해결되는 주거 환경이 있는데 필요한 게 있을 리가 없었다.

이랑은 문득, 표정에 변화가 생겼다. 도환이 허리를 잡아 다시 본래의 자리로 옮기려는 걸 도리어 막아 세웠다. 평정심을 간신히 찾은 도환의 얼굴은 이랑의 행동에 영문을 모르겠는 표정이었다.

"왜?"

"그……. 그, 필요한 거 있어요."

"말해 봐."

이랑은 밑져야 본전이라는 욕망이 속에서 꿈틀거렸다. 일생일대에 있어서 본교에서 그것도 본과에서 받을 수 있는 신의 영역의 점수. 욕심내려면 이 정도 도박과 야심은 있어야 한다는 생각과 함께 눈을 가늘게 뜨고 결심했다. 그리고 곧장 이랑의 입에서 그룹 과제에 필요한 자료 몇 가지가 튀어나왔다.

도환은 한쪽 팔을 창문에 지탱하고 미세하게 인상을 찌푸리며 이랑을 바라봤다. 한동안 말이 없는 와중에 이랑은 조심스럽게 도환의 대답을 기다리며 눈치를 봤다.

"네가 방금 말한 자료들은 쉽게 구할 수 있는 자료들이 아니야. 희귀하고 어쩌면 회사 내부에선 기밀로 취급되는 서류가 될 수도 있는데 그게 자료로 돌아다닐까? 대학생들이 외국 기업 합병 관련해서 네가 말한 그런 자료들까지 참조해 과제를 하려 하는 이유는?"

"완벽한 학점을 위해서죠!"

이랑은 굳은 얼굴로 박수를 딱 치며 어필했다.

"태양에 가까이 다가갈수록, 날개는 불에 타. 그러면 어떻게 될까? 추락하게 되지."

"아……."

"완벽할 필요 없다는 얘기야."

이랑은 인상을 쓰며 어깨를 축 내리고 기운 빠지는 소리를 냈다. 이 와중에 상황을 신화랑 비교할 건 또 뭐람. 속으로 중얼거리는 걸 알아챈 도환은 이랑의 턱을 붙잡아 다시 자신의 눈을 마주치게 했다.

"……."

무엇을 원하는지 단번에 알아챈 이랑은 고민할 게 없었다. 그의 볼을 잡고 입술이 뭉개지도록 자신의 입술을 내리눌렀다.

"윽!"

예고 없이 파고든 도환의 살덩이가 부드럽게 치열을 훑고 지나가며 깊숙하게 파고들었다. 도환의 큼직한 손바닥이 등을 쓸어

골반 뼈를 스칠 때마다 그곳에 불티가 남아 있는 것처럼 생경했다. 입술이 떨어졌을 때 도환은 만족스러운 눈으로 하얀 볼을 쓸었다. 이랑 역시 젖은 눈으로 한참 동안 도환의 얼굴에서 시선을 떼지 못했다.

* * *

발갛게 부어오른 입술을 한 이랑은 지하 주차장에서 홀로 후미등을 번쩍이며 빠져나가는 차를 한참이나 바라봤다. 괴롭힘 당하다 못해 퉁퉁 부어오른 입술을 매만지다가 그냥 가지 말라고 졸라나 볼걸, 하는 아이 같은 마음이 들었다. 그리고 그가 회사로 돌아간 뒤 한 시간여 만에 이랑에게 꼭 필요했던 자료가 정확하게 메일로 도착했다. 그것도 수십 가지 사례와 함께.

집에 들어오자마자 대충 자료를 단체 문자방에 공유했다. 늦은 시각에 제일 먼저 확인한 지혜가 곧장 전화를 걸어왔다. 탄성을 질렀지만, 곧 한 여사가 도착할 시간이라서 내일 학교에서 자세한 이야기를 하는 걸로 마무리하고 전화를 끊었다.

다행히 공항에 잘 도착했다는 연락을 주훈이 직접 이랑에게 전달했다. 배도환 대표는 이번 주까지는 회사에 매진해야 한다는 이유로, 집에 잘 오지 못할 거라는 말을 직접 하지 못해 그 또한 주훈을 통해 전달했다. 그리고 그는 이야기 끝에 '회의 때마다 칼바람이 부는데, 이랑이 회사에 들를 때면 조금 완화가 돼서 다들 고마워한다.'라는 솔깃한 말을 덧붙였다. 모두의 안부를 위한 일이니, 대의를 위해 밤에 마실을 잠깐 나오는 것도 나쁘지 않

138

지 않겠냐고.

이랑은 주훈에 대한 호칭이 입에 잘 붙지 않아, '이사'라는 호칭을 다음부터는 꼭 붙여야겠다고 다짐하며 이런저런 생각에 젖어 들었다.

과제에 대하여 대충 마지막 정리를 하고 시간을 보내던 와중에 초인종이 울려 현관으로 달려갔다.

"……아가씨."

"한 여사님."

중년을 넘어선 그녀는 이제 어쩌면 일선에서 물러나 휴식기에 접어들어야 할 나이였다. 그런 그녀를 놓아주지 못해 본가에서 제주도까지 보내 버리는 짓을 저지른 것에 참을 수 없는 화가 치밀었다.

한 여사는 눈을 꾹 감고 속으로 이랑의 안부가 무사하다는 것에 잠시 기도를 하는 것 같았다. 이랑은 허리를 숙여 직원이 전달해 준 가방을 감사하다는 말과 함께 직접 받았다.

한 여사는 집으로 들어선 후에도 이랑에게서 눈을 떼지 못했다. 어쩐지 얼굴을 마주치면 눈물이 왈칵 쏟아질 것 같아서, 얼굴에 힘을 잔뜩 주고 있던 차였다.

"잘 지내시는 것 같아서 다행입니다. 본가에서 따라붙은 직원들이 갑자기 사라지는 바람에, 어찌해야 할지 몰랐거든요……. 가족들이 있는 고향으로 가려던 차에 낯선 분들이 찾아와 아가씨 이름을 대고선 모셔다준다고 하는데 덜컥 겁이 나더라고요……."

"그렇다고 따라간다고 짐을 싼 거예요? 그럼 어떡해요……. 나쁜 사람들이었으면 어쩌려고요……."

이랑은 한 여사의 얼굴을 똑바로 쳐다보지 못한 채 울먹였다. 다 스스로가 무능한 탓인 것만 같았다. 소중한 사람 하나 제대로 지켜 주지 못한 무기력함은 쉽게 사라지지 않았다. 순간순간 잊을 만하면 고개를 드는 탓에 속수무책으로 당했다.

"다…… 제 탓이에요."

"……예?"

수척해진 얼굴을 한 한 여사가 처연한 얼굴을 하고선 이랑을 바라봤다.

"모두에게 미움 받을지언정……. 단 한 사람만이라도 절 좋아해 주니까, 하루라도 더 지낼 수 있다고 겁쟁이처럼 뒤에 숨어서 떨면 안 됐던 거였어요."

"다 지난 일이에요. 뉴스를 통해서 대충 소식은 접했습니다. 본가에서 매일같이 전화가 와서는 저를 감시하던 것도 하루아침에 뚝 끊겨 버렸습니다. 오히려 제가 본댁과, 큰따님께 연락을 드렸는데 이제는 반대로 닿지 않더라구요."

"죄송해요."

"아이구……. 제가 아무래도 날을 잘못 잡은 것 같습니다."

한 여사는 옷매무새를 다시 잡더니 곧장 떠나려는 듯 일어섰다.

"어디 가시려구요."

"저도 집 있고 자식 있습니다. 아가씨."

다정함 속에 피곤함이 묻어난 웃음이 피어났다. 이랑은 주름이 예쁘게도 자리 잡고 있는 한 여사의 얼굴이 좋았다. 만약에 친모가 살아 있었다면 아마도 한 여사와 비슷한 모습일 거라고 수백 번 상상해 본 적 있었다.

"자세한 회사 상황은 잘 모르지만……. 오는 길에 그 표주훈 이 사님이 전화로 설명해 주시더군요. 아가씨 안부는 절대 걱정하지 않아도 된다고요. 그리고 언제든지 아가씨가 보고 싶으면 집에 드 나들어도 좋다고, 대표님이 허락하셨다고 합니다."

"그 사람이요……?"

"네. 당장 본가에서 주지 못한 퇴직금도 며칠 내로 정리해 준다 는 딱딱한 이야기를 하는 통에 분위기가 팍 깨졌지만요."

쓴웃음이 터지는 이랑을 보던 한 여사도 함께 웃었다.

"가족들이 걱정을 많이 해서 이제 돌아가 봐야 합니다. 돌아가 서, 푹 쉬고…… 자, 이 몰골 좀 보세요."

한 여사는 자신의 폭 파인 볼을 톡톡 두드리며 가리켰다.

"요런 몰골 좀 해결하고 다시 찾아뵙죠. 아시겠어요, 아가씨? 그 동안 학교 잘 다니고 계세요."

이랑은 가지 말라고 애원하고 싶었지만 차마 입 밖으로 꺼내지 못했다. 남는 게 방인데 하루만이라도 함께 있다 가 달라고, 목 끝 까지 말이 차올랐지만 참아야 했다. 그녀에게는 자신보다 더 진한 피가 흐르는 자식과 가족이 있다는 걸 잊고 있었다.

"아, 배도환 대표님이 불시에 본가에 방문하셨던 그날 말입니 다……."

"네."

"그날 아가씨가 지내셨던 작은 방에서 한동안 머물러 있으셨어 요. 어떤 생각을 하셨는지는 모르겠지만, 한참이나 이런저런 가 구를 보고 아가씨가 어릴 적부터 쓰셨던 침대에 앉아 있다가는 뭔 가를 결심한 듯 독단적인 선택을 하셨답니다."

"그랬군요……."

"너무 중대한 사안이라, 저도 엿듣기만 했는데. 그 와중에 놀라서 입을 틀어막을 수밖에 없었어요. 아가씨에게 당장 전화한다고 해서……."

"제가 해결할 수 있는 일이 아니었을 테니까요……."

한 여사는 덥석 이랑의 손을 잡았다. 다시금 우울감에 도취되려는 그녀를 이 큰 집에 혼자 두고 가는 한 여사 또한 마음이 편치는 않은 게 분명했다.

"다 끝났어요. 그래요. 아가씨 말대로, 할 수 있는 게 없었어요. 아가씨도, 저도요. 우리가 할 수 있는 게 없었지만, 그 사람이 아가씨 대신 모든 걸 다 해 준 거예요. 그러니까 믿고 따르세요. 그만한 가치가 있는 사람으로 보여요. 늙은이 눈은 믿어도 됩니다."

이랑은 억지로 웃어 보였다. 집에 가서 쉬고 싶은 여사를 마냥 붙잡아 둘 순 없는 노릇이었다. 차로 데려다준다고 이랑이 고집을 부렸지만, 한 여사는 큰아들이 데리러 오기로 했다면서 1층까지만 배웅해 달라고 했다.

인적이 드문 늦은 밤에 도로는 한산했다. 아파트 입구로 곧 도착한다며 큰아들이 한 여사에게 전화를 걸었다. 애써 밝은 목소리로 통화하는 모습에 마음이 더 불편해지려던 찰나였다.

"좋은 소식 또 있어요."

"뭔데요, 아가씨?"

전화를 가방에 넣은 한 여사가 이랑을 보며 물었다.

"아버지가, 제게 유산을 꽤 많이 남기셨더라구요."

"저, 정말인가요?"

"네."

"그럼요. 그럴 줄 알았어요. 그렇게 가실 분이 아니었는데……."

그녀는 혼란스러운 와중에 다행이라는 얼굴이었다. 이랑은 결국 눈물이 차올랐는지 소매로 눈가를 찍으며 고개를 돌리는 한 여사의 손을 잡아 꼭 쥐었다. 따듯한 온기를 또 언제 느껴 볼지 모를 일이었다. 며칠 후가 될지, 혹은 몇 주 후가 될지, 같은 집에 살지 못하는 와중에 이제는 더더욱 보지 못할지도 모른다는 막막함에 평소보다 과감하게 손을 꼭 잡았다.

"그리고 아버지가……. 한 여사님이 저 품에 안고 키웠던 거 잘 알았는지, 여사님 앞으로도 남기셨어요."

"제, 제 앞으로요?"

깜짝 놀란 얼굴을 한 동시에 큰아들로 보이는 차 한 대가 입구로 미끄러져 들어와 멈춰 섰다.

"집에 가서 푹 쉬세요, 이 건으로라도 저 꼭 다시 만나러 오셔야 해요. 아셨죠? 안 그러면……."

자꾸만 목이 턱턱 막혀 와 말이 제대로 나오지 않아 갑갑했다. 큰 구슬이 목에 걸려 있는 기분에 울먹이며 간신히 목소리를 짜내던 와중에 한 여사가 엄한 투로 이랑을 다그쳤다.

"울지 마셔요, 아가씨. 아까부터 말하는데 왜 자꾸 우시는 거예요……."

"안 울게요."

한 여사는 큰아들이 차에서 내려 이랑을 향해 허리를 숙이는 걸 보고도 선뜻 발을 떼지 못했다.

"집에 가서 전화기 충전하고, 잘 도착했다고 연락드릴게요. 그러니……."

따뜻한 손이 젖은 볼을 쓸었다. 이랑은 그 나이 든 손의 감촉이
너무 그리운 기분이 들었다.

"집에 일 도와주는 분은 있으신거죠? 아까 언뜻 둘러볼 땐……."

"네. 그럼요. 처음에는 네 명이나 있던 걸 한 분으로 줄였어요."

"에구……. 그럼 못써요. 그 사람 혼자 큰 집 다 청소하려면 얼마
나 힘들겠어요. 그런 건 생각 못 했지요?"

"네……."

그래서 상하가 남았던 건가 문득 생각이 스쳤다.

한 여사의 곁으로 다가온 아들이 짐 가방을 대신 들고 이랑에게
다시 한번 더 인사를 한 뒤 자신의 어머니를 차로 모셔 갔다. 뒷좌
석에 탑승하기 전 이랑을 보고선 안도의 웃음을 짓는 그녀는 그
제야 집으로 돌아갈 수 있었다.

무거운 걸음으로 엘리베이터를 타고 다시 집 안으로 들어서자,
어디선가 희미하게 진동 소리가 들렸다. 휴대 전화를 찾자 마침
전화가 걸려 오고 있었다. 도환이었다.

"네……."

– 만났어?

"……."

– 울었구나.

"아뇨……. 많이 운 건 아닌데."

– 집에서 하루 보내고 가는 건 어떠냐 물었는데, 가족들이 기
다리고 있어서 곤란하다고 정중하게 거절하시더라고. 아무래
도……. 일부러 그런 것 같기도 해서.

"……."

이랑은 괜스레 풀이 죽어 아무 말도 하지 못했다.

- 음…….

그의 손 안에서 움직이는 마우스 소리가 달칵거리는 게 생각보다 듣기 좋아, 가만히 귀를 기울이고만 있었다.

- 갈까?

"아뇨……."

- 풀 죽어 있는 게 눈에 선해서.

"아무 말 안 해도 좋으니까, 그냥……. 전화만이라도 붙잡고 있어요."

도환은 낮은 목소리로 웃더니 새벽이 되도록 전화를 끊지 않았다. 이랑은 잠이 들 때까지 그가 조용히 마우스를 움직이는 소리, 화상을 통해 해외 바이어와 회의를 하는 소리, 또는 주훈과 조곤조곤 대화를 나누는 소리를 위로 삼아 잠에 빠져들었다.

* * *

"누나."

V를 그리며 강의실에 미리 자리를 잡고 있는 두 사람을 본 이랑이 곁으로 다가가 앉았다. 지혜는 이미 손으로 꽃받침을 한 채로, 눈을 반짝이며 이랑을 바라보고 있었다.

"진짜 최고. 어디서 구한 자료들이에요? 너무 귀한데……. 제 안목으로는 말이죠. 이거……."

그제야 생각난 듯, 가방에서 책을 꺼내며 속삭였다.

"그거……. 본문에 참조할 때는 출처를 어디로 적을지 고민해야 해."

"왜요?"

"그게……."

도환에게서 전달받은 서류에는 합병 당시 회사 간의 서약이 기밀로 유지되는 조약들이 있었다.

"법률이라든가 이런 건 상관없지만……. 상호 간의 작용 등이나 회사 간의 주고받은 거래 내역 같은 디테일한 부분들이 너무 적나라해서……."

"그건 그렇네요……."

상현이 짐짓 심각한 표정을 지었다. 대충 정리된 그룹 과제 PPT를 펼치고선 마우스를 서둘러 움직였다.

"그럼 일단 이니셜로 처리하고, 이 부분에 대해서 교수님이 따로 코멘트를 원하시면 그때 개인적으로 전달 드리는 건 어때요?"

"좋은 생각이다. 그거 괜찮은 것 같아. 어차피, 교수님만 아시는 거라면……. 논문에 활용하지 않겠다고만 약속받으면 되고."

"그러다가 뒤통수치면?"

지혜가 불현듯 경우의 수를 제시하며 인상을 썼다. 하지만 곧이어 이랑이 고개를 가로저으며 어색하게 웃어 보였다. 웃음의 의미를 대략 파악한 두 사람은 심오하게 고개를 끄덕였다.

"교수님도……. 이랑 언니의 존재를 이미 알고 있다는 뜻이네요."

"전공 교수님들은 대부분 거의 다……."

"네? 와……."

복학 전에 캠퍼스에 장학금 명목과 더불어 잔디를 새로 깔아 준 것에 대해선 함구하기로 했다. 그래서 더더욱 이랑에게서 나오는 말들은 교수님들 또한 외부로 발설했다간 위험하다는 걸 잘 알았다.

"이 회사는 국내에서는 합병이 불가피한 사항에 대해서, 이런 방법으로 유리하게 합병을 하게 됐다. 이건 적어야겠지만…… . 그럼…… . 출처는 이니셜로. 회사 간에 협약이 처리된 날짜는 다 기입하고, 다 되어 가는데요? 보자…… ."

작은 노트북 화면에 세 사람은 머리를 조아리고 마무리를 하는 것에 최대한 힘을 썼다. 그리고 서로 의견에 큰 반대 의견을 달지 않는 것으로 마무리를 지었다. 삼삼오오 모여 과제에 관하여 심혈을 기울이던 와중에 강의실에 교수님이 들어서자 하던 것들을 멈췄다.

"점심은요?"

상현이 속삭였다.

"학식."

"어…… ."

"…… ."

이랑은 미안한 표정으로 그저 교수님을 바라봤다. 척박하고 살벌한 4학년 대학 생활의 마무리를 학식으로 대신해야 하는 두 사람에게 미안한 마음이 들었다.

다음 강의까지 대충 시간을 계산하며 대학가 근처 한적한 곳이 어디 있나 생각을 해 봤다. 척박하고 비루했던 인생에 그다지 가 본 곳이 많이 없었다는 걸 깨닫자 급 암울해졌다.

[수업 중?]

진동이 울렸다. 이 시간에 웬만해선 진동이 울리지 않았던 휴대 전화가 낯설어 조심스럽게 꺼내 들자, 도환으로부터 문자가 와 있었다. 반갑고 놀란 마음에 후다닥 답장을 보냈다.

[네. 어디예요? 집에 온 거예요?]

[그럴 리가. 회사야. 점심시간 전에, 두 시간 짬이 나는데 그럼에도 불구하고 넌 수업 중이라 나는 우울해서.]

조금 전 들었던 우울한 마음의 색깔이 잠시 달라진 사실이 뜨끔했다. 도환에게 선뜻 용기 내서는 하트 모양의 이모티콘을 하나 보내고 휴대 전화를 후다닥 다시 가방에 쑤셔 넣었다. 별안간 답장이 도착하는 듯 진동이 울려 조심스럽게 흘깃거렸다. 보낸 하트 하나에 더 붙여 하트 두 개가 답장으로 왔다.

"수업 중에 휴대 전화는 조금 자제해 주세요."

교수님과 눈이 딱 마주친 이랑은 후다닥 휴대 전화를 가방에 욱여넣고 자세를 고쳐 잡았다.

앞을 내내 보고 있던 지혜가 속삭였다.

"언니, 휴대 전화 몰래 보는 연습 좀 하셔야겠어요. 그리고…….화면 누를 때마다 진동 울리는 거 끄는 법 모르시죠? 딕 딕 거리는 소리 엄청 컸어요. 누구예요?"

"응? 어……. 그게…….."

이랑이 멋쩍게 웃으며 대답을 얼버무렸다.

수업 시간이 어떻게 지나갔는지도 모른 채, 배고픔에 굶주리고선 세 사람은 학교 식당으로 향했다. 캠퍼스 내에는 봉우리가 이제 빵빵해졌다. 정말이지 몇 시간 내로 벚꽃이 화사하게 필 것처럼 나무들이 심상치 않았다.

지혜는 잊지 않고 학교 식당으로 가는 길에 이랑에게 손을 내밀었다. 휴대 전화를 건네주자 옵션에 들어가 키보드를 누를 때 울리는 진동 기능을 꺼 주고 다시 돌려줬다.

"아, 맞다. 발표는 누나가 하시는 게 어때요?"

"찬성."

지혜가 가방에서 지갑을 꺼내 포스기로 다가가 결제를 하고 학식 쿠폰 세 장을 뽑았다.

"난, 싫어. 한 번도 안 해 봤어, 그런 거."

"진짜? 3학년까지 그룹 과제 참여하면서 한 번도 없다구요? 어떻게 그럴 수가 있어요?"

"아무래도 조용했고, 이번처럼 자기 할 일만 잘하면 대충 조명받는 친구들이 잘해 줬거든."

상현은 이랑의 성향을 짧은 시간이지만 봐 왔던 바로는 그럴 만하다는 투로 고개를 끄덕이며 식판을 집어 들었다.

"저는…… 솔직히 발표까지 하면……."

지혜가 이랑의 눈치를 봤다.

"그치? 조금 불합당하지……."

"그쵸? 언니? 제가 발표까지 하면 이건 너무……. 피곤해요."

그러고선 우는소리까지 했다. 두 사람이 저보다 마침 해야 할 일이 더 많은 건 사실이었다. 지혜는 앞서 새벽마다 어머니 일까지 돕고 있었다. 발표마저 떠넘길 수 없어 이랑은 입술을 잘근잘근 깨물었다.

"언니. 할 수 있어요. 몇 번 연습하면 별거 아니구요. 그리고, 다

들 자기 발표 앞서서 무리 지어 앉아서는 노트북에 코 박고 쳐다
도 안 봐요. 저 믿어요. 진짜예요."

세 사람이 구석진 곳에 자리를 잡았다. 상현은 탄산이 마시고 싶
다며 식판을 내려놓자마자 자리를 다시 박차고 일어났다. 이랑이
캔을 벌컥이던 상현에게 발표를 미루자 그는 고개를 가로저었다.
그러자 지혜가 젓가락질을 하며 말했다.

"이번에 과제 내준 교수님, 성차별 엄청 쩔거든요. 남자가 발표
하면 절대 안 되는 분이라."

"뭐?"

국을 뜬 숟가락을 움직이지도 못한 채 인상을 썼다.

"그죠, 누나. 요즘 시대에 그런 사람이 아직 살아 있다는 게 신기
하죠. 어떻게 힘써서 끽 안 될까요."

끽 소리를 내며 상현은 자신의 목에 손가락으로 선을 긋는 시
늉을 했다. 지혜가 숟가락을 들어 상현의 이마를 빡 소리 나게 쳤
다. 셋 다 우는 얼굴이었지만 결과적으로 발표는 이랑이 떠맡게
되었다.

식사를 서둘러 마치고 다음 강의로 이동하려 일어났다. 지혜는
수업 하나가 일정이 틀려 잠시 헤어졌다가 도서관에서 만나기로
했다. 강의 건물에 먼저 데려다주자는 상현의 제안에 이랑은 흔
쾌히 수락했다. 그 김에 커피를 한 잔씩 들고 도란도란 이야기를
하며 캠퍼스를 다시 걸었다.

오전에 한 여사님에게 보냈던 문자에 대한 답장이 오지 않아 괜
히 걱정스러운 마음이 사라지지 않던 차였다. 간밤에 본 그녀의
수척해진 얼굴이, 도환의 전화가 아니었으면 사라지지 않아 긴

밤을 설쳤을 게 분명했다. 아무래도 며칠은 푹 쉬고 싶다고 말은 했지만 그래도 도착하면 연락은 주겠다고 했던 그녀의 말에 서운함이 느껴졌다.

"그래도……. 연락 좀 주시지."

"누구요?"

상현은 지혜가 건물로 들어가는 걸 보며 손을 흔들었다. 이랑도 뒤늦게 이따 보자며 인사를 하고 상현와 함께 뒤돌아섰다..

"응……. 가족 같은 분."

"가족이면 가족이지. 가족 같은 분은 뭘까요. 희한하네."

"그런가?"

한 여사에게는 바람직하게 잘 자란 두 아들이 있고, 조금 있으면 정년퇴임을 앞둔 다정한 남편도 있었다. 그들이 그녀가 어느 집 '식모살이'를 한다는 것에 오래도록 불만이 많은 걸 알고 있었다. 하지만 그녀에게는 어린 이랑을 혼자 두어야 한다는 것이 쉽게 그 집에서 일을 그만두지 못했던 이유의 큰 부분을 차지했었다.

"가족이 뭐 별거예요. 마음만 통하면 가족이지."

"……"

"아! 근데……. 다른 의미로는 또……. 다를 수도 있어요."

"무슨 말이야?"

"제가 어릴 적에 방황하고 사춘기 시절 정신 못 차릴 때, 휴지통에 갖다 버리고 싶다고 막말하고 그랬거든요. 어느 날은 엄마가 그날을 회상하면서 그러던데요. 가족이라는 게, 그렇다나."

이랑은 별안간 희한한 표정을 지으며 상현의 말에 웃어 버렸다. 멀리서 상현을 알아본 친구들이 농구 코트에서 손을 흔들었다.

아직 두 사람이 들어가야 할 강의는 30분 후에 시작이니, 15분만 뛰겠다고 상현이 허락을 구했다. 이랑은 고개를 끄덕이며 벤치에 앉았다. 오랜만에 오래 걸었던 탓인지 다리가 아팠지만 운동 부족인 걸 티 내고 싶지 않아 조심스럽게 허벅지를 꾹꾹 주물렀다.

조만간 뜨거운 여름이 도래할 거였다. 코트에서 농구공을 던지며 뛰고 있는 남자들은 이미 땀으로 흠뻑 젖어 있었다.

"가족……."

쓰레기통에 가져다 버리고 싶은 몇 사람. 마음이 통한 피 한 방울 섞이지 않은 사람. 여러 사람들이 머릿속에 떠올랐다.

비죽 쓴웃음이 입가에 걸렸다.

이랑은 조심스럽게 휴대 전화를 들어 올려 셀카 한 장을 찍었다. 그리고 일어서서 두리번거리며 봉우리가 빵빵한 벚꽃 나무를 한 장 찍었다. 두 장을 포개어 배도환 대표에게 전송했다. 몇 분간 뚫어지게 화면만 보며 답장을 기다렸지만 곧장 오지 않는 걸 보니 아마도 다시금 일선에 빠져들어 정신없는 시간인 게 안 봐도 뻔했다. 그리고 한참을 고민하다가 이랑은 휴대 전화의 자판을 꼭꼭 누르며 배도환 대표님이라는 호칭을 '남편'으로 바꿨다.

* * *

도서관은 이미 만석이었다. 조별 과제를 하기에 최적인 야외 테라스도 이미 학생들로 꽉 차 있었다. 그 바람에 세 사람은 캠퍼스 내에 위치한 카페로 이동해야 했다. 간신히 자리 잡은 구석진 곳에 옹기종기 모여 조별 과제를 마무리하는 데 의견을 모았다.

"얼추 다 된 것 같은데요?"

"다들 수고했어."

"누나는 한 가지 더 남았어요."

지혜가 그사이 샌드위치를 받아 들고 자리로 와 하나를 이랑에게 건넸다.

"연습하기요."

"발표는 여기 이대로 제가, 말풍선 달아 놓은 대로만 외워 주시면 돼요. 어차피 발표 날에 손에 프린트 한 장 목차별로 쥐어 줄 테니까 못 외워도 괜찮아요. 걱정은 하지 마세요."

이랑은 이제 반쯤은 포기한 채로 고개를 끄덕였다. 상현은 편하게 먹으라며 노트북을 돌려 자신을 향해 고정했다.

"아, 이번 조별 과제 진짜 뭔가…… 쉣이었어."

"맞아……."

영혼이 털린 기분이랄까. 이를테면 이 소동에 과제를 해내고 있는 자신이 대견스럽기까지 했다.

"하……. 맥주 마시고 싶다."

"맥주?"

이랑은 맥주라는 소리에 지혜와 눈이 마주쳤다. 상현은 두 사람에게 손을 휘저으며 다녀오라고 말했다. 두 사람은 샌드위치를 들고 고대로 조용히 자리에서 일어나 카페를 나왔다. 광장까지 나와 넓은 계단을 타자 밤바람이 시원하게 불어왔다.

"올여름은 진짜 더울 거라고 그러던데."

"기상청에서요?"

"응……."

"궁금한 게 하나 있는데요."

지혜는 다 먹고 껍데기만 남은 걸 손으로 뭉치더니 멀리 있는 휴지통에 골인시켰다.

"언니는 매일 아침 뉴스를 봐요?"

"음……. 매일 아침에 뉴스가 기본적으로 틀어져 있긴 해."

"그렇구나……."

"의무적이라고 생각했는데, 그게 아마도 그 사람 때문인 것 같더라."

'그 사람'이라는 호칭에 지혜는 호기심 어린 눈으로 이랑을 향해 고개를 다시 돌렸다.

"정각마다 올라오는 언론사별 기사들을 그 사람에게 전달하거든."

"그렇군요……."

"마치, 그걸 꼭 확인해야 하는 게 일상인 것 같았어."

편의점 안으로 들어서자 끼니를 놓친 학생들이 즉석 식품으로 해결하려는 듯 북적거렸다. 두 사람은 캔 맥주가 네 캔에 만 원이라며 놓칠 수 없다고 잔뜩 집어 들었다. 그리고 과자 두 봉지를 집어 들고 밖으로 나와 테이블에 자리를 잡았다. 유독 추웠던 겨울이 믿어지지 않을 정도로 밤 날씨가 갑자기 후덥지근해졌다.

"그러고 보니까 캠퍼스에 벚꽃이 만발했어요. 내일이면 만개할 거라고 다들 전화 돌리던데 우리만 이상하게 우울하네."

"그렇지?"

멀찌감치 캠퍼스 중간을 가로지르는 벚꽃 나무 길을 바라봤다. 하얀 꽃들이 거의 만개해서는 밤인데도 불구하고 하얗게 길을 밝히고 있었다.

"그래도 상현이가 저런 거 하나는 잘해서 마지막에 편해서 좋다."

"그러니까요. 으, 시원하다. 걔가 전공이 경영이라 그렇지 컴퓨터 하나는 참 잘해요. 전자 기기 다루는 것도 능하고, 왜 과를 여기로 왔는지 모르겠다니까요."

맥주를 쭉쭉 들이켜며 지혜는 평소에 잘 하지 않던, 상현에 대한 이야기를 짜냈다. 그러고 보니 그가 공부한 계열은 IT지만 본의 아니게 사람들은 그가 시작부터 경영만 쭉 해 온 걸로 알고 있었다.

"부득이하게 선택했을 수도 있겠다."

"이를 테면요?"

"음……. 혹시 부모님 사업이라든지."

"그럴 리가 없어요. 걔 생각보다 평범하게 산다니까요."

"그래?"

지혜는 졸리고 피곤한 눈으로 멍하니 시선을 던졌다. 그 끝에는 다정하게 캠퍼스를 거닐며 가로수 길로 향하는 연인들이 보였다.

"그럼, 좋아하는 사람 따라 전공을 선택한 건 아니고?"

"설마 상현이가 저 좋아한다고 생각하는 건 아니죠?"

"음……."

"어휴, 다들 그런다니까."

"선을 긋는 이유가 뭔데?"

맥주를 입 안 가득 머금은 지혜의 눈가가 촉촉해졌다. 동그란 눈을 크게 뜨더니, 본의 아니게 훅 치고 들어온 질문에 놀란 표정이었다. 꿀꺽 소리가 나도록 간신히 맥주를 삼킨 지혜의 목소리가 커졌다.

"선을 그어야 하는 상대니까요! 참나……. 되는 상대가 있고 안 되는 상대가 있는 거예요. 아무리 우리가 지금은 학생 신분이라 두요. 사회에 나가면 신분이라는 게 요즘 시대에도 있다구요. 언니는 모르시겠지만."

"……."

이랑은 입술을 쭉 내밀었다. 서운함을 감추지 못했다.

"말투가 그랬다면 미안해요. 그치만……. 의미가 뭔지는 잘 아시잖아요."

"알아, 무슨 말인지."

"그래도, 억하심정 담아서 한 말 아니니까 오해는 하지 마요. 아. 잠시만요."

지혜가 귀엽게 웃으며 울리는 전화를 받았다.

이랑은 조용히 맥주를 입에 머금었다. 아버지가 자신을 병상에 있던 친어머니 옆에서 데리고 오지 않았다면 보육원에서 자랐을지 모를 인생이었다. 자신의 아버지가 대단한 은나기업 유 회장인지도 모른 채 일생을 마감했을지도 모를 일이었다. 그럼에도 불구하고, 어쩌면 신은 공평하게도 인생에 희로애락을 잘 분배한 것 같기도 했다. 그래도 지혜가 가끔 부러운 건 지금처럼 그녀의 어머니로부터 다정한 전화가 불시에 걸려 올 때였다.

"많이 걱정하셔?"

"아뇨. 본인도 집에 늦으신다고. 얼마 전에 남자 친구가 생기셨거든요."

"춥!"

이랑은 맥주를 앞으로 내뿜었다. 턱으로 흐르는 걸 손바닥으로 닦자, 순간 취기가 도는 기분이었다.

"나, 남자 친구?"

"응!"

멍하게 바라보자 지혜가 박장대소하며 웃었다.

"뭐가 그렇게들 재미있으신가?"

불쑥 끼어든 여자의 음성에 두 사람이 고개를 돌리자 화정이 보였다. 워낙 학교에서 유명 인사였던지라 곧장 알아본 지혜가 자리에서 벌떡 일어나 화정을 향해 인사를 했다.

"응, 안녕."

지갑을 팔짱 사이로 낀 화정이 맥주 캔을 늘어놓고 있는 두 여대생을 나름대로 부러운 눈으로 바라보고 있었다.

"나 원 참. 유이랑 많이 변했다."

"선배. 지혜예요."

"얘기 몇 번 들었어. 반가워."

지혜는 얼굴을 붉혔다. 이랑은 나름 내외하는 지혜의 모습에 어색한 기분이 들어 어깨를 으쓱했다.

"그 남자 동기는 어디서 뭐 하고 두 여학우께서 이리도 달밤에 술을 맞대고 계신가?"

"아, 상현이는 조별 과제 마무리 중이라서요."

그러자 화정이 혀를 쯧쯧 찼다.

"이래서, 조별 과제에는 성별 성비가 중요하다니까. 아, 그러고 보니까 그 상현이라는 친구 우리 사무실에 이력서 냈던데. 방학 때 인턴 겸 알바 구하는 자리에. 지혜는 생각 없고? 이력서 본 기억이 없어서."

"우와, 대단하시네요. 이력서 낸 친구들이 한두 명 아닐 텐데 다 기억하세요?"

"그럴 것 같지? 다들 그렇게 착각하는지 생각보다 없어. 경쟁률 별로 안 센데. 한번 내보지 그래."

두 사람은 은근 친화력이 강했다. 이랑은 다리를 모으고 플라스틱 의자에 앉아 두 사람의 자연스러운 대화를 들었다. 지켜보는 것만으로도 편한 기분에 맥주 캔만 입에 대고 바라봤다. 지혜가 화정과 제법 수준 높은 대화를 잘 끌어내는 것에 조금 감탄했다. 부동산 대책에 대한 이야기, 혹은 국제 경제와 관련해 최근에 발표된 포럼 사례에 대한 견해라든가. 이랑은 순간 지혜의 언변이 이리도 화려하고, 유려하다는 사실에 문득 그녀가 새롭게 보였다. 제가 한 학년 선배만 아니라면 제법 탐나는 캐릭터라고, 누가 봐도 그럴 거라 생각했다.

"이른바 풍선 효과를 막기 위한 대책이 너무 미흡한 것 같아요."

"그래? 그럼 지혜 학생은 미흡한 대책을 막기 위해 정부에 곧장 뭘 해 주는 게 좋을 것 같아?"

화정은 곧 일선으로 복귀할 거라고 했던 말이 떠올랐다. 학교에 있을 때는 그저 나른하고 무료해 보이던 그녀는 요즘 들어 어딘가 모르게 날카롭고 무거워지고 있다는 기분이 들었다. 화정이 생각하는 부동산 경제관념에 대한 이야기에 홀려 있다가 문득 따뜻한 바람이 끈끈한 이마를 스쳤다. 그리고 코끝을 스치는 달큰한 향기에 벚꽃이 거의 만발해 있는 가로수 길을 바라봤다.

"어디 가?"

화정은 어느새 플라스틱 의자를 끌어와 두 사람 사이에 앉아 있었다. 지혜와의 심오한 대화에 심취해 있다가 자리에서 일어나는 이랑에게 물었다.

"아, 화장실이요."

"같이 갈까요, 언니?"

"괜찮아. 혼자 갈 수 있어. 그리고 전화 좀 하고 올게. 집에 늦는다고 연락해야 할 것 같아."

"그래, 그럼."

화정은 익숙한 듯 편의점 안에 걸려 있는 화장실 키를 주인인 양 설명해 줬다. 화장실을 간다고 말은 던져 놓긴 했지만, 목적이 그게 아니었기에 화장실 키를 들고 건물 뒤를 돌았다.

휴대 전화를 들고 괜스레 머뭇거렸다. 그에게 보낸 사진에 대한 답장은 없는 와중이었다.

"……."

어차피 돌아오지 않는 답장에 도환이 전화를 받을 거라는 기대를 걸지 않고 멍하니 통화 버튼을 눌렀다.

– ……아.

전화 연결음이 한 번도 가지 않은 채 곧장 연결된 도환의 짧은 음성에 놀라 휴대 전화를 바라봤다. 통화 시간 숫자가 시작된 걸보며, 전화가 연결된 걸 실감했다.

"아……. 그게……."

– 미안. 너무 늦게 봤어.

"바쁘면 안 해도 되는데……."

- 사진 보다가 너무 시간을 빼앗겼어.

"벚꽃이 내일이면 만개할 거래요……."

도환의 낮게 웃는 소리가 들렸다. 사무실 안에서 드디어 혼자가 된 것 같았다.

- 갈까?

"올 수 있어요?"

- …….

순간 도환은 대답을 하지 않았다.

- 너 술 마셨지.

"네?"

순간 도환의 기민한 물음에 놀란 이랑의 딸꾹질이 불시에 튀어나왔다. 실시간으로 만개하고 있는 벚꽃 나무의 향이 점점 짙어져 갔다.

12. 애처가

　- 오가는 시간 합쳐서 도합 한 시간 정도 낼 수 있어.

　"그냥……. 오지 않는 게 좋겠어요."

　- 그래?

　"네……."

　- 술 마셨으면 집에는 어떻게 갈지 구체적으로 계획은 세웠어?

　"뭐, 구체적으로까지야……."

　미지근한 전화를 다시 꽉 잡았다. 건물을 통과하는 복도 끝으로
화정과 지혜가 여전히 도란도란 대화를 주고받는 게 보였다. 아마

도 지혜의 열성적인 대화에 화정히 심취한 것으로 보였다.

"화정 선배도 있고, 여기 조별 과제 같이 마무리하는 후배 둘도 있어요. 충분히 갈 방법은 많아요."

– 상하 씨 불러. 대리 운전 하지 말고.

"대리 운전 싫어요……."

– 그게 무슨 소리야? 대리 운전이 싫다니…….

마침 도환의 손에서 다시 마우스가 달각거리는 소리가 들렸다. 그리고 조심스럽게 키보드가 다다닥거리는 소리가 들리기 시작했다.

"바쁜 거 같은데 이제 끊어요. 저도 가 봐야 해요."

– 이랑아.

불시에 들려오는 이름에 숨이 턱 하니 막혀 오는 것 같았다.

"네."

– 더 마시지 말고.

"네."

– 일찍 들어가.

"네."

도환은 이랑의 대답을 끝으로 전화를 끊었다. 칼 같았지만 그 끝이 다정해 눈이 시큰해질 지경이었다. 아마도 이건 술기운 때문이라고, 그래서 감수성이 아이처럼 풍부해진 거라고 생각했지만 어쩐지 창피해진 기분을 감추지 못했다.

괜히 가지도 않은 화장실 키를 제자리에 걸어 놓고 다시 간이 탁자로 다가가자 두 사람은 여전히 심오한 토론에 심취해 있었다.

"아직도 경제 얘기라니……. 이제 경영 학도답게 경영 얘기로 넘어가요.”

“언니 왔어요? 왜 이렇게 오래 걸렸어요?”

지혜는 어쩐지 양 볼이 발그레해 보였다. 그간 선망하던 누군가를 만난 소녀 같은 얼굴이었다.

“지혜가 말 수완이 진짜 좋다.”

화정의 칭찬은 어쩐지 이랑도 함께 으쓱하게 만들었다.

“선배님이 좋게 들어 주신 거예요.”

“사회생활도 잘할 것 같아. 어딜 지원하든 턱턱 잘 붙겠어.”

“정말요?”

이랑은 화정의 말에 긍정적으로 고개를 끄덕였다.

이제는 화두가 이랑에게 돌아가는 듯했다. 처음에는 맥주를 마시지 않겠다고 했던 화정은 결국 맥주 캔 하나를 집어 들었다.

“결국 무거운 엉덩이에 내가 졌다.”

딸칵 소리와 함께 세 사람은 캔을 부딪혔다. 그사이 상현은 정리가 끝났다며, 집으로 곧장 들어가겠다고 단체 문자방에 완료된 파일을 올렸다. 두 사람은 빠르게 과제를 확인하며 활짝 웃어 보였다.

“아, 해결됐다.”

화정은 맥주를 들이켜다가 고개를 돌려 지혜의 휴대 전화 너머로 과제를 빠르게 훑었다.

“엥. 이게 뭐야. 학생들이 한 거치고는 너무…….”

말끝을 흩트리며 이랑을 흘깃거렸다.

“음……. 나름으로 어렵게 구한 자료거든요.”

가벼운 맥주 캔을 플라스틱 테이블에 내려놓은 이랑이 시선을 피하며 대답했다.

"높은 점수 받아서 바람직한 결과가 나오게 되면, 유이랑 너는 꼭 사회에 그걸 보답해."

"네?"

"그리고 지혜는. 좋은 회사에 취직을 잘 해야 해. 이랑이도 그렇게 쉽게 구한 자료는 아니거든."

모호한 말에 지혜가 이랑을 바라봤다. 자세한 내막을 모르는 탓에, 그저 이랑이 어떻게든 구한 자료라고 생각했을 게 뻔했다.

"그리고 이것들이."

"아야!"

"악!"

화정은 이랑의 머리와, 지혜의 이마를 한 대씩 툭툭 쥐어박았다.

"졸업생이면 졸업생답게 해야지. 이게 뭐냐? 기업에서 유출해 줘야만 구할 수 있는 자료로 조별 과제 꾸며서 가면 이건 뭐⋯⋯. 어휴, '나 부스터 달고 있어.' 광고하는 거랑 뭐가 달라. 안 그래도 유이랑 알아보는 사람 이제 슬슬 늘어날 건데. 넌 조심 안 할 거야? 이제 졸업까지 얼마 남지도 않았잖아."

"아⋯⋯. 그건 생각 못 했어요."

"하긴, 알면 또 어떡할 거야. 막상 그렇게 되면 귀찮게 들러붙는 것들 거절하는 법도 연습해 봐야지."

지혜는 미처 생각 못 했다는 미안한 얼굴이었다. 혹여나 이랑이 곤란한 입장이었는지까지 궁금해 하는 표정에 이랑은 아무렇지도 않은 표정으로 일관했다.

"난 일어나야겠다!"

화정은 자리에서 일어나 기지개를 쭉 켰다. 원래는 저녁을 먹지 못해 편의점에 들른 건데 맥주로 기분 전환 잘했다고 다음에 술을 사겠다고 약속했다. 두 사람도 일어나려 빈 맥주 캔을 정리하던 중, 문득 가만히 서서 어딘가를 바라보던 화정이 중얼거렸다.

"우리 재단 이사장도 못 타는 어마어마한 세단 한 대가 왜……. 이 편의점 길가 앞에 주차를 하려는 걸까나……."

"네?"

지혜가 고개를 들어 화정을 바라보다 그녀의 시선을 따라 움직였다. 비상 깜빡이를 켜고 대기하고 있는 그릴이 뚱뚱한 세단을 바라봤다. 가지런하게 주차한 특이한 모양의 차량 운전석에서 남자가 내렸다. 이랑은 졸린 눈으로 남자를 바라봤다. 표 비서, 아니 표주훈 이사였다.

이 순간 머리가 조금 늦게 돌아갔던 건 화정의 표정이 사뭇 일그러지고 있는 이유를 바로 깨닫지 못했다는 거였다. 주훈이 편의점 테이블 탁자에 앉아 있는 이랑을 발견하고 걸어오다가 결국에는 화정과 눈이 마주쳤다. 매 순간 그의 구두는 매섭고, 당당하고, 무겁고, 고심이 없었다. 하지만 처음으로 그의 발걸음이 순식간에 아이처럼 소심해졌다. 이랑은 낯선 눈으로 주훈을 바라봤다. 두 사람이 어느덧 가까워지자 지혜가 바짝 붙어 속삭였다.

"분위기가 심상치가 않아요, 언니……. 우리 그냥 갈래요?"

"어, 그러자."

주훈이 이곳에 온 건 제게 볼일이 있어서라는 건 분명했다. 하지만 지금 상황에서는 볼일보다 몇 년 만에 조우한 화정이 먼저일 거였다. 이랑이 옆으로 비켜 지혜와 함께 공간을 벗어나려던 순간이었다. 지잉. 그 번쩍이는 세단 뒷좌석 문이 내려갔다.

"……."

두 사람은 동시에 굳은 얼굴로 남자를 바라봤다.

"어, 언니 저 먼저 갈게요."

지혜는 얼굴이 창백해져서는 말을 더듬었다. 그리고는 뒷좌석에 앉아 고개를 비스듬히 꺾고 이랑을 바라보고 있는 남자에게 90도로 허리를 숙여 인사를 한 뒤 그대로 줄행랑을 쳤다.

"그…… 지, 지혜야?"

뒤늦게 지혜를 찾아 고개를 두리번거렸지만 어느 방향으로 갔는지 뒷모습도 보이지 않았다. 한쪽엔 여전히 불편하게 서로를 마주하고 있는 남녀가 서 있었다. 그리고 정면에는 자신에게 시선을 던지고 있는 배도환이 보였다.

"이리 와, 너."

"……저요?"

"그럼. 여기서 내가 오라고 할 사람이 또 있어?"

"그렇죠."

"어쭈. 한 캔 이상인데 이거."

도환은 팔을 쭉 뻗어 검지를 까닥이며 가까이 오라고 손짓했다. 이랑은 머뭇거리다가 서둘러 차창 가까이 다가갔다. 안 그랬다가는 그가 차 문을 열고 뛰어나와 잡아먹을 듯 달려들 것 같아서였다. 순간 한 손에 양 볼이 쭉 잡힌 이랑은 눈을 크게 뜨고 도환을 내려 봤다.

"어쭈. 어쭈……. 이게 진짜."

"왜요, 왜요……."

울상을 지었다. 맥주 두 캔 먹었을 뿐이고 약간 술 냄새가 폴 폴 풍길 뿐이었다. 노상에서 캔 맥주를 까 본 게 머리털 나고 처음이라 사실 무척 즐거운 마음에 많이 즐겼던 것뿐이었다. 그런 데 왜 이토록 그에게 날 선 시선을 받아야 하는 짓인가 어쩐지 억울했다.

"덤비는 놈 없었어?"

도환은 이랑의 뒤를 짜증이 난 눈으로 살폈다. 이랑은 무슨 뜻인지 몰라, 어리둥절한 표정으로 도환을 바라봤다. 그제야 잡고 있던 볼을 놓아준 그가 차에서 내렸다. 아직도 시선으로 기 싸움이나 하고 있는 두 사람을 바라보더니 한숨을 푹 쉬었다.

"하필이면……."

그리고 손목에 차고 있는 시계를 바라보며 조만간 돌아가야 할 시간을 재는 것 같았다.

"어디야."

"어디가요?"

"벚꽃 만개할 것 같다며."

"아."

순간 도환이 왜 이곳에 다급하게 찾아왔는지 알 것 같았다. 내일이면 만개하고 내일모레면 저버릴 아쉬운 꽃나무는 자신을 기다려 주지 않을 게 뻔했기 때문에. 그는 지금에라도 이 촉박한 시간을 내어 온 거였다.

"그렇게 웃을 일이야?"

"좋아서요."

"……."

도환이 이랑의 손을 잡아끌었다. 이랑은 반대로 힘을 주고 가로수가 펼쳐져 있는 캠퍼스를 향해 걸었다.

"꽃향기가……."

"술 냄새밖에 안 나는데."

그녀가 입술을 오므리고 손바닥으로 자신의 입을 가렸지만 결국 웃음이 터졌다.

"기념으로 마셨어요."

"아, 남편은 회사에서 밤낮을 가리지 않고 죽어라 일하는데. 아내 되시는 분은 학교에서 과제 끝난 기념으로 마셨다? 그것도 과제에 필요한 재료는 남……."

"미안해요."

"……."

이랑은 입술을 쭉 내밀며 도환의 허리를 끌어안고 고개를 들었다. 이건 필히, 아주 나쁜 술버릇이었다. 순식간에 자각한 이랑은 정색하며 자신의 몸을 다시 그로부터 떼어 냈다.

"왜."

"아뇨, 그냥……. 보는 눈이 많은데. 제가 좀……."

"붙어."

"네?"

"다시 붙으라고."

도환이 한쪽 팔을 벌렸다. 어차피 늦은 시각이라 주변에는 인적도 드물었다. 그래도 평소답지 않게 자꾸만 용기가 솟아오르는 게 자신답지 않아 이랑은 여러 가지 생각이 교차했다.

"이걸, 어디에 가둬 둘 수도 없고……."

168

도환이 낮게 중얼거렸다.

"좋아해요."

"응?"

"엄청 좋아해요."

"……."

도환은 입을 꾹 다물었다.

"어차피 돈도 많은데, 알코올을 많이 마셔도 몸에 별 탈이 없고 후유증이 없는, 그런 약을 개발하는 데에 돈을 다 쏟아붓고……. 실컷 마시고 살래? 이런 술주정은 제법 내 취향인데."

"무슨 이상한 소리예요."

도환은 화사하게 웃는 이랑의 몸을 자신에게 바짝 붙이고 만개한 벚꽃 나무를 바라보며 천천히 걸었다.

"괜찮네."

"그죠? 나무 가까이 오니까 냄새도 향기도 짙어요……."

"너랑 여유 있게 걸어 다니면서 사계절 느끼고 사는 것도 좋다고."

"……."

"여름도, 돌아올 가을도. 처음 겪었던 겨울은 제법 추웠는데 돌아올 겨울은 따뜻하겠다. 그렇지?"

도환은 어깨에 두른 팔에 힘을 주고 자신의 품으로 작은 몸을 끌어당겼다. 이제는 술기운이 아니라, 문득 그의 다정함에 숨이 막히는 것 같아 벅찼다. 그리고 그 다정함은 이따금씩 불안감을 함께 가져다주기도 했다.

　　　　　　　　　　* * *

　남은 시간은 20분 남짓이었다. 4년이 넘도록, 화정을 잊고 살았다고 생각했지만 그도 아니었나 보다. 주훈은 눈앞에 서 있는 여자의 모습에 이토록 무기력하게 머릿속이 텅텅 비어 버린 자신이 한심했다.

　이별을 고한 건 자신이 먼저나 다름이 없었다. 이별을 고민 없이 허락했을 때의 화정의 얼굴은 마치 트라우마같이 악몽처럼 매일 밤 주훈을 괴롭혔다.

　"무슨 말을 해야 하니."

　"잘 지냈어?"

　"그 말 듣고 싶어? 내 입에서?"

　화정에게 변한 게 있다면, 조금 짧은 머리에서 긴 머리로 바뀌었다는 것 정도였다. 그 긴 시간 동안 아무것도 하고 싶지 않았던 듯, 그녀는 스스로 머리카락조차도 자르지 않았다.

　"이랑이한테 전해 들었어. 하상 그룹에 남아 있다고. 근데 배도환 대표 측근에 있었을 거라고는 상상도 못 했네."

　화정은 그제야 주훈을 마주한 실감이 들었는지 시선을 끊어 낸 뒤 반짝이는 세단을 바라봤다. 멋지게 차려입은 슈트와, 일에 치여서 피곤함이 씌어 있는 표정은 사뭇 4학년의 표주훈이 아니었다.

　"축하해. 겉모습만 봐도 네가 얼마만큼의 위치에 올라가 있는지 알 것 같다."

　"배 선배 덕분이었어. 여기까지 올라온 거."

"내 주변의 인맥 덕분이기도 했잖아."

"……."

그런 인식을 주훈은 항상 힘들어했다. 한때 연인이었던 화정에게 붙어서는, 그녀 주변의 인맥들로 기반을 잡으려 한다고 했다. 상류 사회에 진출하려는, 개천에서 난 용이 되려 한다는 수식어는 항상 그를 따라붙었다.

그런다 해도 화정은 상관없다 여겼다. 어차피 사회는 정글과도 같았다. 자신이 사랑하는 사람이 자신을 발판으로 삼는다 해도 상관하지 않았다. 밤마다 제게 사랑한다고 열정적으로 피부를 부딪칠 때마다 이를 세우는 그가 정신이 나가도록 좋은 것 외에는 아무 생각도 하고 싶지 않았다.

"내가 널 더 좋아한 죄에 대한 벌을 받는 시간이 조금 길었어."

"화정아."

"불행 중 다행으로는, 난 멈췄던 시간이 허무하지 않게도 바로 앉을 수 있는 자리가 준비되어 있어서. 곧 복직할 거야. 집에서 부르셔. 학교에 남아 있는 것도 마지막이고."

주훈은 결국 시선을 바닥으로 내렸다. 매일 밤 보고 싶었던 여자가 앞에 있는데도 당장 달려가 그녀의 손을 잡아끌 수 없는 자신이 이토록 비루할 수가 없었다.

"인사이동이 있었겠네."

화정은 상류 사회의 일원답게도, 이 세계를 잘 알고 있었다. 배도환의 측근으로 있었다면 그가 대표직에 올라가면서 주훈의 위치도 제법 올라갔을 거였다. 누구도 함부로 건들지 못하는 위치까지 올라갔을 거라고 이미 단번에 파악했다.

"잘 가. 이번에도 여전히 내가 먼저 작별을 고하는 꼴이라 기분 참 별로네."

화정은 말을 끝으로 몸을 돌렸다. 그 순간 잡아챈 팔이 여자의 몸을 순식간에 돌려 주훈을 바라보게 했다.

"그 말에 대답하는 내 기분은."

"……뭐?"

화정은 이해할 수 없는 얼굴로 인상을 썼다.

"그 옛 같은 작별 인사와, 그때처럼 헤어지자는 말에 대답했던 내 기분. 넌 한 번이라도 헤아려 봤어?"

무너지는 주훈의 표정에 화정의 눈이 정처 없이 흔들렸다.

"넌 이별을 고할 수 있는 위치잖아. 난 아니었어. 조금이라도, 조금이라도! 내가……. 너를 위해서 그랬던 거, 알고 있었잖아. 너처럼 똑똑한 애가."

"비겁한 새끼야."

"너야말로 영악해서는, 그렇게 괴롭히니까 좋아?"

화정은 입술을 다물고 낮게 욕을 뱉었다.

"뭐……? 야. 표주훈!"

"그래. 참 고통스럽더라. 화사하게, 꽃 핀 날에 졸업식 하고 얼마 안 되어서였지? 사는 세계가 다르니까 각자 길 가자고 말했더니, 너 나한테 뭐라고 했어."

"……."

"뭐라고 했어!"

화정은 순간 얼굴이 굳었다. 그가 이토록 화난 얼굴을 한 적은 대학 시절에도 본 적이 없었다.

"그러자고, 대답했지. 너야말로 아주 쿨하고 시원한 표정으로 말했어. 넌 잔인했고, 난 비겁했어. 똑같은 거 아냐?"

"……."

화정의 팔목을 잡은 손에 힘이 가득 들어간 걸 뒤늦게 눈치챈 그가, 주변 사람들을 인식해서 놓아주자 그 위로 벌겋게 자국이 올라왔다. 내려간 시선으로 자국을 바라본 그의 얼굴이 일그러졌다. 두 사람의 표정은 누가 먼저랄 것 없었다. 감정을 쉽게 조절하지 못하는 어린아이들처럼 잔뜩 일그러져 있었다.

"왜 울어."

"안 울거든?"

오가는 대화가 유치하기 짝이 없다는 표정이었다. 화정은 하염없이 타고 내리는 눈물을 닦았다.

"네가 울면 지는 거라고, 매번 후배들한테 했던 말 기억나네."

"이 와중에 그런 말까지 기억나냐, 너는?"

눈물을 훔치던 화정의 눈가가 이제는 벌겋게 달아올랐다. 그가 피식 웃으며 입술을 깨물었다. 번뇌가 치는 표정에서는 만감이 교차했다. 화정은 입 안에 고인 물기를 삼켜 내고선 울음에 좁아진 성대를 간신히 열고 말했다.

"캠퍼스에 꽃 피었어. 병신아."

"……."

"내일이면 만개하는데, 때마침 잘도 왔다."

"그때마다 생각났어?"

주훈은 낮은 목소리로 눈물을 뻔뻔하게 훔쳐 내는 화정을 보며 물었다.

"무슨 소리야."

"나 없는 동안, 네 번의 벚꽃이 필 때마다, 생각났냐고."

"그럴 리가 있니? 감성 팔지 마. 무슨…….."

"난 생각나던데."

"뭐?"

"봄이면, 졸업이면, 지나가는 과잠 입고 다니는 대학생 커플 보면, 네가 미치도록 보고 싶더라. 몰래 찾아와서 몇 번 보고 갈 정도로."

"……."

화정은 그제야 놀란 눈으로 그를 바라봤다.

"정말 미친 듯이 잠을 못 잔 날에는. 그때는 네 말대로 정말 비겁한 새끼처럼 학교에 찾아와서 출근하는, 아니면 퇴근하는 너 몰래 보고 가기도 했어. 그럴 때 문득 정신을 차리고 보면 항상 이맘때쯤이더라."

완패였다. 화정은 주훈의 말의 끝으로 그제야 목놓아 울었다. 그런 그녀의 앞에서 주훈은 그저 말없이 죄인처럼 서 있었다. 한참을 그칠 때까지 기다릴 수밖에 없었다. 기다리게 한 시간을 이제는 속죄 받아야 할 것 같아서.

하지만 화정은 결국 주훈을 안으며 반대로 위로했다. 이 또한 너의 과오는 아니라고. 네가 돌아오기를 기약 없이 홀로 그저 기다린 것밖에 더 되는 것이냐고. 자정이 지나고 결국 벚꽃은 만개했다. 추운 겨울이 지나고, 결국 봄은 도래했다.

* * *

"네. 지금 가고 있어요."

이랑은 잔뜩 긴장한 채, 운전대를 잡았다.

– 기사님을 보내 드리는 것보다, 직접 운전해서 가시는 게 지금 으로선…….

"잘 갈 수 있어요. 걱정하지 마세요. 정말이에요."

집에서 나온 차림 따위는 신경 쓰지 말라고 했지만, 반팔 차림이 영 신경 쓰였다. 방학을 맞이해 몇 번 도환의 일가에서 이랑을 불러 이것저것 본가의 일을 맡기는 바람에 들른 적이 있었다. 그래서 이제는 내비게이션을 켜지 않아도 스스로 그의 본가에 찾아갈 수 있을 만큼 길이 익숙했다.

– 대표님은 지금 출발하십니다. 지금……. 바이어랑 통화 중이셔서, 제가 직접 전화 드린 겁니다.

"네. 괜찮아요"

상하가 챙겨 준 여벌을 보조석에 던져 놓고 지하 주차장을 서둘러 빠져나갔다.

우기가 찾아왔다. 습도가 점점 높아지는 날씨에 에어컨이 자동으로 차 안을 서늘하게 만들었다.

– 저희가 먼저 도착할 겁니다. 빗길이니 운전 조심하시고요.

주훈은 말을 끝으로 전화를 종료했다.

도심을 가로질러 가는 길에 결국 비는 정체에 갇히게 만들었다. 장대비가 쏟아지는 하늘은 어딘가에 구멍이 뚫린 것 같았다.

'회장님이 깨어나셨대요.'

단체 문자방에서 조만간 2학기 준비를 위해 지혜, 상현과 전투적으로 일정표를 짜던 와중에 들은 소식이었다. 상하가 노크를 짧게 치고 들어와 놀란 낯빛으로 전한 말이었다.

이랑은 반사적으로 몸을 일으켜 그대로 차 키를 집어 들었다. 본가에서 제사가 있던 날 그의 작은어머니를 처음 뵌 이후로, 이랑은 몇 번 더 불려 갔었다. 그때마다 혼자 갈 수 있겠냐는 도환의 노파심이 가득 담긴 말을 듣기도 했다. 괜히 오기가 생겨 더욱 혼자서 다녀올 수 있다고 허세를 부렸다. 막상 그의 본가 앞에서는 파르르 떨었다. 하지만, 몇 번 더 들락거리자 언제부턴가 집안사람들은 이랑의 존재를 익숙하게 받아들였다.

본가에서는 딱히 찬을 챙겨 주거나 하진 않았다. 상하가 따로 집에 상주하듯 들락거렸기에, 음식이나 거주하는 것에 불편함이 없다고 여기기 때문이었다. 그래서인지 이랑은 방학을 맞이해 한 여사의 집에도 염치를 불구하고 찾아가 그의 식구들과 안면을 트며 너스레를 떨었다.

분명 제 삶에 많은 변화가 찾아오고 있었다. 돌아보면 주변에 사람들이 많아졌다는 것. 저를 싫어하는 사람들보다 좋아하는 사람들이 조금씩 늘어나고 있었다.

어느덧 20분이면 도착할 거리를 한 시간이나 걸려 도착했다. 거짓말처럼 하늘이 개어 있었다. 호랑이가 장가가는 날이라고 표현할 정도의 날씨였다. 진한 먹구름 사이사이 강한 햇빛이 비집고 나와 습하고 더운 기운을 자아냈다.

이미 여러 친지 가족들이 연락을 받고 먼저 도착했는지 기다란 담벼락 밑으로 차들이 줄지어 주차되어 있었다. 여러 기사님들이 나와 대기하던 와중에, 이랑의 모습을 알아본 몇몇이 허리를 숙여 인사를 건네기도 했다. 이제는 대문 앞에 서서 머뭇거리는 시간이 짧아졌다. 벨을 누르기도 전, 앞서 대기하고 있던 집안일을 도와주는 직원이 문을 열어 줬다.

"왔어?"

익숙한 목소리에 고개를 들자, 도환이 아침에 출근했던 차림 그대로 서서 이랑을 기다리고 있었다.

"방금 도착하신 거예요? 아니면……."

"기다렸어. 나는 도착한 지 꽤 됐고."

"택시 타고 올걸……."

"직접 운전한다고 그랬다며. 표 이사가, 대견하다는 듯 칭찬하더라."

두 사람은 나란히 걸어 잔디를 가로질렀다.

"사모님이라고 말은 하는데, 은근 한참 어린 여동생으로 보는 것 같아서 조만간 한 소리 할까 싶은데."

"진심이에요?"

"어울리지 않지?"

"네."

"흠."

그렇지만 일가에서 알면, 주훈이 크게 한 소리를 먹을 걸 잘 알고 있었다. 주훈은 그렇다고 해서 딱히 남들이 보는 데서 이랑을 하대하거나 그러지 않았다. 오히려 응원하는 쪽이었고, 스스로 이 사회에서 적응할 수 있도록 도와주는 자신의 아군이었다. 은연중에 그가 질투를 하고 있는 것 같다는 느낌에 확신이 들었다.

"은근 표 이사님이, 되게……."

"되게 뭐?"

"꼼꼼한 것 같아서요."

"하."

"화정 선배랑 요즘 다시 만나는 것 같아요."

두 사람이 그날 저녁에 조우한 걸 알았음에도 이후에 딱히 일언 반구를 하지 않았다.

그는 헤어졌다가 다시 만난 연인이 잘될 가능성이 과학적으로 높지 않다는 어떤 연구 결과를 신임하는 쪽이었다. 그건 어쩌면 배씨 일가가 한 번 이어진 부부의 이혼을 절대적으로 반대하는 이유와 비슷한 맥락인 것 같다는 생각이 들었다.

"이런 게 조금……. 그런데."

"뭐가요?"

도환이 머뭇거리다가 내뱉은 말에 이랑은 신발을 벗으며 그를 바라봤다. 손에 가방을 들고, 단정한 옷으로 갈아입기 위해 그와 함께 방으로 이동했다.

"가끔 표주훈 일하다 표정 안 좋을 때 있어."

"너무 일이 많은 거 아니구요?"

이랑은 도환의 방에 들어가자마자, 상하가 챙겨 준 옷을 꺼내 들었다. 도환은 팔짱을 끼고 의자에 앉아 이랑이 옷을 갈아입는 걸 우두커니 바라봤다. 은연중 눈에 섬광이 스치는 것에 몸이 움 찔거렸다.

"뒤, 뒤돌아 주세요."

"이 의자 바퀴 안 달려 있는데?"

"그럼 제가."

이랑이 후딱 뒤를 돌아 반팔 티셔츠를 벗어 올리자 순간 뒤에서 그의 품이 느껴졌다. 맨살을 쓰다듬으며 허리를 바짝 당겨 오는 손길이었다. 어젯밤 침대에서 새벽 내내 탈출하지도 못하게 괴롭혔던 감각을 다시 일깨웠다.

"으윽."

"아……. 상황만 아니었어도."

"제발!"

"알았어."

가슴에 딱 달라붙어 있는 속옷을 비집고 파고들려던 손이 멈췄다. 이랑이 제지하자 도환은 한 발짝 물러났다. 이랑이 단정하게 옷을 다 갈아입고 뒤를 돌자 도환은 음란한 버릇이 깃들어 있는 눈을 아직 거둬 내지 못하고 있었다.

"아까 하던 얘기 계속해 주세요."

"응?"

"표주훈 이사님이 왜요?"

"아."

도환은 맥빠지는 표정으로 다시 의자에 앉았다. 본인도 그제야 슈트의 재킷을 벗어 의자 뒤로 걸쳐 놓고선 넥타이를 끌어 내렸다.

"원래 일을 할 때는 무섭게 집중하고, 추진력도 있는 놈인데 요즘 간간이 개인적인 전화 통화하고 들어올 때가 있거든. 그럴 때 좀 뭐랄까……. 뭐에 홀린 놈 같아."

도환은 미간을 살짝 찌푸렸다. 그러더니 어쩐지 과거의 자신을 상기하며 이해한다는 뉘앙스로 말을 바꾸었다.

"그래, 뭐 그럴 수도 있지."

"너무 뜬금없어요. 중간에 뭔가 생략된 것 같은데."

"싸움이 잦은 것 같아."

"화정 선배랑 그렇다는 말이죠?"

도환은 고개를 끄덕이며 손목에 잠겨 있는 커프스를 떼어 내고 단추를 풀었다.

"원래 연인이 다 그렇죠."

"내가 일전에도 말했지만, 헤어진 연인이 다시 만나서 잘될 확률이 그리 높지 않다는 연구 결과가……."

"사람 일 모르잖아요. 우리가 그랬던 것처럼……."

이랑은 두 사람이 잘되었음 하는 바람이 무척 컸다. 그날 서로를 바라보는 눈만 봐도 알 수 있었다. 그건, 자신이 배도환을 바라보고 느끼는 감정과 아마도 비슷한 부류라고 분명 그렇게 판단하고 결론지었다.

"근데, 나도 그 녀석 앞에서는 할 말이 없네."

이랑은 무슨 소린지 도통 이해할 수 없다는 얼굴로 도환을 바라봤다. 그는 씩 웃더니, 이랑의 하얀 볼을 검지로 한 번 쓸어 주고선 방 문고리를 잡았다.

도환과 이랑이 접객실로 들어서자 이미 앉아 찻잔을 앞에 놓고 있는 일가친척들이 보였다. 도환을 알아본 사촌들은, 대표직에 올라가 있는 그에게 전보다 더욱 깍듯하게 인사를 건넸다. 그 와중에도 도환은 항상 이랑을 옆에 세우고 아내라는 명칭을 붙여 가며 인사를 하게 했다. 존재감을 부각해 주는 건 좋은데, 아직 그들 앞에서는 이상하게도 몸이 한없이 움츠러들었다.

"도환아. 올라오너라."

"예."

대화를 끊은 작은아버지의 부름에, 두 사람은 계단을 타고 올라가 긴 복도를 걸었다. 이랑이 일전에 혼자 왔을 때도 그랬다. 작은어머니를 따라 병상에 누워 깊게 잠들어 있는 그의 아버님을 뵙고 가곤 했다. 영영 깨어나지 않을 것 같은 고요한 노안의 남자가 눈을 떴을 땐 어떤 인상인지 기대도 들었다. 한편으로는 그가 자신을 봤을 때, 그리고 자신의 막내아들의 아내라는 갑작스러운 상황에 어떤 반응을 보일지도 긴장이 드는 건 어쩔 수 없었다.

"들어와라."

작은어머니는 이랑을 보며 인사는 생략했지만, 눈으로 웃음을 지어 보였다. 병상에 누워 있는 그의 아버지 곁으로 의료진으로 보이는 두 사람이 분주하게 움직이고 있었다. 잔뜩 걸려 있는 기계들의 수치를 확인하는 모습이 마음이 편하지 않았다.

가까이 다가가자, 그 옆으로 도영이 앉아 있다는 걸 알았다. 그는 알았는지 몰랐는지 보고도 인사를 건네진 않았다. 이랑은 도영과 눈이 마주치자 인사를 했다. 본가에 들어간다고 전해는 들었지만, 집에 들를 때마다 집 안에서 그를 본 적이 없었다. 일전에 본 것과는 다르게 처음으로 안경을 쓰고 있었고 편안한 차림의 복장을 하고 있었다. 그제야 이랑은 그의 형제가 무척 닮은 얼굴을 하고 있다는 걸 알아차렸다.

노안의 남자는 병상에서 희미하게 눈을 깜빡이고 있었다. 동공이 아직은 명확하게 어딘가를 짚고 움직이진 못했다. 아주 빠르게 좋아지고 있다면서 옆에 붙어 있던 주치의가 말했다.

두 사람은 곁에 조용히 앉았다. 느리게 연신 눈을 깜빡이던 그의 아버지가 막내아들을 알아본 것인지 시선을 움직였다.

"저예요. 알아보시겠어요?"

눈을 한 번 꾹 감았다 뜬 그의 아버지는 아마도 그렇다고 대답을 하는 것 같았다.

"상태가 호전돼서 정말 다행이에요. 모든 게 문제없이 잘 돌아가고 있어요. 무엇 하나 작아진 것 없고, 힘들어진 것도 없이. 다 부피가 커지고 점점 성장하고 있어서 그게 더 걱정일 정도로요."

눈으로 웃음을 지어 보이는 것 같은 그의 아버지는 이제는 시선을 이랑에게로 돌렸다.

"제 아내입니다. 이 와중에 놀라시면 심장에 무리 갈까 봐 말씀 안 드리려 했는데. 제가 좋아하는 여자라면, 아버지도 좋아하실 게 뻔해서. 그냥 말씀드려요."

이랑은 그를 보다가 어쩐지 주눅이 든 채로 고개를 숙여 인사를 드렸다. 다행히도 그의 아버지는 느리게 눈을 감았다 뜨더니, 간신히 입술을 움직여 웃어 보였다. 아버지의 웃음을 보자마자 도환 역시 긴장이 풀렸는지 맥빠진 한숨과 동시에 웃었다.

"한번에 오케이 됐네. 아버지 웃으신다."

유 회장님의 딸이라는 건, 당장 말하지 않았으면 했는데 다행히도 그는 별다른 말은 구태여 하지 않았다.

작은어머니는 이랑의 손에 젖은 손수건을 쥐여 줬다. 피부가 메마른 손을 주기적으로 닦았는데 이랑에게 그 일을 넘긴 것 같았다. 이랑은 눈치 빠르게 손수건을 손에 쥐고, 손가락 하나하나를 시원하게 닦으며 이제는 보송한 수건을 받아 와 닦아 냈다.

"……."

도영은 별다른 말이 없었다. 언제부터 들어왔는지도 모를 정도로 한참부터 그 자리에 앉아 병상에 누워 있는 아버지만을 보고 있었던 것 같았다.

주치의는 많은 대화를 주고받는 걸 삼갔다. 신경을 쓰이게 하는 대화가 은연중에 오가면, 피로도가 누적되고 그러다 보면 다시 잠에서 깨어나기가 쉽지 않을 거라는 이유에서였다.

두 사람과 함께 도영도 별수 없이 아버지의 방에서 쫓겨났다. 세 사람은 이제 한적한 응접실에서 직원들이 내온 찻잔을 두고 마주 앉았다.

"백수 되니까 어때."

"좋아."

이랑은 찻잔을 들고 눈치만 볼 뿐이었다. 도환은 과일 하나를 포크로 콕 집어 이랑에게 건넸다. 그는 찻잔을 들어 입에 가져다 대며 날을 세웠다.

"아버지가 깨어나시길 얼마나 기다렸는지, 안 봐도 뻔한데."

"그래, 학수고대하며 기다렸지."

도영은 안경을 벗어서 옆으로 내던진 뒤 본래의 얼굴로 돌아왔다. 모든 것들로부터 연기가 능숙한 사람이었다.

"본래의 컨디션으로 돌아오기만 하면, 네가 어떤 방법으로 그 자리를 차지해서 올라가게 됐는지 꼭 다 보고할 거야."

"아, 형. 애처럼 굴지 마. 이랑이 앞에서 진짜 창피하다."

오히려 도환의 말투가 더 아이 같았다. 그 비아냥에 도영은 더욱 얼굴이 굳어 갔다. 하지만 도환은 별 개의치 않아 하며 이랑의 손에 들려 있는 포크를 다시 가져가 다른 종류의 과일을 콕 집어 그녀에게 건넸다.

"언젠가 내가 네 와이프한테 마음에 안 든다고 노골적으로 말한 적 있었는데. 알아?"

"……."

도환의 얼굴에 그늘이 드리워졌다. 형의 매번 이런 식의 노골적인 공격은 순식간에 사람의 본색을 끌어냈다.

"앞으로도 이랑이가 큰형 마음에 드는 일은 없을 거야. 있어서도 안 되지."

"하하……."

도영은 황당한 투로 웃었다.

"내 주변 사람들 중 형을 좋아하거나, 호감으로 생각하는 사람은 단 한 명도 없으니까."

* * *

"여기서 며칠 지내겠다고?"

"네……. 안 돼요?"

"당연하지. 그걸 말이라고 해? 안 돼."

이랑은 그새 몇 번 오간 사이라고 친분이 생긴 작은어머니를 앞세웠다. 처음으로 도환의 앞에 대적하는 자세로 버티고 섰다.

"유이랑."

이랑은 도환이 낮은 목소리로 자신의 이름을 부르자 어깨가 움찔거렸다.

"얘, 왜 이렇게 다그치니……."

작은어머니가 도환을 향해 나긋한 목소리로 꾸짖었다. 언뜻 이랑과 키가 비슷해서 그런지 이상하게도 작은어머니는 이랑을 마음에 들어 하셨다.

본가에 처음 혼자 다녀오겠다고 한 날에도 도환은 그날 몇 시간 내내 일이 도무지 손에 잡히지 않았다. 그녀가 집으로 잘 돌아왔다는 연락을 받은 후에야 업무에 다시 손을 댈 수가 있었다.

"작은어머니……."

옆에서 뒷짐을 지고 서서 바라보던 작은아버지가 모여 있는 사람들을 향해 다가왔다.

"오가는 사람이 많고, 가뜩이나 여기에 첫째까지 지내고 있어서 뭘 신경 쓰는지 안다. 우리가 마주치지 않게 잘 신경 쓸 테니, 여기서 며칠 보내게 허락해 줘라."

"……."

도환은 두 어른의 설득에 어쩔 수 없이 물러나는 듯했다. 하지만 표정은 여전히 이랑을 향해 으르렁거리고 있었다. 아마 집에 가면 분명 혼쭐이 나고도 남을 것 같았다. 이랑은 눈을 꾹 감고 그에게 손을 흔들었다.

"마중하고 올게요. 작은어머니."

"그래."

도환은 어른들께 마저 인사를 하고 획 돌아서서는 곧장 잔디를 가로질러 성큼성큼 속도를 냈다. 이랑이 그 보폭을 따라잡기 힘든 걸 뻔히 알면서 그는 일부러 그리 걸었다.

"아, 천천히요."

도환은 주훈이 열어 둔 대문을 넘어섰다. 그리곤 시동이 걸린 자

신의 차량까지 말없이 걸었다. 이랑은 괜스레 입술이 삐죽 나와서
는 그가 뒷좌석에 탑승하려는 걸 아쉽게 바라보고만 있었다. 도
환은 차 안으로 몸을 숙여 집어넣으려다 말고 다시 허리를 펴고
일어나 이랑을 바라봤다.

"너."

"네?"

"하……."

요즘 들어서 제멋대로 구는 게 심상치 않아 죽겠는데. 이제는 사
람 하나 쥐락펴락한다고, 한 소리 퍼부으려던 찰나였다.

"미안해요……."

저렇게 눈꼬리가 처져서는 약한 얼굴을 할 때마다 도환은 고개
를 위로 들었다. 입 안의 쓴소리가 결국 목으로 술렁 넘어가 버
렸다.

"뭐가."

"멋대로 굴어서요."

"영악하긴."

"눈치가 빠르다고 좋게 칭찬해 주시면 안 돼요?"

역시나 이랑은 서서히 도환을 다루고 있는 게 분명했다. 주훈
은 눈썹을 치켜올리더니 자리를 피해 반대편 차량 문을 열고 먼
저 탑승해 버렸다.

"하……. 이랑아."

도환은 이랑의 어깨를 살며시 붙들고 눈을 마주쳤다.

"여기 안 있어도 돼. 네가 굳이 여기 안 있어도 된다고."

"굳이 있으려고 하는 거 아닌데."

"그럼 당장 타."

도환은 이랑의 등을 억지로 떠밀었다.

"여기 있고 싶다니까요!"

"아, 도대체 왜!"

"⋯⋯."

"으⋯⋯! 이걸 진⋯⋯짜."

도환은 몸을 한 바퀴 돌리더니 팔을 부르르 떨었다. 주변에 보는 눈이 많아 함부로 어쩌지도 못하는 와중이 그를 더욱 답답하게 만들고 있었다. 이랑은 그런 그의 모습이 생각보다 제법 볼만하다고 생각했다.

"가족이니까⋯⋯."

"뭐?"

"가족이잖아요."

"내가 네 가족이지. 저 사람들은 그냥⋯⋯."

"대표님 가족이죠⋯⋯. 제 가족은 아니지만⋯⋯."

도환은 이랑의 말에 순간 일그러졌던 표정이 탁 하고 풀려 버렸다. 무엇을 의미하는 말인지 충분히 이해하고 있어서였다. 이랑은 사람이 북적거리고, 조금이라도 살이 부대끼는 걸 좋아했다. 그걸 이미 애초에 알아챘지만 제 본가 사람들한테까지 비벼 댈 거라고는 상상하지도 못했다.

"⋯⋯."

도환은 고개를 돌려 큼직한 집채를 바라봤다. 생각보다 이랑에게 따뜻하게 대해 주는 사람들도 많았다. 하지만 이 안에는 그녀를 미워하는 사람들도 절반이 있다는 걸 알아야 했다.

"언제까지 있을 거야?"

그의 물음에 이랑은 화사하게 웃으며 손가락 두 개를 펼쳐 보였다.

"내일모레까지. 이틀!"

"……하. 그래. 알았다. 이틀 아침에 데리리 올 거야. 내가! 아니면, 상하가 직접!"

"아, 알겠어요. 화내지 말아요."

이랑은 꿈쩍도 하지 않는 그의 팔을 끌어당겨 뒷좌석 차 문을 열어 밀어 넣었다. 그리고 문까지 잘 닫아 주자 곧장 차 유리가 내려왔다. 이제는 걱정스러운 얼굴이 아닌, 자기 혼자 보내 버린 게 너무나 서운하다는 얼굴이 처연해 미안해질 정도였다.

"어차피, 집에 가도 저 혼자인데요……."

"그게 지금 핑계야?"

이랑은 씩 웃어 보이고 어깨를 움츠렸다.

"잘 들어. 아버지 깨어나셔서 일가친척에 사돈 팔촌 누나들 매형들 사돈들까지 들락날락할 거야. 너한테 요상한 질문 던지는 사람들도 많을 거고. 그럴 때마다 내가 뭐라고 했지?"

"아, 신랑한테 전화 오기로 했는데!"

이랑은 검지손가락을 치켜들며 멍청한 표정으로 그가 알려 준 대로 흉내를 냈다. 주훈은 그녀를 보진 않았지만, 고개를 숙이고 희미하게 웃고 있었다.

"그리고, 널 기분 나쁘게 하는 사람에게는?"

"주먹을 꽉 쥐고 코를 한 대 치라구요. 아주 납작하게 뭉개 주라고."

"그래, 그렇게 해. 깽값은 내가 물어 줄 테니까."

"그래도 폭력은 나쁜 건데……."

"하……."

도환은 포기한 듯 출발하자고 말했다. 그러다 다시 이랑에게 고개를 내밀었다.

"아, 맞다. 아버지는 때리면 안 된다."

"……."

이랑은 황당한 표정으로 올라가는 뒷좌석 창문을 바라봤다. 그리고 부드럽게 미끄러져 비탈진 길을 내려가는 그의 승용차 후미등이 빨갛게 번쩍이는 걸 한참 동안 바라봤다.

다시 대문을 통과해 잔디를 걸어 집 안으로 들어섰다. 이제는 노을이 지고 있었다. 언뜻 이곳에서는 서울의 야경은 잘 보이지 않을 것 같다는 생각이 들었다. 다만 여름이면 사방에 녹음이 짙고, 겨울이면 새하얀 설야가 펼쳐져 장관을 이룰 것 같은 예감이 들었다.

"잘 배웅해 줬니?"

작은어머니가 응접실에서 다른 분들과 함께 잠시 앉아 있다가 이랑에게 다가왔다.

"네……. 따로 도와 드릴 일 없을까요?"

"직원이 몇 명 상주해 있는데. 괜찮다. 피곤하면 도환이 방에 가서 좀 쉬다가 저녁 먹을 때 내려오렴."

"괜찮아요. 혹시……. 허락해 주신다면, 아버님 옆에 있어도 될까요?"

작은어머니는 짐짓 놀란 얼굴이었다. 곁으로 다가온 작은아버지에게 머뭇거리다가 이랑이 물어본 것에 대한 허락을 구했다. 그는 잠시 고민하다 결국 직원 한 명이 함께 같이 있어 주는 것으로 허락을 했다. 작은어머니는 이랑과 함께 있어 줄 직원이 방문 앞에 도착하자 그제야 조심스럽게 입을 열었다.

"널 의심해서 직원을 곁에 붙이는 게 아니란다. 무슨 뜻인지 알겠니?"

"아, 네……."

"워낙 친지분들이 자주 들락날락해서. 혹시나 말이다. 네가 회장님과 둘이 있는 시간에 불시에 다시 상태가 나빠지신다거나 우연치 않게도 그런 일이 벌어지면, 네가 미움 받을까 봐서 그래."

"신경 써 주셔서 감사합니다."

"들어가 보렴. 식사할 때는 직원을 보내마. 그땐 내려와서 해. 워낙 응접실에 이 사람 저 사람 오가다 보니, 저녁 식사 자리에 누구와 함께할지도 모르겠다만……."

"그럴게요."

작은어머니는 인자하게 웃으며 고개를 끄덕였다.

이랑은 직원과 함께 아버님이 누워 있는 방 안으로 들어갔다. 마침 주치의 두 명이 안에서 심박 수와 다른 것들에 대한 상태를 체크하고 있는 중이었다. 아직까지 방으로 들어온 가족은 극히 드물었는데, 이랑을 발견한 주치의는 누군지도 묻지 않고 그저 인사 먼저 건넸다.

"이제 곧 다시 눈을 뜨실 것 같습니다."

"아……. 그런가요?"

목소리를 죽였다.

"자가 호흡은 가능하신 것 같아서, 호흡기는 제거했습니다."

"다행이네요…… . 정말…… ."

"고비가 너무 오래 이어져서 체력이 많이 안 좋아지셨어요. 괜찮으시면, 다리나 혹은 팔 관절 같은 곳 부드럽게 접었다 폈다 운동하게 도와주세요."

"알겠습니다."

주치의 두 명은 한 시간 안으로 다시 돌아올 것을 얘기한 뒤, 방을 나섰다. 이랑은 조용히 아버님 곁에 앉아 있다가, 아까 전 작은 어머니가 일러 준 대로 젖은 손수건을 직원에게 부탁해 손을 닦았다. 마른 수건으로 잘 닦아 낸 뒤 작게나마 로션까지 바르자 촉촉하고 아까보다 더 나은 것 같기도 했다.

"도와 드릴게요."

회장님 팔을 조심스럽게 주무르던 와중에, 병상에 누워 있던 돌아가신 아버지가 문득 생각이 났다. 그땐 어머니가 병원 근처에 얼씬도 하지 못하게 했었다. 쓰러졌다는 소식을 뉴스에서 접할 뿐이었고, 그 후로 아버지를 영영 보지 못했다.

주치의는 그가 곧 눈을 다시 뜰 거라고 했다. 하지만 이랑이 저녁을 먹고 돌아와 다시금 다리를 주무르고 무릎을 폈다 구부렸다 하며 이완 운동을 하는 와중에도 도통 깨어날 기미가 보이지 않았다. 아마 조금 전에는 자기 아들들이 왔던 걸 본능적으로 알고 눈을 뜬 게 아닌가 싶었다. 한편으로는 신기하다 생각이 들기도 했다.

자신의 아버지는 돌아가시기 전, 자신을 찾았을까에 대한 질문이 처음으로 머리를 스치자 갑자기 눈가가 시큰해졌다. 생각을 털어 버리려 살며시 얼굴을 흔들던 때였다.

"아……."

느리게 눈을 깜박거리며 이랑을 바라보고 있는 아버님이 희미하게 웃기까지 했다.

"사모님."

직원도 눈을 뜬 걸 발견했는지 조심스럽게 이랑을 불렀다.

"주치의 불러 주세요."

"네."

조용히 뒤로 물러난 직원이 멀리 있는 전화기를 들어 소곤거리며 말을 전했다. 이랑은 그 와중에도 아버님과 처음으로 시선을 마주하고 있었다. 첫인상은 아마도 합격인 듯, 그의 눈빛은 경계를 담지 않고 있었다.

"안녕하세요……."

바보 같고, 어설픈 인사였다. 아마 그가 들으면 바람 빠지는 소리를 내며 웃고 말 거라고 생각했다.

새벽이 되었을 즈음에는 깼다 잠들었다를 자주 반복하셨다. 깨어 있는 시간이 오래될수록 이랑은 어른들이 반대하지 않는 이상, 회장 곁에 계속 있었다. 식사시간이 지나도 내려오지 않자 작은어머니가 걱정이 담긴 투로 직접 끌고 내려가 억지로 식사를 하게 했다.

"회장님, 침상을 상체만 살짝 올리겠습니다."

회장은 느리게 눈을 한 번 깜박였다. 주치의가 버튼을 눌러 침대의 헤드 부분이 조금 높이 올라갈 수 있도록 조절했다. 어느 정도 각도가 조절되자, 그는 한동안 누워 있었던 게 지옥 같았던지긴 숨을 푹 하고 내쉬었다.

"많이 허기지시죠. 곧 두 시간만 지나면 첫 미음 드실 수 있습니다."

나이 든 주치의가 회장을 어르고 달래는 투로 말했다. 이랑은 곁에서 옅은 미소를 지으며 독백 같은 말을 귀담아들었다. 회장은 그사이 자신의 막내아들 며느리라고 소개받았던 걸 기억하는지 시선이 계속 이랑에게 머물러 있었다.

"아, 회장님 여기 막내 며느님이 깨어나셨단 소식 듣고 내내 있었어요. 어린 며느님인데, 아주 손이 야무지던데요. 작은 사모님께서도 많이 아끼시는 것 같아요."

그가 웃으며 이랑에 관한 이야기를 늘어놨다. 제가 뒤에 있는데도 듣기가 민망했다.

주치의가 자리에서 일어나 잠시 자리를 비우겠다며 방을 나갔다. 이랑은 다시 회장님 곁에 앉아 하던 일을 마저 했다. 자꾸만 시선이 자신의 얼굴에 꽂히는 것 같아, 은연중에 고개를 들자 회장님과 눈이 마주쳤다. 입술을 물어뜯고 고개를 숙여 발가락만 바라보다가 다시 시선을 마주치고 입을 열었다.

"저, 저는……."

"……."

"은나기업의 돌아가신 유 회장님의 막내딸입니다."

그는 은나기업이 어디였는지를 잠시 생각하는 중인 듯했다. 뒤늦게 떠올랐다는 듯 눈썹을 살짝 올리고 느리게 눈꺼풀을 감았다.

"많이 부족한데……."

"……."

"잘할 거예요……. 저 잘할 수 있거든요."

아마 사지가 멀쩡했을 때는, 그와 대면할 일도 없었을 거였다. 혹은 대면할 일이 있었더라도 이런 말도 안 되는 자세를 취해서는 안 된다는 걸 잘 알고 있었다. 하지만 이곳에는 단둘이었다.

이랑은 그가 병상에 누워 있는 약자라는 것을 잘 알고 있었다. 이제 막 눈을 뜬, 그러니까 지금은 모든 것들로부터 유연해질 수 있는 그의 입장을 생각했다. 그래서 조금 치사하게도 그 점을 이용했다.

"배도환 대표님과는, 시작은 요란했는데요. 지금은 많이 좋아하고 있어요."

은나기업의 유 회장 딸이라는 말보다, 서로가 결혼했고 많이 좋아하고 있다는 말에 회장은 놀란 듯 눈이 흔들렸다. 왜인지는 그에게 나중에 꼭 물어봐야겠다고 생각했다.

신기하게도 배도환과, 그의 형제. 그리고 회장님은 묘하게 닮은 이목구비였다. 그는 아니라고 했지만 제 눈에는 세 사람은 무척 이목구비가 닮았다는 생각이 들었다.

주치의와 작은아버지가 함께 방으로 들어오셨다.

"벌써 상체를 세우셨네요. 이래도 괜찮은 건가요?"

"그러게요. 호전 속도가 너무 좋으세요. 막내며느리 덕분인가 봅니다."

"하하……. 젊은 사람 부담되게 그런 말씀 하지 마세요."

작은아버지는 이랑의 어깨를 살짝 두들기며 고개를 끄덕였다. 그사이 주치의는 다시 잠이 들려는 회장님의 침대를 반듯하게 되

돌려 놓고, 납작해진 수액 주머니를 바꿔 끼웠다.

"피곤하지?"

"아, 아니요. 괜찮아요."

"세상에, 조금 있으면 동이 틀 것 같은데. 여기서 꼴딱 밤을 새운 거야?"

"……."

이랑은 공손하게 손을 모으고 입을 꾹 다물었다. 이럴 때 제게 유리한 건, 침묵뿐이었다.

"하루 더 묵고 간다고 했다며?"

"……네."

"도환이는 회사에서 밤을 새운 것 같더라."

이랑이 고개를 들었다.

"아마 오늘 하루 쉬겠다고 몰아서 일을 했던 것 같아. 나눠서 소화해야 할 일정을 몰아 했으니, 아마 오전에 널 데리러 올 거야."

"이곳에 같이 있지 않고요?"

이랑의 튀어나온 질문에 주치의가 안경을 올리며 몸을 돌려세우고 대답했다.

"예. 사모님. 이제 회장님 면역력도 신경 써야 할 차례구요. 최측근들 아니면, 최대한 방문을 자제해야 할 것 같습니다. 대표님이 여기 들어오셔도 상관은 없는데 일단 회사에서 일을 하다 오셨으니 컨디션도 안 좋을 테고 쉬다가 잠시 들르시는 게 낫겠지요."

"……네. 그건 미처 생각 못 했습니다."

"괜찮다."

작은아버지는 괜스레 기죽어 보이는 이랑에게 힘주어 말했다.

이랑은 고개를 돌려 창가를 바라봤다. 어스름한 새벽이 녹음이 푸르른 숲 사이로 어느새 내려앉아 있었다.

얼마 가지 않아 아침이 오고, 마당에는 새소리가 요란할 즈음 그가 마당으로 걸어 들어왔다. 어제 갈아입은 옷 가방을 고대로 든 채 오도카니 서서 그를 기다렸다. 옆에서는 작은어머니가 함께 서서 도환을 맞이했다.

"으이구. 이틀을 못 두지."

"별일 없었죠?"

"응. 네 큰형도 방에 들어가서는 나오지 않고. 아, 새벽 내내 아버님 눈 뜨고 계셨단다. 그사이 이랑이가 같이 있었어. 요 녀석도 은근 고집 있어. 네 방에 가서 좀 쉬라고 했는데 말도 안 들어. 차라리 데려가라."

"어머님, 이제 말 잘 들을게요. 네?"

"너, 이리 와."

도환은 불시에 이랑의 입에서 튀어나온 말에 본능적으로 팔을 잡아당겼다.

"어머, 얘. 잠 못 잤다. 휘청거리잖니."

"……."

"아무튼, 난 들어간다. 가서 잘 쉬고 이따가 들를 수 있으면 다시 들르든가 해."

작은어머니는 두 사람에게 손을 흔들고 다시 현관문 버튼을 눌렀다. 괜스레 쫓겨난 기분이 들어 시무룩하게 그를 바라봤지만, 금세 그런 표정을 치워야 했다.

"아……."

"너도, 밤새고. 나도, 밤새고."

"그러네요."

"갈까? 그럼?"

"집에 가서 잠만 자는 거예요. 진짜."

"……."

"왜 대답이 없어요?"

"글쎄."

도환은 낮은 음성으로 힘주어 말하며 넥타이를 죽 끌어당겼다. 동시에 이랑의 팔목은 그의 손아귀에 붙들려 정처 없이 끌려갔다.

* * *

"봐줄 거죠?"

"아……."

여름방학이 지나고 이랑은 2학기도 성공적으로 강의를 배치하는 네 성공했다. 물론, 그의 대표실 사무실에서.

까치 머리를 하고 잠옷 차림을 한 그가 졸린 눈으로 식탁에 앉았다. 반대로 이랑은 곧 학교에 가야 할 차림으로 외출 준비가 끝난 상태였다.

"창립 기념일인데……. 학교 가야 해?"

"저는 하상 그룹 직원이 아닌데요."

"……그래."

상하가 웃음을 참으며 도환 앞으로 아침을 차렸다. 얼마 전 한 여사가 보내 준 반찬들이 냉장고에 가득 차 있었다.

이랑이 먹고 싶은 메뉴들로 거의 구성되어 있어서 그런지, 그는 봐도 잘 모르는 메뉴들이 언뜻 있었다.

"자, 시작할게요."

도환의 시선은 이미 반찬에 가 있었다.

"어, 그래."

"후……."

도환은 젓가락을 들고 펼쳐진 반찬을 하나씩 집어 들어 입에 넣었다. 이랑은 아랑곳 하지 않고 제 할 일을 했다. 1학기 때 처음으로 맡은 조별 과제 발표 때 별거 아니라는 지혜와 상현의 말만 믿고 했다가 버퍼링 걸린 로봇처럼 굴었다. 그 이후로 몇 번의 조별 과제 발표를 나서서 맡았고, 그날의 악몽을 극복해 나가고 있었다.

"우리는 앞서 국제 경영과 경영 환경을 이해하고 국제 조직과 금융 시장의 중요성을……."

이랑이 자신 있게 국제 경영과 관련된 사례들을 쭉 나열하며 발표를 한참 이어 가던 차였다. 도환은 귀 기울여 듣더니 불시에 고개를 팍 들었다. 이랑은 말을 우뚝 멈추고 무엇이 문제인지 그를 향해 인상을 썼다. 아마도 내용 중 자료가 잘못된 게 있다거나 혹은 발음이나 전개가 잘못되었을 수도 있다는 생각이 들던 차였다.

"이거 뭐야?"

"……오돌뼈."

"식감 좋다. 괜찮네. 맛있어."

이랑은 팍 식은 기분에 가만히 서서 도환을 바라봤다. 열정적으로 반찬을 집어 먹고 있는 그에게 다가가 의자를 당겨 털썩 앉았다.

"내 발표 듣긴 들었어요?"

"응."

"어땠는데요?"

"괜찮았지."

"이럴 거예요?"

"응."

도환은 고개를 번쩍 들더니 곧바로 '아니'라고 대답했다.

"지금 시위하는 거죠?"

"……."

"그렇잖아요. 전 오늘 조별 과제 발표가 있는 날이고, 대표님은 창립 기념일이니까 쉬는 날이고. 부득이하게 같이 못 있는 건데 왜 그래요……."

"몰라."

유치한 그의 모습에 요즘 들어 이랑은 적응이 잘 되지 않았다. 그런 와중에 이제는 입에 붙어 잘 의미를 두지 않기도 했던 호칭에 문제를 삼기까지 했다.

"그리고 도대체 난 언제까지 집에서 대표님, 대표님 들어야 해?"

별게 다 트집이었다.

"……."

사실, 그가 대표직에 올라가고 어느덧 시간이 지나고 나니 안정적으로 변하기 시작했다. 주말은 쉴 수 있을 정도였다. 하지만 이랑은 주말이면 본가로 뛰어가 회장님의 차도에 관심을 가질 뿐이었다. 그리고 요즘은 드문드문 말도 뱉으시는 회장님의 말벗까지 하고 있는 와중에 도환은 어디도 낄 자리가 없었다.

"혹시, 종교 있어요?"

"있어."

"같이 섬겨 볼까 해서."

"이슬람이라고 하면 가서 기도라도 같이 드릴래?"

"좋죠. 뭐든. 같이 하면 기도는 두 배의 힘이 될 거 아녜요? 알라알라."

"참나……."

그가 결국 웃으며 젓가락을 내려놓고 팔짱을 꼈다. 이랑은 그가 독실한 가톨릭교도라는 걸 알고 있었다. 형이 죽고 난 뒤에, 어쩐지 신을 믿지 않는 것 같아 씁쓸한 마음을 지울 수 없었다. 때가 온다면 그와 함께 종교를 갖고 싶다는 생각이 들었다. 팍팍하고 무료하고 건조한 삶에, 정말로 신이 있기를 바라는 마음에 하는 소리기도 했다.

"학교 데려다줄 거죠?"

"어."

도환이 웃으며 말했다. 매일 아침마다 결국 완패할 거면서, 그는 여지없이 매번 토라지는 걸 반복했다. 이따금씩 스치는 눈빛으로도 사랑한다고 진하게 바라봐 주는 서로는 매일매일이 뜨거웠다.

〈마침〉

외 전

I

　검은색 블라우스를 입고 맨 가운데에 서 있던 이랑은, 추도식에 맞추어 도환과 함께 나란히 섰다. 그리고 그의 둘째 형을 추모하는 글을 읽는 남자의 목소리에 귀를 기울였다.

　추도식을 제일 처음 제안한 건 이랑이었다. 제사를 지내는 것이 집안 대대로의 내력이긴 하지만 그의 형제들은 어머니를 따라 천주교를 받아들었던 터라, 아마도 어려운 일이 아닐 거라는 생각으로 내민 제안이었다.

　봉안당 안에 있는 홀 위로는 추도식에 참석한 손님들을 위해 간단히 먹을 수 있는 음식들이 준비되어 있었다. 대부분 술이었고, 도환의 친구들 그리고 형의 절친들은 삼삼오오 모여 그간 소식들을 주고받으며 잔을 기울였다. 도환의 곁에 서서 한 사람도 빠짐없이 인사를 다 하고 난 뒤, 이랑은 조용히 사람들 사이를 빠져나왔다.

　도환은 봉안당을 아직 일반인들에게 분양하지 않았다. 이랑은 그 이유를 알 것 같으면서도, 쓸데없이 너무 큼직한 이곳을 내버려 두는 것이 아깝다는 생각뿐이었다.

　도환은 얼마 전 유 회장의 유골을 이곳으로 이전하는 건 어떠냐고 물었다. 이랑은 굳이 그럴 필요가 있겠느냐고 했지만, 아마도 아버지의 사후 흔적까지도 그녀의 손에 쥐어주려는 도환의 욕심에서 비롯되는 일이라는 걸 알았다. 그 과정에서 마찰이 꽤 있어서 1년 정도가 걸렸는데, 사실 그조차도 배도환을 이길 상대는 없었다. 아버지의 추도식에는 누가 참석하게 될까. 어머니와 언니들이 참석할 일은 만무했다.

"몰래 빠져나갔으면 복귀하는 데까지 오래 걸리지 않았으면 해."

"아, 죄송해요."

"오늘은 우리 형 추도식인데. 아버지한테 와 있다니…."

"한곳에 모시게 한 건 대표님이잖아요."

"핑계 한번."

도환은 이랑의 어깨에 손을 올리고 나란히 섰다. 이랑의 눈높이에 맞게 올려진 유골함은 도환의 눈높이와는 맞지 않았다. 세심한 그의 배려였다.

"일반 사람들한테 분양하는 게 싫으면, 분양가를 높게 책정해서라도…"

"돈이 문제가 아닌 거 알잖아."

"도대체 왜 그래요?"

이랑은 이해하기 힘든 투로 몸을 돌려 도환을 바라봤다. 여느 도시의 국립미술관과 비교해도 비슷할 크기의 건축물이었다. 규모뿐만이 아니라, 건축물에 들인 디자이너의 정성 또한 언제까지 묻히는 게 싫었다.

"이 멋진 건축물이 골짜기에 숨어있는 게 진짜…….."

"자랑하고 싶어?"

도환은 다정하게 웃으며 이랑을 바라봤다.

"봉안당을 자랑하고 싶은 사람이 어디 있어요."

"분양하고 싶지 않은 거 알잖아. 그저 조용히 소유하고 싶은 거고."

이랑은 입술을 삐죽였다.

"이제 경영인이 다 됐다 이거야? 뭐만 보이면 자꾸 순이익만 따져댈래?"

도환은 손을 내려 바지 주머니에 푹 꽂아 놓고선 미간을 구겼다. 졸업하고 난 뒤 이랑은 눈코 뜰 새 없이 대학원을 준비하느라 바빠서 한동안 그와 지낼 시간이 없었다. 사실 대학원에만 집중한다면 별문제가 안 됐지만, 은나기업이란 무게를 어깨에 짊어진 이랑이었다. 사회에 내던져진 이랑은 무게감 있는 여성으로 변신해 가는 과정에 놓여 있었다. 결과적으로 최대 주주는 현재까진 배도환이었지만 언젠가는 은나기업의 최대 주주가 되겠다는 목표를 야심차게 갖고 있는 이랑을 의미심장한 눈으로 바라 봤다.

"순이익도 중요하지만 사람도 중요하죠."

"아. 사람."

도환은 귓불을 만지작거렸다. 이따금 그가 회장의 말투를 흉내 내는 이랑을 마주할 때면 하는 행동이었다.

본가에 자주 들락거렸던 이랑의 덕분인지 회장은 그 기운을 받아 회복 속도에 박차를 가했다. 그래서 더더욱 집안 어르신들은 이랑을 조금 더 어렵게 대했고, 이랑은 똑똑하게도 이런 상황들이 자신을 더욱 단단하게 만들어주는 걸 알고 있었다.

"오늘 주훈 씨 오는 날이라고 했죠?"

"응. 출국만 제대로 이뤄졌으면 지금쯤 도착했을 텐데."

유럽지사로 2년 동안 발령을 보낸 사이 주훈은 본의 아니게 화정과 헤어져야 했다. 그게 어쩐지 그의 심술처럼 보였지만, 결과적으로 주훈은 엄청난 명함을 들고 국내에 다시 복귀하는 중이었다.

"사장 자리에 올릴 거예요?"

"유럽이나 아시아 쪽."

"실적은 어땠는데요?"

도환은 잠시 입을 꾹 다물었다. 이랑의 아버지 유골이 담긴 공간을 넌지시 바라보다 다시 고개를 돌렸다.

"은근, 하상그룹에 관심이 많단 말이지."

"남편 회사에 관심 안 두는 게 이상한 거 아니에요?"

"화들짝 놀라기는."

이랑은 희미하게 웃고 있는 그가 남편이라는 단어에 묘하게 좋아하고 있다는 걸 알고 있었다.

"그래서 자격이 있어."

"무슨 소리예요?"

"내가 잘 고른 것 같아."

무슨 소리인지 별안간 눈을 동그랗게 뜨고 그를 보고 있을 즘, 뒤에서 인기척이 들렸다. 주훈이었다.

"아내 되실 분을요. 아주 야무지고 똑똑하신 분으로 잘 고르셨다고요."

어느새 도착한 주훈이 정중하게 허리를 숙여 인사를 하자 이랑은 반가움에 성큼 다가갔다.

"늦었습니다."

"이렇게 갑자기 나타나면……. 안 그래도 조금 전에 이야기하던 중이었어요."

"……."

반가워. 폴짝 뛰어가는 이랑의 모습에 질투 어린 눈을 한 도환이 뒤로 다가왔다. 그는 주훈의 인사를 받는 둥 마는 둥 하면서 내내 이랑에게서 시선을 떼지 못했다.

"못 들었어? 사람이 중요하다잖아. 그런 사람을 고르다니."

해외로 발령을 내버린 직장 상사에게 시퍼런 칼날이라도 감추고 있었던 건지, 주훈은 오랜만에 조우한 순간부터 도발을 했다.

"뭐, 연애결혼으로 시작한 건 아니지 않습니까. 콕 집어서…… 마치."

"가지. 막 도착했을 텐데, 호텔에 있었어도 됐을 텐데. 굳이 왜. 여기까지 왔어? 내가 그렇게 사사롭게 굴던 직장상사던가."

"……."

도환은 주훈과 이랑의 사이를 가로질러 말을 자르고 앞질러 걸었다.

"형님 추도식에 제가 빠지면 섭섭하죠."

"매년 하게 될 추도식, 바쁜 사람이 빠질 수도 있지."

"저보다. 아니, 여기 있는 사람들 중에 제일 바쁘신 건 대표님이십니다."

간만에 말문이 막힌 도환은 뒤돌아서서 얼굴을 굳혔다. 스파크가 튀어 오르기 직전인 걸 감안해, 이랑이 이제는 두 사람을 가로막아 섰다.

"저, 한참 서 있었더니 목이 좀 마른데. 가서 차라도? 아니면 술? 저기 자리 많은데."

이미 지인들이 빠져나간 자리는 한산했다. 소수긴 했어도 한곳에 모이다 보니 처음엔 북적북적 자리가 없었다. 다음에는 라운지로 만들어 둔 곳에 빳빳한 가죽 소파를 더 배치해야겠다고 생각했다.

"다음 추모식에는 사람들이 더 올까요?"

"초대하지 않을 생각인데 왜?"

"그냥요……."

몇 지인들은 도환을 향해 먼저 일어나겠다며 인사를 건넸고, 친한 다른 동창들은 나타난 주훈을 보며 반가워 인사를 건넸다. 슬쩍 뒤로 빠진 이랑에게서 시선을 끊어내지 못하던 도환은 어쩔수 없이 그들에게 시선을 던져줘야만 했다.

끈질긴 도환의 시선이 가끔 떨어져 나갈 때는 여러 가지 감정이 교차했다. 조금은 숨통이 트이는 것 같은 기분이면서도, 아쉬운. 그런 이상하고 묘한 감정들이었다. 직원 두 명이 다가와 이랑에게 테이블에 가져다줄 것들을 물었다.

"사모님."

"네."

"조금 앉아서 쉬세요. 제가 알아서 챙겨다 드릴게요."

상하는 평소처럼 그들이 즐겨 마시는 술을 아래 직원들에게 주문했다. 지시를 받은 직원들은 조심스럽게 술잔과 먹을 것들을 세팅해서 가져갔다.

"미안해요. 추도식에 도와주실 분들을 조금 더 데리고 왔어야 했는데."

"괜찮습니다. 추도식인데 분위기가 무겁지 않은 건 저도 처음이라서 꽤 좋은 경험인데요?"

"본가에서는…… 별말 없었죠?"

"네. 직원들 사이에서는요. 왜요?"

이랑은 상하가 접시에 챙겨준 작은 간식거리들을 손으로 집어
들고 오물거렸다.

"엊그제 마지막으로 회장님을 뵙고 나오던 차에 봉안당 위치를
물어보시더라고요."

"아……."

상하가 놀란 눈으로 이랑을 향해 손을 흔들었다.

"저, 정말 들은 얘기 없어요, 사모님."

"그런 뜻으로 말하는 거 아니고요……."

이랑은 고민스러운 얼굴이었다. 상하는 짐짓 그녀가 봉안당 위
치를 회장님께 선뜻 말하지 못했다는 걸 추측했다. 요즘 들어선
회장과 대표 사이에서 이랑이 유일하게 연결고리였다.

"많이 곤란하셨겠어요."

"알려 드렸어야 했을까요?"

"글쎄요……."

상하는 은연중에 습관처럼 자리 잡은 것들로 보아, 알아도 모르
는 척, 들어도 못 들은 척해야 한다는 입장이었다.

"근데 말씀드렸어요."

"네?"

화들짝 놀란 그녀를 이랑은 무덤덤한 표정으로 바라봤다.

"자기 자식이 있는 곳에 부모가 못 온다는 게, 너무 가엽고 슬
퍼서."

"사, 사모님."

"근데……. 지금 이 시간에도 안 나타나시는 걸 보면 오실 생각은 없나 봐요."

질끈 눈을 꾹 감은 상하는 방금 들은 말을 못 들은 걸로 하겠다는 얼굴이었다.

이랑은 드높은 천장과 멋진 유리 벽을 통과해 보이는 숲, 그리고 푸른 녹음을 혼자 보기 아깝다는 취지도 있었다. 반대로도 그 기분을 알고 있기 때문이기도 했다. 아버지가 놓여 있는 곳이 어딘지도 제대로 몰랐을 때의 심정과 회장의 심정이 별반 다르지 않을 것 같아서.

고개를 돌려 무리들을 바라봤다. 이랑은 그에게 호되게 혼날 각오를 하면서도, 한편으론 회장의 심정을 이해하고 있는 자신이 싫기도 했다. 그 순간 상하는 놀란 듯 이랑의 팔을 붙들었다. 그녀가 가리킨 곳을 본 순간, 조용하던 내부에 작은 북적임이 일어났다.

자갈길에 세단 두 대가 도착하자 그 주인을 먼저 알아본 사람들이 입구로 나갔다. 차에서 내린 직원들이 회장이 앉아 있는 뒷좌석 문을 열었다. 그러곤 휠체어를 준비해 회장을 부축 했다.

그 모습을 어안이 벙벙하게 바라보던 이랑은 상하가 다급하게 팔을 흔들어대자 정신을 차렸다.

"와…… 나 오늘 진짜 혼나겠다……."

"어떡해요 사모님."

이랑은 다급하게 입구로 나아갔다. 뒤를 돌면 바로 그와 눈을 마주칠 수 있는 상황임에도 막상 벌린 일에 대하여 덜컥 겁이 났다.

"흠……."

휠체어에 막 앉은 회장은 병상에서 일어난 후 처음으로 장시간 탑승한 차량에 피곤함이 묻어 있었다. 이랑이 회장의 곁으로 다가가 허리를 숙이고 인사하자 직원들이 뒤로 물러났다.

"제가 밀어드릴게요. 여기서부턴, 회장님과 저만 이동해도 될까요?"

도환이 외부인에게 이곳을 공개하는 것에 대하여 예민하게 구는 걸 더 이상 건드리고 싶지 않아서 던진 말이었다.

회장은 잠시 생각하더니, 직원들을 뒤로 물렀다. 휠체어 손잡이를 잡고 버튼을 누르자 자연스럽게 미끄러져 앞으로 나아갔다. 이랑은 차마 회장을 불시에 맞이하게 된 그의 모습을 바라볼 자신이 없어 고개를 들지 못했다.

"어째, 도환이 표정을 보니 내가 이곳에 방문하는 걸 너만 알고 있는 모양새구나."

"사실…… 진짜 오실 거라고 생각 못 했어요."

멀리 서 있는 장정들이 가까워질수록 두 사람은 어쩐지 초라한 느낌을 지울 수 없었다. 환영받지 못한 손님과 그를 초대한 이랑은 이후에 벌어질 일들에 대해서 마음을 단단히 먹어야만 했다.

"……."

도환만 꼿꼿하게 서서는 입을 꾹 다물고 있을 뿐, 주변의 그의 지인들은 모두 다 허리를 숙였다.

"둘째 보러왔다."

"유치하게 뱉는 첫마디가 그겁니까?"

이랑은 순간 도환을 바라봤다. 이토록 화가 나고 차가운 얼굴을 본 적이 없어, 순간 몸이 딱딱하게 굳는 기분이었다. 휠체어를 잡은 손에 힘이 꽉 들어갔다. 어쩌면 그가 입구로 들어가는 문을 개방해주지 않을지도 모른다는 불안한 예감 탓이었다.

"어떻게 아셨습니까."

질문을 던지며 도환은 드디어 이랑에게 고개를 돌렸다.

"애한테 뭐라고 하지 말아라."

"뭐라고 한 적 없습니다. 아직까지는요."

"……"

잠시 정적이 가라앉았다.

"내가 알려달라고 닦달했다. 곤란해할 거 알면서도 혹시나 내일 눈감을지도 모르는 팔자라. 너무한 게냐?"

도환은 회장이 거들먹거리는 죽음 앞에서 어쩔 수 없다는 듯 한 발자국 물러났다. 고개를 비틀고 몸을 비켜내는 순간, 옆으로 지나치는 이랑의 팔을 붙들었다. 이랑은 작게 헉, 소리를 내며 도환을 바라보았다. 도환은 낮게 으르렁거렸다.

"상하 불러."

"네?"

"네가 밀지 말고, 상하 불러."

"아, 네."

지켜보던 주훈이 멀리서 대기하고 있던 상하에게 손짓하자 단걸음에 다가와 회장의 휠체어를 넘겨받았다. 뒤따라 걷는 두 사람 외에는 모든 지인들을 물리고선 입구를 지나쳐 봉안당 안으로 들어섰다. 햇볕이 가득 중앙을 관통하고 있어서 그 안은 마치 식물이 없는 정원을 연상하게 했다.

"직접 한 게냐?"

"……."

대답을 함구한 그 대신 이랑이 입을 열었다.

"네. 대표님께서 직접 유명한 디자이너 고용하셔서 오랜 시간 공들이셨어요. 아직 외부인에게는 개방 안 했구요."

"저 녀석 고집으로는 지 형만 두겠다고 지었을 게 뻔한데. 당연히 개방할 생각이 없지. 이렇게나 무식하게 크게 지어서는……."

이랑은 걸음을 빨리했다. 아무래도 도환과 회장 사이에 불편한 대화가 터져 나오게 하고 싶지 않아서였다.

도환은 제 형이 모셔진 곳 앞부터 더는 따라오지 않았다. 상하와 이랑만 동행하며 앞으로 나아갔고 곧 그의 형의 유골함이 놓여 있는 공간이 나타났다.

"……."

"혼자 있고 싶으시면, 잠시 뒤에 돌아오겠습니다."

"그래 주겠나."

이랑은 휠체어에 앉은 회장을 향해 인사를 하고 상하와 함께 공간을 나왔다. 도환을 마주한 이랑은 잔뜩 어깨가 굳어서는 눈치를 보기 바빴고, 이랑의 편을 들어줄 수 있는 사람도 마땅히 없어 보였다.

"무슨 생각이야?"

낮은 목소리가 잔뜩 화를 머금고 있었다.

"아, 아무 생각 없었어요."

"아무리 아버지가 형이 모셔져 있는 곳을 물었다고 쳐도 그렇지. 나한테 상의도 없이 장소를 알려드리면 어떡해."

"그게……."

"자꾸 이런 식으로 제멋대로 굴 거야?"

여유 없이 몰아치는 통에 주변에 서 있던 지인들이 자리를 물렸다. 도환은 아랑곳하지 않고 이랑을 다그쳤다.

"내가 너한테 미쳐 있는 게, 넌 그게 우스워?"

"대표님."

"도대체……! 내가 너한테 약자라는 이유로 언제까지 모든 것들을 이해해주고 수용해 줘야 해?"

"죄송해요. 저는 그저……."

"집안일이야."

이랑은 작은 손을 꾹 말아 쥐고 고개를 들었다.

"저는 집안사람 아니에요?"

"뭐?"

"회장님한테 저는…… 며느리잖아요. 아버지가 당연히 죽은 아들이 어디에 놓여 있는지 궁금해 하고 그리워하는 건 당연한 거잖아요."

"죽은 아들 기일도 제대로 기리지 못하게 한 게 저 사람이야."

"간신히 병상에서 일어나셨어요. 말이 너무 심하잖아요."

"어쭈."

"아버지가 돌아가셨을 때. 임종도 못 지켰어요. 그 마음 전 알지만, 대표님은 모르잖아요."

"그게 지금 왜 나와!"

"반대로, 자식 먼저 보낸 부모 마음은요."

"유이랑."

"똑같이 지옥에 살고 있는 건 대표님, 저, 그리고 죽은 아들 유골함 앞에 처량하게 앉아 있는 회장님도 그렇다고요."

도환은 폭발하기 직전의 탄식을 터트렸다. 한동안 말이 없던 도환은 이랑을 오래도록 바라봤다. 하지만 그 얼굴에는 온기가 없었다. 이랑이 어떤 입장이든 이 상황이 무척 싫은 것은 변함이 없다는 뜻이었다. 무거운 공기가 두 사람 사이에 자리 잡았다. 그는 더 이상 어떤 말도 더하지 않았고, 이랑도 그저 멀찌감치 서서 휠체어에 앉아 있는 회장을 바라볼 뿐이었다.

"만약에 우리 사이에 아이가 있다고 쳐요."

도환은 고개를 돌려 이랑을 바라봤다.

"만약에 우리 사이에 태어난 아이랑 대표님이랑 사이가 안 좋아졌다고 치자고요."

"하고 싶은 말이 뭐야 도대체."

"그러다가 불시에 제가 먼저 가게 되면."

"하하…… 뭐?"

도환은 황당한 웃음을 터트렸다.

"둘 중 하나가 제 기일에 못 오게 된다고 생각해 봤어요?"

순식간에 얼굴이 굳은 그가 이랑을 빤히 바라봤다. 하지만 그 어느 때보다도 진지한 이랑은 도환을 절대 바라보지 않고 꿋꿋하게 말을 이어갔다.

"그게 만약에 대표님이면요?"

"협박 그만해."

"그만할 테니까, 회장님이 둘째 형님 기일에 참석하는 거 허락해 주세요."

"제법이네."

도환은 픽, 하고 코웃음을 쳤다. 그러다가도 좀 전에 비유한 상황이 자꾸만 머리에 남았는지 다시금 얼굴을 굳히고선 시선을 멀리 던졌다.

"부모 자식 인연에 집착하는 너를 이해할 수 없는 건 내가 너무 차가워서 그런 건가?"

"나한테 집착하는 대표님을 이해할 수 없는 저는요?"

"동문서답이야."

"그거나 그거나예요. 사랑에도 종류가 있다고는 하는데. 저는 별반 다르지 않다고 봐서……."

이랑은 헛기침을 하는 회장의 소리에 가까이 다가가려고 하는 순간 도환에게 손이 붙들렸다.

"왜요……?"

"나만 집착하는 거야?"

"그게 무슨……."

"너를 사랑하는 내 마음이. 오로지 나만 그런 거냐고."

"그럴 리가."

이랑은 씩, 하고 웃어 보였다. 어쩐지 당한 게 확실하다는 얼굴의 도환은 이랑을 향해 식어버린 눈을 하고선 붙잡은 팔을 놓아줬다.

회장의 휠체어를 다시 끌고 나온 이랑은 도환과 함께 건물 내부를 둘러보았다. 그러던 사이 이랑의 아버지로 보이는 유골함도 있다는 걸 알게 되자 회장은 내심 서운한 표정을 지었다.

"여기 내 자리는 없는 게냐?"

"없습니다."

"흠······."

"아버지는 모셔질 데가 따로 있지 않습니까."

"버르장머리 없는 녀석."

회장은 말은 그렇게 해도 봉안당을 지은 위치하며, 건물의 구조를 칭찬하는 것을 아끼지 않았다. 그럼에도 불구하고 도환의 기분은 쉽게 풀리지 않았다. 그럴수록 노인이 불쌍한 마음이 들어 이랑은 더욱 회장의 편을 들기도 했다.

"난 이제 서울로 돌아가련다."

"다른 가족들은 안 됩니다."

"데리고 올 생각도 하지 않았다. 입구에서 문전박대 안 당한 것만으로도 이 아이 덕이라고 생각하마."

회장은 앞에서 대기하고 있던 직원들의 부축을 받아 뒷좌석에 탑승하기 전 이랑을 바라봤다. 나긋하게 웃음을 던지는 것이, 분명 두 사람 사이에 통하고 있는 무언의 의리가 있는 게 분명했다.

"본가에 언제 올 게냐?"

"네?"

"요즘 통 바빠서 오지도 못하는 것 같아서. 네가 좋아하는 반찬들 싹, 준비해 놓으라고 했는데 그래도 친가에서 가져다 먹는 것보다는 못하지?"

"아니에요. 엄청 맛있게 잘 먹는데······."

말하면서도 은연중에 도환의 눈치를 보는 모습에 회장은 웃음을 참지 못하고 피식거렸다. 그 모습이 어쩐지 도환과 사뭇 비슷해 보이기도 했다.

"조만간 들르겠습니다."

"그러려무나. 작은 에미도 네가 요즘 잘 들르지 않는다고 적적하다고 하더라."

"예."

"……."

도환은 그제야 닫히는 문 앞에서 허리를 숙여 인사했다. 자갈길을 빠져나가는 세단은 뉘엿뉘엿 지는 노을을 향해 출발했다.

"너 나도 모르는 사이 본가 들락거리는 횟수가 늘었나 보다?"

"그게…… 이제 매번 보고드릴 만큼 뭐랄까…… 사사롭기도 하고……."

"아무래도 주훈이가 외국 지사로 발령도 났고, 네 개인사를 보고할 인물도 없고. 편하다 이거지?"

그래, 부부싸움은 이제 시작인 게 분명했다.

* * *

도훈은 얼마간 출장 때문에 집에 갈 수 없었다. 이랑은 물론 그 스케줄에 대하여 무어라 서운한 기색도 내비치기 힘들었다. 보기만 해도 살인적인 스케줄은 연예인을 방불케 했기 때문이었다.

형의 추도식이 끝나고 난 뒤, 도훈이 지인들과 함께 세인트로 이동할 때까지만 해도 괜찮았다. 그날 밤, 침대에서 조금이라도 도망갈라치면 짓궂게 굴어대는 통에 이랑은 며칠 내내 근육통을 앓아야만 했다.

"본가에서 일정 왔는데 보시겠어요?"

대학원 마무리를 앞둔 시점에서 이랑이 취업하고 싶어 하는 것도 도환과 마찰을 일으키는 여러 요인 중 하나였다.

"주세요."

　서둘러 나가야 하는 일정 앞에 이랑은 며칠째 울리지 않는 휴대폰만 손에 쥐었다 내려놓기를 반복했다.

"회장님 생신이 곧 앞이네요?"

"네. 본가에 있는 실장님 말씀으로는 약소하게 직계 가족 분들만 모여서 조용히 치르는 걸로 상의가 오갔나 봐요."

"그래도 복작이는 게 좋은데……."

　상하가 입을 가리고 설핏 웃자 이랑이 머쓱하게 어깨를 움츠렸다.

"좀 그렇죠. 제 성향상 사람 많은 데 불편해 하면서, 그죠?"

"많이 변하신 거 아세요?"

"제가요?"

"네. 여기 처음 오셨을 때보다는 뭐랄까 생동감 있고, 쉽게 표현해서 그냥…… 무척 밝아지셨다고 할까요? 아무튼 보기 좋아요."

"그렇구나……."

　곰곰이 생각해보니 그녀 말이 맞는 것 같기도 했다. 처음 이 집에 들어올 땐 옷가지도 몇 개 없었는데 이제는 자신도 모르는 사이에 드레스 룸이 꽉 찰 정도로 제 몫이 늘어났다.

　물욕이 없는 걸 이해하지 못한 그가 종종 저를 데리고 백화점으로 나가 물건들을 사들이는 게 불편하던 때가 있었다. 하지만 그때가 아니면 그와 오붓하게 단둘이서 있을 시간이 없다는 걸 안 순간부터는 즐기게 되었다.

"나가볼게요."

"사모님, 오늘도 늦으세요?"

"음……. 되도록 일찍 와보려고요. 대표님 스케줄 계산해보면 오늘은 집에 돌아와야 하는 날이거든요."

"저녁거리 해 놓고 퇴근할게요."

"어차피 늦으니까. 점심 지나서 퇴근하세요."

이랑은 구두를 대충 발에 욱여넣으며 문고리를 잡고 그녀를 향해 고개를 돌렸다. 매번 집에 혼자 남겨 놓고 가는 기분이 드는 건 어찌해도 떨칠 수 없었다.

운전대를 잡을까 아니면 대중교통을 이용할까 고민하다가 이랑은 결국 시동을 걸었다. 얼마 전 매스컴에서 야간에 데이트하던 두 사람을 찍어 가십거리로 기사를 써버리는 바람에 곤욕을 치렀던 일이 떠올랐다. 부부 사이에 아이가 없는 이유에 대한 무성한 소문들이 종종 기삿거리가 된다는 게 이랑은 황당할 뿐이었다.

"네."

울리는 전화에 이어폰 버튼을 누르자, 조금 전에 자신을 배웅한 상하의 목소리가 들렸다.

– 본가에서 실장님이 전화 주셨어요. 약소하게 하시기로 한 거, 일가친척이랑 자제분들 지인들까지만 초대하기로 하시겠대요.

"갑자기요?"

– 글쎄요. 아무래도 회장님이 다시 병상이 누우시면, 이후에는 친척들, 지인들 다 한 번에 모아서 보기가 힘들 것 같다고 하셔서요. 틀린 말은 아닌 것 같은데 듣고 보니 씁쓸하고 슬프네요.

"그래요. 알겠어요."

이랑은 전화를 끊고 속도를 올렸다. 죽음의 문턱을 앞두고 마치 송별 파티라도 열어주는 것 같아 썩 유쾌하지 않았다. 문득 그가 보고 싶었다. 전화를 했지만 비서를 통해서 일정 소화 중이라는 말만 들을 뿐, 목소리를 들려주지 않았다. 그건 추도식 때부터 시 작된 부부싸움이 은연중에 장기전으로 가고 있다는 의미기도 했다. 그는 항상 저를 향해 약자라고 말했지만, 싸움에 머리가 좋은 사람이었다.

대학원 건물 앞에 도착해 보조석에 마구잡이로 던져 놓은 서류들을 챙겼다. 논문을 준비하려 모아 놓은 자료들이 엉망으로 흐트러져 있었다. 멍하니 바라보다 보니 요즘 들어선 너무 하고 싶은 대로 제멋대로 구는 것 같았다.

"나 하고 싶은 거 다 하라고 했으면서 이제 와서 하지 말라는 건 뭐야."

그 핀잔은 분명 그에게 닿지 않을 걸 알면서도 중얼거리는 소리는 꽤 큼직했다. 참지 못하고 전화를 걸었다.

– 네. 사모님.

주훈 한 명을 대신할 인원이 이제 여럿 있다는 게 불편했다.

"대표님 한국 도착하셨나요?"

– 네. 방금 회사에 도착하셨는데요.

"이후 일정은요?"

– 없으세요. 오후 일정 싹 비워두셨는데 집으로 가신다는 말씀은 없으세요. 지금 집무실에 계신데 연결해드릴까요?

구태여 그가 전화를 받지 않는다고 설명하고 싶지 않은 마음에 입술만 꾹꾹 눌렀다.

"아니에요. 제가 다시 연락할게요."

어차피 들어가서 수업을 들어야 하는 시간이 촉박했다. 뭔가 몰아치는 하루가 요즘 들어선 숨이 턱턱 막히는 기분도 들었다. 그가 며칠째 제게 화가 났다고 표현하는 걸 보노라면 이제는 턱턱 막히는 정도가 아니었다. 대학원 강의가 잡혀 있는 건물 안으로 들어서자 상현이 보였다.

"누나!"

"상현아."

"아, 요즘 너무 바쁜 거 아니에요? 대학원 오면 더 자주 만날 줄 알았는데."

"면접은 잘됐어?"

"글쎄요. 이리저리 보고는 다니는데 영 시원찮아요. 지혜는 잘 풀리는 거 같던데. 바로 수업 들어가야 하죠? 올라가세요."

부지런히 손을 흔드는 상현은 이제 대학생 티가 나지 않았다. 지혜와 연애 안 할 거냐고 종종 묻는 말에 상현은 더 이상 대답을 하지 않았다. 보아하니 더는 친구의 감정은 갖고 있지 않은 게 분명했다. 하지만 지혜 쪽이 가진 감정이 상현과 다르다는 걸 눈치 빠른 이랑은 바로 알았다.

"누나 올해 넘어가면, 화정 선배 쪽으로 들어가요?"

"응. 이야기 오가는 중인데. 나도 워낙 눈치 볼 사람이 있어서."

"그, 그렇죠?"

눈치 볼 사람이라는 게 단연 누구를 빗대어 말하는지 알고 있는 상현은 어색하게 웃어 보였다.

"갈게."

상현과 헤어지고 뒤늦게 강의실에 도착한 이랑은 자리를 잡고 앉았다. 그런데도 머리 맨 끝에 매달려 있는 그가 무척 자신을 괴롭히고 있었다. 강의는 이제 보통 연령대와는 다르게 어느 기업 대표직을 겸하고 있는 사람도 있었고, 제 나이 또래의 학생들을 포함 다양한 학생들이 존재했다. 이를 통해 인맥을 쌓기도 했는데, 어쩌다 보니 화정이 다시 자리매김한 회사의 TF팀에서 일하기로 그와 상의도 없이 수락해버렸다. 그래봤자 6개월 남짓이라고 했는데 그가 허락을 안 해줄 거라고 생각하지 않았다. 하지만 지금 같은 분위기에선 무엇이든 다 하지 말라고 할 수도 있을 것 같았다. 아니면 집 밖으로 나가지 말라고 할 수도 있었다. 그의 심술은 어느 순간에 어디로 튈지 몰랐다.

"나쁜 놈이야 하여튼. 가만 보면……."

중얼거리는 수위 낮은 욕설에 옆자리에 앉아 있던 노후한 중년 남성이 흠칫거리며 이랑을 바라봤다.

* * *

수업이 끝나고 난 뒤 주차장으로 돌아오자 반가운 얼굴이 보였다.

"우리가 딱 맞춰서 온 거지?"

"와…… 두 분 이제 분위기가……."

"연애하는 티가 나?"

화정과 주훈이 나란히 서 있는 모습은 마치 부부 같기도 했다. 여느 풋풋한 대학생 커플의 느낌은 없었는데 이상하게도 각자 회사에서 볼 때와는 사뭇 다른 편안한 느낌이었다.

"며칠 전에 추도식에서 봤을 때 일. 방금 화정이한테 말했습니다."

"아⋯⋯."

이랑의 입술이 일자로 닫혔다. 아무래도 뒷수습을 못 하고 있는 게 뻔히 보이는 것 같아 창피했다.

"너 사고 쳤더라. 어휴. 대단하다니까 진짜. 아직 점심 전이지? 우리랑 같이 이동할래?"

이랑은 고개를 끄덕이고 보조석에 책과 논문 자료들을 던져 놓고, 그들을 따라나섰다. 자연스럽게 세 사람은 캠퍼스를 걸었다.

"두 분은 어느새 이렇게 가까워지신 거예요?"

"나야 뭐⋯⋯."

나란히 걷는 통에 주훈의 표정을 보긴 힘들었고, 화정에게 고개를 돌리자 어색하게 웃어 보였다.

"얘 유럽에 있을 때 종종 내가 근처로 여행을 많이 다녔거든."

"표 사장님이 그 근처에 있으니까 여행 간 거죠?"

"⋯⋯."

그의 낮은 웃음소리가 귀에 편하게 들렸다.

"아이, 무슨 소리야. 아니거든. 나 회사 복귀하면 이제 막 TF팀 차려질 건데 그거 조언도 얻을 겸. 겸사겸사였다고."

이랑은 장난스러운 웃음으로 화정을 보다가 주훈에게 물었다.

"본사에는 이제 안 들어가시는 거예요?"

"네. 본사에서는 딱히 업무가 없습니다. 곧 발령이 날 거라서요. 대기 중입니다."

"얘 잘릴 수도 있어. 하하하."

화정은 주훈 사장을 '얘'라고 지칭하며 장난을 쳤다. 화정은 그럴 일은 만무했지만 아무래도 다시 떨어지게 될까 봐 심란함을 감추려 더욱 호탕하게 웃었다.

세 사람은 여유롭게 식당 안에 자리를 잡고 마주 앉아 주문했다. 이 와중에 오늘은 제 옆자리에 도환이 있을 만한 스케줄인데 없다는 게 서운할 정도였다.

"아, 곧 회장님 생신이시지."

"어떻게 아셨어요?"

"뭐, 주훈이가 배도환 엉덩이에 작은 점 하나 있는 거까지 다 알잖아. 그걸 모를 리가."

"지, 진짜예요?"

주훈이 역겹다는 표정으로 화정을 바라보며 물컵을 입에 가져다 댔다.

"대표님 엉덩이에 점 있습니까?"

반대로 질문이 이랑에게 돌아왔다. 본능적으로 가만히 생각에 잠긴 이랑을 보며 두 사람은 결국 웃음이 터졌다. 곰곰이 그의 나체를 떠올렸고, 그의 엉덩이에는 작은 점이 없다는 게 돌아온 이랑의 대답이었다.

* * *

이랑은 식사를 마치고 오후 일정까지 모두 소화한 뒤 집으로 돌아왔다. 저녁 9시를 넘겼는데도 불구하고, 그는 집에 있지 않았다. 휴대전화를 들었지만 당연하게도 그에게선 연락이 없었다.

"하……."

이랑은 소파에 널브러져 젖은 솜처럼 무겁고 피곤한 몸을 잠시 눕혔다.

'화정이랑 함께할 TF팀 관련해서 아직 대표님께 말씀 못 드렸다고요?'

추도식이 시작되기 전에 꼭 말한다는 걸 깜박했다는 게 문제였다. 그가 허락하지 않으면 어쩔 수 없다는 뉘앙스였지만 화정은 꼭 이랑이 잠시나마 함께했으면 하는 의지가 강했다. 주훈은 도와줄 수 없는 일이라며 양손을 들고 선을 그었다.

모로 누워 어두컴컴한 거실 한편을 바라봤다. 사실 머릿속에 과부하가 걸린 것 같았다. 무엇이 먼저인지, 제가 어떤 입장인지. 어디서부터 시작해야 할지 순서와 목차를 정리해야 하는 기분이었다.

이랑은 다시 일어나 차 키를 집어 들고 도환의 회사로 향했다. 늦은 밤 도시는 한산했고, 여느 날과 비슷하게 빗방울이 차 유리를 톡톡 때렸다. 사실 모든 걸 다 떠나서 출장길이 고단했을 그의 안부가 가장 먼저 궁금했다. 회사 로비에 들어서자 이제는 그녀를 알아보는 보안팀이 앞서 다가왔다.

"바로 올라갈 수 있죠? 급해서……."

"아, 네."

급하다는 말에 보안팀 직원 한 명이 따라붙었다. 웬만해선 회사로 오지 않는 편이었다. 어쩌면 그의 계획이 스스로 찾아오게 만드는 것이라면 성공했다고 박수라도 쳐줘야 할 것 같았다.

맨 꼭대기 층에 위치한 그의 집무실에 엘리베이터가 닿자, 이미 연락받은 비서팀 직원 한 명이 어리둥절한 표정으로 서 있었다. 보안팀 직원으로부터 비서는 이랑을 안내받아 앞서 걸었고 서둘러 뒤를 따랐다. 몇 달 전 방문했을 때랑 또 다르게 기다랗고 칙칙했던 복도가 리모델링되어 있는 것이 눈에 들어왔다.

"뭐가 바뀐 것 같네요."

"네. 사내 분위기를 조금 트렌디 하게 바꿔보자는 취지에서 본사 건물 자체를 조금씩 바꾸고 있습니다."

"아."

수십 층이나 되는 본사 건물의 분위기를 바꾸는 것이 예산으로나 무엇으로 보아도 쉬운 일이 아닌데. 하상그룹은 어느 면에서 보아도, 무슨 일이 있든 규모 하나는 끝장이었다.

"다들…… 아직 퇴근 전이신가요?"

집무실로 진입하기 전 작은 파티션들을 지나쳐야 했는데 그 사이사이로 직원들이 일어나 이랑을 향해 인사를 했다.

"네. 대표님 출장 다녀오셔서 저희도 같이 정리해야 할 것도 있고요. 근데 대표님은 들어가셔도 되는데 안 가셔서……."

그러니까 쉬운 말로 돌려 말하자면 직장상사가 아직 퇴근을 못해서 본인들도 눈치만 보고 있다는 뜻이기도 했다.

"어? 사모님. 바로……."

"혼자 들어갈게요."

이랑은 손바닥으로 이마를 짚었다. 회사 내부에 있는 숙면실도 없애겠다고 하는 그의 취지와는 맞지 않는 이기적인 행동이었다.

집무실 노크를 짧게 하고 문을 벌컥 열자 맨 끝에 그의 책상에 익숙한 정수리가 보였다. 문을 닫고 걸어 잠갔다. 누구도 들어오지 못하게 하고 싶은 마음이 제일 먼저였다. 그가 반쯤 감긴 눈으로 이례적으로 열린 문을 향해 고개를 빼꼼히 들었다. 동그란 안경을 끼고 있었는데 어린아이와 어른의 경계에 선 남자 같았다.

"여기까지 와주셨어."

"하……. 대표님."

"……."

대표님이라는 단어가 마음에 안 들었는지 도환의 고개가 다시 모니터 아래로 쑥 내려갔다. 그나마 보이던 얼굴의 반이 다시 사라졌다.

"남편님."

"네."

정말 손에 꼽을 정도로 부르는 호칭이었다. 다시 얼굴이 반쯤 쑥, 하고 모니터 위로 올라왔는데 조금 전과는 다르게 눈빛이 사뭇 달라 보였다.

"오전에 도착했다면서요. 근데 집에 안 들어와요?"

"보시다시피."

가까이 다가가자 코끝을 자극하는 이상한 냄새에 고개를 내렸다. 그의 앞에 인스턴트 라면이 보였다.

"헐."

"응……."

"도시락은요? 근처에 20분이면 배달 가능한 음식점이 얼마나 많은데."

"그냥 대충 5분 안에 먹을 수 있는 거 달라고 하니까 이거 주던데.”

주훈 사장이 알면 기함할 노릇이었다.

“집에는 왜 안 들어와요.”

“…….”

도환은 의자를 뒤로 쭉 빼고 등을 기대며 깍지를 꼈다. 안경 쓴 모습에, 부슬부슬한 머리카락을 보아하니 회사에서 샤워까지 싹 마무리한 모양새였다. 이랑이 제일 싫어하는 모습이었다.

“추도식 때 화난 거 아직도 그거 때문에 그런 거예요?”

“그렇다고 하면?”

“그렇다고 이런 식으로……. 진짜 유치하잖아요. 나 집에 혼자 있는 거 뻔히 알면서.”

도환은 해석하기 힘든 얼굴로 이랑을 내내 바라봤다. 혼을 내든, 화를 내든 둘 중 하나는 했으면 좋겠는데 이상한 표정이었다. 이랑이 주춤거리며 한 발자국 뒤로 물러서자 도환은 턱을 잠시 들더니 손을 뻗어 일어났다.

“안 그래도 가려고 하던 참이었어. 도저히 못 할 짓이라.”

“거봐요, 밖에 있으면…….”

“너 보고 싶어서.”

“…….”

도환은 순식간에 이랑을 잡아당겨 그의 품에 안았다. 도환의 체향이 폴폴 코끝으로 스며들었다. 눈을 감고 도환의 품에서 느껴지는 온기에 이랑은 눈을 감았다. 혼자 있는 걸 그토록 싫어하는 조그마한 여자를 계속 혼자 두는 것 자체가 어쩌면 스스로에게 형벌이나 다름없었다.

"근데 이렇게 스스로 찾아와주면, 넌 또 나를 들었다 놓았다 하는 셈이 돼버리지."

"무슨 소리예요, 그게."

"추도식 때 아버지가 그곳에 찾아와서 화가 난 게 아니야. 네가 들었던 비유가 너무 사실적이고 적나라해서 혹시나. 우리 사이에 태어날 자식이 나와 성향이 맞지 않으면 벌어질 일들인 것 같아서 덜컥 겁이 나고 무서웠어."

문득 이랑은 자신이 그에게 내뱉었던 말들을 떠올렸다. 그저 깊은 뜻을 두고 한 말은 아니었는데, 그게 그를 이토록 겁 많은 소년으로 만들 줄은 상상도 하지 못했다.

"우린 아직 2세 계획도 없는데."

"왜요?"

"너 요즘 하고 다니는 거 보면 감히 아이 갖자고 말도 못 하겠어서."

"그런 건 아닌데."

"그런 와중에 마냥 이쁜 아이가 태어났는데 혹시나 나랑 사이가 안 좋아지면 어쩌지 하는 생각들. 우리는 인생을 선택할 수 없고, 선택당해서 태어난 사람들이라. 태어날 아이가 한편으론 불쌍하다고 생각이 들더라."

이랑은 도환의 가슴에 얼굴을 묻고 허리를 꽉 껴안았다.

"모든 것들이 어설프고, 시작이 잘못된 것 같고. 너랑 둘이 그저 섬에 처박혀서 늙어 죽을 때까지 손이나 잡고 걸어 다니고 싶은데. 그럴 수 없는 현실들까지……."

"뭐가 그렇게 불안해요?"

"죽은 꽃 같았던 너를 집으로 데려왔는데, 생기 넘치게 살아나는 꼴을 보아하니 덜컥 겁이 나는 건 내 인성이 쓰레기라서 그런 건가."

도환은 작은 체구를 품에 꼭 안고 손가락으로 어깨를 지분거렸다. 이랑의 도환의 말을 한참을 되새겨 봐도 이해할 수 없었다.

"도망가면 안 돼."

"대표님한테서 도망칠 수 있는 사람 있어요? 애초에……."

"그래. 그렇지. 근데. 바빠질수록 네 일상에 내 지분이 없어지는 거 보일 때마다 딱 질색이라."

"아!"

도환은 이랑의 목에 입술로 작게 키스를 하다가 귓불을 살짝 깨물었다.

"네 일거수일투족 감시하게 안 했으면 해서."

"보호한다는 명목으로 감시한다고 하면 되잖아요."

"넌 내가 감시해도 별 시답잖게 생각하니까 그게 문제야."

그제야 품에서 이랑을 놓아준 도환은 겉옷을 챙겨 들었다. 이랑은 익숙하게 그의 퇴근 준비를 도왔다. 그리고 집에 돌아가 그와 함께 먹을 저녁이나 단순하게 생각하고 있었다.

"화정이 회사로 복귀한다며."

"……."

이랑은 움직이던 몸이 그대로 굳어선 어설픈 표정으로 도환을 바라봤다. 그의 입이 일자로 굳어 있는 걸 보자니, 아마 어디선가 정보가 흘러 들어간 것 같았다.

"그…… 6개월 정도예요. TF팀인데, 경험도 쌓고 좋잖아요. 은나기업 때문에도 그렇고……."

"넌 하상그룹이 별로야? 아니면 네 눈엔 성에 안 차? 얼마나 몸집을 불려야 만족할 거야?"

이보다 더 몸집을 어떻게 불린다는 말인가. 이랑은 그의 말뜻을 곧이곧대로 받아들인 탓에 멀뚱멀뚱한 표정으로 해석하기 바빴다.

"여기도 TF팀 경력 쌓을 만한 팀 많아. 지금 당장이라도. 무슨 뜻인지 몰라?"

"아, 그건……."

"보는 눈이 많아서? 아니면. 뭐가 문제야 도대체. 화정이 밑으로 가서 배우는 것보다, 여기 와서 실무 쌓는 게 은나기업 쪽으로 복귀할 때 너에게 더 유리할 텐데."

도환은 집무실 조명등을 끄고 문을 열었다. 비서 팀들은 조명만 켜 둔 채 모두 퇴근한 상태였다. 도환은 아무도 없는 사무실을 두리번거렸다. 이랑은 습관적인 것 같아 도환의 팔을 잡아끌었다.

"지금 시간까지 아무도 퇴근 안 하고 있었던 거 알아요?"

"……."

도환은 아차 싶었다.

"하……."

도환은 모든 것들이 하나도 정리되어 있지 않은 기분이었다.

"퇴근은 시켜야죠. 아무리 바빠두요. 그리고 대표님은 서둘러서 집으로 돌아왔어야 했구요."

"내 감정이 앞섰고 아이 같았다고 질책하는 건가?"

"네."

도환은 입술을 비틀며 고개를 끄덕였다.

엘리베이터에 나란히 서 있다가 이랑이 큰맘 먹고 조심스럽게 손을 잡자 그의 시선이 손으로 내려왔다.

"……"

"여긴 제일 마지막에 들어와야 할 곳이에요. 아무리 머릿속을 정리해 봐도 그렇거든요."

무슨 뜻인지 잘 알고 있었다. 여러 사람들의 시선에도, 하상그룹에서 실무만 쌓다가는 온실 속의 화초가 될 위험도 적지 않았다. 하지만 은나기업 하나 정도는 그녀가 능력이 되지 않는다 하더라도 그가 대신 경영진을 선별해 돌려도 크게 무리가 가지 않았다. 이랑은 그 또한 어쩌면 잘 알고 있었다. 그럼에도 불구하고 이랑은 모든 일에 있어서 전투적으로 배우고 싶어 했고, 공부하고 싶어 했다. 그런 생동감 있는 일상들은 이따금 그의 가슴속 구석 한 편에 불안감을 만들기도 했다. 왜 불안한지에 대해서 생각을 해도, 도통 이유를 찾지 못하고 있는 게 문제였다.

* * *

회장의 생일 파티는 선상 위 거대한 요람에서 시작됐다. 말이 생일 파티지, 대한민국에서 팔순 잔치를 요람에서 하는 사람이 어딨겠냐며 도환은 볼멘소리를 했다. 예산에 사인을 휘갈기던 그는 선착장에 도착해 막 차에서 내리던 차였다.

"이랑은?"

"먼저 올라가셨습니다."

“아…….”

도환의 표정이 심상치 않았다. 일정 때문에 어쩔 수 없이 각자 출발지에서 따로 온 건 그렇다 쳐도, 입장마저 나란히 할 수 없다는 현실에 유치하게도 토라져서 집으로 돌아가고 싶은 마음이 들었다.

“나 늙나 봐.”

“예?”

“자꾸 별것도 아닌 거에 삐져서.”

주훈은 그의 곁에 이랑 대신 나란히 서서 걸으며 별안간 희한한 눈을 하고선 도환을 바라봤다.

선상 위에서는 평소 회장이 좋아하는 아리아가 흘렀다. 좋아하는 트로트 가수나 부르시지, 하는 생각이 떠올라 주훈에게 물었다.

“근데 회장님이 좋아하시던 그 가수…….”

“그분 이제 노래할 만큼 기력 없다네요. 안 그래도 섭외해 보려고 했는데.”

“그렇군.”

다들 흘러가는 시간에는 속절없이 무너지는 건 매한가지 같았다. 아버지는 그 트로트 가수가 무대 위에서만큼은 늙지 않는 기분이라며 종종 떠오를 때마다 말하셨는데, 무대 아래에선 그러지 못했던 것 같았다.

“그리고 솔직히 대외적으로 다 들릴 법도 해서 트로트 가수 초청하기에는 좀…….”

“시끄러웠으려나.”

"아무래도요."

"그래도 마지막 생신 파티가 되실 수도 있는데."

"너무하신 거 아닙니까."

"오래오래 사셨으면 하는 마음에 하는 소리야."

"……."

주훈은 문득 앞장서서 걷는 도환을 바라봤다. 그답지 않게 아버지를 향해 나올 법한 말이 아니어서였다.

"시간이 흐르는 만큼. 사람도 변하는 걸까요?"

"글쎄."

도환은 두리번거리던 와중에 어딘가에 시선을 고정하고 중얼거렸다.

"내 사랑은 변하지 않을 것 같아."

"……."

이랑은 주변 사람들 사이에서 유독 환하게 웃고 있었다. 진심에서 우러나온 미소로 사람들을 향해 인사를 건네고 있는 게 분명해 보였다. 상대가 어떤 마음을 가졌든, 자신을 속이지 않으려는 내면이 강한 여자였다. 그런 여자를 상대로 자신은 어떤 짓을 저질렀는지 되짚어 볼수록 진흙탕으로 빠져드는 기분이었다.

가판 위에 선 이랑의 드레스는 은은하게 내려와 딱 무릎선에서 잘린 길이였는데, 유독 가녀린 몸이 유독 이 세계에 존재하지 않는 특별한 존재로 보이게 했다. 조명이 그녀의 새하얀 피부를 더욱 결 좋게 보이도록 하는 탓에, 도환은 급작스럽게 심기가 안 좋아지려던 차였다.

멀리서 그녀의 또래처럼 보이는 남자가 다가와 정중하게 인사를 하자 이랑은 그가 누군지 바로 기억한 것 같았다. 아주 반가운 표정으로 환하게 웃으며 유연하게 접대를 잘 해내고 있었다. 어쩌면 제가 이랑을 향해 은연중에 불안함을 갖고 있었던 건, 애초부터 시작이 잘못되어서였는지도 몰랐다.

둘러싸인 사람들 곁으로 가까이 다가갈 즘 저를 제일 먼저 발견한 건 이랑이었다. 유독 더 커지는 눈동자, 조명 탓인지 다이아몬드 가루를 흩뿌린 듯한 착시라도 일어나는 듯 일렁이는 동공이 매혹적이었다.

"너무하다고 생각하지 않아?"

"왔어요? 한참 기다렸는데."

"기다린 사람치고는 사람들한테 둘러싸여서 너무 환하게 웃던데. 나라는 존재는 아예 잊고 있는 사람처럼 보여서 말이지."

"……."

이랑은 요즘 들어서 이런 투의 말을 스스럼없이 내뱉는 그를 이해하지 못했다. 아무렴, 이해하려 들려고도 하지 않았다. 그냥 좋다는 단순한 생각에서였다. 이랑은 배시시 웃으며 그의 팔 안쪽으로 가녀린 팔이 쏙 넣었다. 그의 입술이 호선을 그리며 올라가는 듯하다 다시 음울한 낯빛으로 변하자 이랑은 그제야 그의 앞에 바로 섰다.

"무슨 일 있죠?"

"아니."

"근데 표정이."

"왜?"

도환은 손으로 괜스레 한쪽 얼굴을 쓸어내렸다. 이랑은 기민하게 그를 살피다가 결국 주변 이목 때문인지 포기했다.

"저랑 잠깐 가요."

"어딜."

"저기 뒤로 돌면, 사람들 별로 없거든요."

"아, 객실이면 더 좋을 텐데."

도환은 끈적한 눈으로 이랑을 바라보며 못 이기는 척 끌려갔다. 몇 시간 먼저 올라와 봤다고 이랑은 유연하게 코너를 꺾으며 사람이 없는 가판 쪽으로 향했다. 막다른 곳에 도착하자 멀리서 사람들의 목소리가 백색소음처럼 들리고, 아리아가 은은하게 들려왔다.

이랑은 그를 코너에 몰아세워 놓고 핸드백을 열었다. 곧잘 무언가를 챙겨와 주섬주섬 꺼내는 게 취미인 것 같았는데, 오늘처럼 잊을 만하면 보여주는 통에 도환은 손등으로 입술을 가리고 웃음을 참았다. 그 모양새가 할머니 같기도 하고, 이토록 안 어울릴 수가 없었다.

"짠."

"넥타이?"

"응."

"왜. 오늘 아침에 이거 골라줬잖아."

"내가 골라준 거 아닌데."

늦잠을 자도 되는 아침이었던 탓에 그가 몇 가지 넥타이를 들어서 어떤 게 낫냐고 물어보는 걸 대충 손가락으로 가리켰던 게 걸렸던 것 같다. 요란하게 치러질 파티는 아니었지만, 그래도 저녁이 되니 내심 마음에 걸려 따로 챙겼다.

"밤에는 이 짙은 색깔이 하얀 셔츠에 딱 붙어 있으면, 그렇게 멋있고 섹시할 수가 없거든요."

"넌 내가 다른 사람들한테 섹시하고, 멋있어 보이면 좋겠어?"

"그럼요. 왜 싫어요?"

이랑은 이제는 익숙하게 그의 넥타이를 풀고 자신이 가져온 넥타이를 솜씨 좋게 매듭지었다. 매듭을 지어주는 사이 그의 시선이 고통스러움과 유희 그 사이에서 일렁이고 있었다.

"이랑아."

마지막까지 각도를 완벽하게 하기 위해 몰두해 있는 표정이었다. 도환은 도톰하게 올라온 입술에 입을 맞췄다.

"가, 갑자기……. 누가 보면 어떡하려고요."

"누가 보면 좀 어때."

그가 오늘따라 다른 사람처럼 구는 게 이랑은 이상했다. 나쁘지 않았지만, 불안정해 보이는 모습이 내심 마음에 걸렸다.

"이랑아."

"아무래도 일이 너무 바쁘고 힘들어서, 지친 걸까요? 그래 보이는데."

넌 아무것도 모르겠지. 내가 얼마만큼이나, 널 지독하게 사랑하고, 가는 시간마저 아끼고 싶을 정도인지.

도환은 쓰게 웃었다. 하지만, 그 무엇보다 제일 먼저 바로잡을 건 잡아야 한다며 이랑의 작은 손을 잡고 손등을 쓸며 다정하게 물었다.

"우리 말이야. 처음 만난 걸로 쳐도 될까?"

"응?"

이랑은 눈을 동그랗게 뜨며 도환을 바라봤다. 도통 이해할 수 없다는 표정이었다.

"안녕하세요. 그쪽 제법 내 스타일인데. 연락처 좀 알 수 있을까요."

"네?"

"하하……. 아무리 생각해도. 정말. 미친 소리 같아."

황당한 웃음이 두 사람에게서 동시에 터져 나왔다.

"무슨 뜻인지 알 것 같기도 한데."

"이랑아."

"말 안 해도 돼요. 괜찮아요. 저는…… 그냥……."

이랑의 눈시울이 붉어졌다. 시작이 엉망이긴 했어도, 어쨌든 그도 자신도 서로를 얼마만큼이나 갈망하고 있는지 말하지 않아도 잘 알고 있었다.

"다 거두절미하고. 널 너무 좋아하게 됐는데. 고백하는 방법을 몰라. 세상에 좋다 하는 수업이랑, 빠지는 것 없이 다 배웠다고 생각했는데 말이야."

도환은 떨리는 손길로 이랑을 품에 안았다. 이랑은 그의 허리춤에 팔을 두르고 평소보다 힘을 주어 더욱 몸을 밀착했다.

"사랑해요."

"어."

도환은 애써 목소리를 가다듬며 어색하게 대답했다.

"그 말 하고 싶은 거잖아요."

"하……. 요망하긴."

도환은 웃으며 정수리에 볼을 문댔다. 사랑스러워 미치겠는데,

어디에 박제해 두었으면 하는 상상까지 했던 걸 알면 아마 정말
이지 도망갈지도 모른다고.

"이랑아."

"네."

"사랑해. 엄청나게."

이랑은 도환의 달콤한 말에 심장이 터질 것 같았다. 그가 젓가
락질을 할 때도, 아침에 출근을 서두를 때도, 혹은 집무실에서 동
그란 안경을 쓰고 앞머리를 흩트렸을 때도, 물론 심장이 터질 것
같던 적이 한두 번이 아니었지만. 사랑한다는 말은…… 정말이지
너무하다 싶은 말이었다. 억울한 마음이 들 정도로 저만 심장이
쥐어짜지는 기분에 고개를 슬쩍 들고 그를 바라봤다. 턱 아래로
비율 좋은 목과, 귓불이 새빨개진 걸 보아 도환 역시 저만큼이나
심장이 요동치고 있는 것 같았다.

"서운하게 안 할게요. 모든 일에 있어서 다 처음이라 그래요. 그
러니까 이해해 달라고 하면 너무 이기적인 말인가요?"

"아니. 너무나도 당연하고 예쁜 말인데. 내가 못된 새끼라서."

멀리서 주훈이 두 사람을 바라보고 서서는 드디어 찾았다는 표
정을 짓고 있었다. 어둑한 곳에 진득하게 붙어서는 떨어질 생각
을 하지 못하고 있던 두 사람은 주훈의 헛기침에 드디어 살짝 떨
어졌다.

폭죽이 밤하늘 위로 터졌다. 더할 나위 없이 아름다운 여름밤이
었다. 도환은 폭죽에 다시금 한눈팔려 박수를 치고 있는 이랑을
보며 웃음을 터트렸다.

"우와, 진짜 예뻐요."

"그래. 너보다는 아닌데."

너 때문에 일생이 긴긴 여정이 될 것 같고, 그랬으면 좋겠다고. 뜬금없이 폭죽에 대고 소원을 빌기도 했다.

"혹시, 폭죽에 소원 빌어도 되나?"

"이상한……."

"그냥 해 본 소리야."

시들지 않는 너의 생경한 얼굴이 눈감는 순간까지 제 곁에 있게 하겠다고, 다짐했다. 그리고 어제보다, 사실은 오늘 더 많이 사랑한다고 그녀의 귓가에 대고 속삭였다.

* * *

"신혼여행이요?"

"응."

화정의 TF팀에 들어와 정신없이 몰아치듯 일을 배운 지 이제 딱 한 달이 되던 시점이었다.

"설마……."

"지금 가자는 뜻은 아니고."

얼마 전 화정과 함께 중국 세미나에 다녀오면서 그의 선물로 커플 잠옷을 사 왔다. 받자마자 그날부터 개시했던 잠옷이 한 달 내내 그의 잠옷을 담당하고 있을 줄은 몰랐다. 다행히도 건조기가 열심히 일을 하고 있는 덕분에 그의 잠옷은 매번 뽀송한 상태를 유지했지만, 아무래도 값비싼 천으로 만든 게 아니어서 그런지 벌써부터 옷이 해지기 시작했다. 그런 해진 잠옷을 입고, 주말 아침에, 부슬부슬하게 헝클어진 머리를 한 채로, 브런치를 뒤적이며 한 말은 현실감이 없었다. 하지만 곧 그가 내민 티켓 두 장에 아침부터 진한 에스프레소를 들이켠 것 같이 정신이 번쩍 들었다.

"하와이……."

"응."

"하와이……."

"목적지가 별로야? 당장 바꿀게. 이리 줘."

안 간다는 소리를 안 하는 걸 보니 도환은 눈치 빠르게도 티켓을 빼앗아 들려 했다.

"아무리 TF팀이라도 휴가는 있잖아. 연말에는 쉴 테고."

"아마……도요."

"그런 말이 어딨어."

신혼여행을 못 간 게 마음에 걸리진 않았는데, 명목을 두고 하는 여행은 달갑지 않았다. 그래서 이랑은 출근길에 잠시 지각하는 걸 각오하고 그의 맞은편에 의자를 끌어 앉았다.

"신혼여행은 말고, 그냥 여행으로 쳐요."

"왜?"

도환은 포크를 입에 물고 반쯤 감긴 눈으로 이랑을 바라봤다.

"전에도 느꼈지만 우리의 시작이 마치 첫 단추가 잘못 끼워진 것처럼 취급하는 것 같아서 그래요."

"기분 나빴구나. 그런 뜻은 아니었거든."

그제야 미심쩍은 눈을 풀고 시선을 아래로 내려 이제는 포크로 샐러드를 뒤적거렸다.

"우리 여행도 한번 제대로 못 갔으니까. 가고 싶다고는 자주 생각했었어요.”

“그런데 왜 말 안 했어?”

“그야······.”

살인적인 스케줄이 당신의 발목에 수없이 채워져 있는데 함부로 어떻게 여행을 가자고 조를 수 있겠냐고 입술이 달싹거렸다. 도환은 잠시 뒤 이랑에게 어떤 말이 나올지 예견한 듯 고개를 살며시 주억거렸다.

“생각보다 그렇게 바쁘지 않아. 네 말 한마디면 밑에 경영진들에게 며칠 맡긴다고 회사 다 털어먹는 것도 아닌데.”

“새로 앞두고 직접 움직이셔야 할 것들이 많았잖아요. 그건 오늘에서야 가능했던 얘기고.”

도환은 턱을 괴고선 빙빙 돌리던 포크를 제자리에 내려놓고 느리게 시선을 올렸다.

“근데. 이제 네가 바빠 보여.”

“하······.”

이랑은 눈을 지그시 감고 팔짱을 낀 채 의자에 등을 기댔다. 조금 몸을 늘어트린 자세로 백번 정도 반복된 대화를 다시 시작할 생각에 머리가 둔탁해지는 기분이 들었다.

“저야말로 이렇게 미친 듯이 바쁜 팀이라는 걸 알았냐구요.”

“······.”

“알고 있었으면서!”

“학교 다니면서 TF팀에 대해서 배운 적 없어?”

“이론으론 알아요.”

“실전에 뛰어드니 기분이 어때.”

"……."

말해 뭐 하나 싶었다. 말이 기획팀이지 이건 전쟁터에 나가 전쟁 시나리오를 짜는 팀과 다를 바 없어 보였다.

"혹시 거기서 네가 막내인가?"

"네."

"믹스 커피도 타고 그랬어? 복사라든지."

"화정 선배네 회사에 커피머신 많아요."

"그렇겠지."

"……."

도환은 씰룩거리는 입술을 멈추지 못하고 결국 고개를 젖힌 채 웃었다.

"후자는 아니라고 말 못 하는 거 보니, 복사기 앞에서 심부름도 꽤 해봤을 것 같다 어째."

아니라고 말 못 하는 이랑은 눈을 감은 상태로 도르륵 굴리며 대답하지 않았다.

"원래 처음엔 다 그래. 근데 네가 속해 있는 TF팀은 네가 누군지 잘 모르는 눈치인 것 같다?"

"화정 선배가 처음부터 제대로 소개를 안 했어요. 그러는 게 좋겠다고 저도 동의했구요. 제 이름이 정식으로 소개돼 버리면 사뭇 알아보는 사람들이 생기고, 그러면 제가 제대로 일을 못 배울 것 같다는 의도였거든요."

"하하. 그럼 김 아무개 이런 식으로?"

"뭐, 철수 영희 아닌 게 어디예요."

"복사기 앞에서 심부름한 게 은근 마음에 안 들었던 모양이야."

"지금은 복사기 앞에서 그런 심부름 안 해요. 나름 자료 조사하는 업무를 맡기 시작했는데…….."

"그 또한 마음에 안 드는 투고."

"……."

전장에 나갔으면 사실 혈기에 칼이라도 뽑는 게 맞는 건데. 이랑은 사회 전선에 뛰어든 이후로 사뭇 이상한 경험에 약간은 혼란스럽기도 했다.

"바이어들 앞에서 브리핑하고, 직장 상사에게 들이밀 보고서를 멋지게 작성하고, 또는 피피티 자료를 잘 빼서는 박수받고 싶고 그런가?"

"유치해요. 그런 건 아닌데. 어릴 땐 그런 상상도 좀 하기도 했구…….."

"있지, 이랑아. 앞서 내가 말했던 모든 것들 말이야."

도환은 나른한 얼굴을 하고 이랑과 비슷한 포즈로 의자에 기대어 물컵을 손에 쥐었다.

"이름도 모르는 막내라는 위치에 있는 사람들이 꼼꼼하게 자료를 잘 정리해줘야만 할 수 있는 모든 것들이야."

이랑은 그 말에 천천히 자세를 고쳐 잡고 도환을 바라봤다. 호기심이 강하게 스치는 그 동공에 혀를 대면 단맛이 날까.

도환은 비죽 웃으며 다시 포크를 들었다. 산처럼 쌓여 있는 샐러드를 빈 접시에 덜어내 그녀의 앞으로 조심스럽게 밀었다.

"예를 들어 피라미드 맨 위 꼭대기가 뾰족하고 빛이 난다고 가정하자. 좋게 비유하기 위해서 말하고자 한다면, 그런 거지."

이랑은 도환의 말에 귀를 기울이며 포크로 겹겹이 야채를 찍어

쌓고선 한입에 쑥 집어넣었다.

"꼭대기가 견고하고 안정적으로 완벽하게 지붕을 올릴 수 있으려면, 밑이 그만큼 튼튼하고 완벽해야겠지. 비슷한 거야. 네가 취합하는 자료들이 얼마나 꼼꼼하고 탄탄한지에 따라서 결과적으로 나오는 것이 완벽해지겠지."

"음."

이랑은 도환의 비유가 자신을 위로하려는 것치고는 너무 사실적이라고 생각했다. 그 하찮은 일들을 맡은 것에 그치지 않고, 앞서 나아가 큰일을 맡으려면 기본적인 것들부터 완벽해야 한다는 말이었다.

"어느 날 공부방으로 만들어 줬던 네 방이, 이제는 학생 티가 나지 않더라. 그게 난 조금 씁쓸하던데 넌 신이 나 보이기도 하고."

"신이 난 게 아니라 정신이 없는 거예요."

"뭐 아무렴. 오늘은 몇 시에 와?"

"그런 표정으로 물으면 나……."

"너무 괴롭다. 이거지."

"맞아요."

이랑이 고개를 끄덕였다. 화정의 말대로면 장기전으로 6개월이라고 했다. 짧으면 3개월로 끝날 수월한 프로젝트 팀이라서 그런지 분위기가 무겁진 않아도 자질구레하게 손이 갈 것들이 많았다.

"하와이 가면 우리 얼마나 있다가 와요?"

문득 여행지 이야기에 도환의 무료한 표정에 생기가 스쳤다.

"글쎄. 한 보름? 아니면 한 달?"

"그 정도로 오래 갈 수 있어요? 정말로?"

"서핑도 하고, 늘어지게 낮잠도 자고. 봐둔 단독 빌리지도 있는데 거기서 외부인 출입 아예 막아버리고 우리끼리 있을까 곰곰이 생각 중이야."

"엄청나게 신나는 얘기인데, 표정이 영 시무룩해서 자리에서 일어날 수가 없어요."

"그렇지. 당장 할 수 없는 그림의 떡이니까."

"하……."

어젯밤 피곤하다는 이유로 뒤척이다가 그의 손길을 거부한 대가였다. 주말이면 출근하지 않는 상하가 그리운 건 처음이었다. 사실, 도환의 부드러운 손길에 살결만 쓸었다 하면 아랫배가 뭉근해질 정도로 반응하는 자신이었는데 요즘은 살인적인 스케줄을 소화해 내느라 몸이 물먹은 솜처럼 무겁기만 했다. 이랑은 이런 식의 기 싸움은 원치 않았다.

이랑은 아침이 되니 어느 정도 컨디션이 회복된 것 같아 생각이 조금 바뀌기도 했다. 자리에서 일어나 잠시 고개를 내린 뒤 도환의 어깨에 얼굴을 묻었다.

"……."

"딱."

"10분이에요."

"내가 조루도 아닌 이상……."

"아녜요. 그럼 바로 출근할래요."

"아니야. 최대한 노력해볼게."

"으앗!"

도환은 순식간에 자리에서 일어나 눈 깜짝할 사이에 가녀린 몸을 품 안에 들어 올렸다. 이랑은 기회만 있다 싶으면 들어 올리는 이 습관 좀 어떻게 해결했으면 하는 바람도 있었다.

　침대로 갈 것도 없이 널찍한 소파에 살짝 던져 놓고 한 손으로 잠옷 단추를 다급하게 풀었다. 결국 매일 입어댄 탓에 단추가 힘없이 뜯겨 나가버렸다. 우악스럽게 젖혀진 잠옷 안으로는 남색 체크무늬와는 반대로 야성미를 숨기고 있었다. 아무리 생각해 봐도 10분 안에 끝나지 않을 것 같은 불길한 예감에 이랑은 상체를 번뜩 일으키고 뒤로 몸을 뺐지만 잡혀버린 그의 손에 짓눌렸다.

"아으! 옷매무새 망가진다구요."

"백 개든 천 개든."

"사 준다는 말 좀 제발 그만! 아!"

　순식간에 열감에 휩싸이는 바람에 이랑은 결국 두 눈을 질끈 감아야 했다. 결국, 1시간이나 지각해 버린 이랑은 엉망이 된 옷을 세탁실에 놓지 못하고 종량제 봉투에 담아 버려야 했다. 상하가 봤다가는 놀랄 게 뻔해서였다.

"꼭 버려야 해?"

　이성의 끈을 놓고 우악스럽게 옷을 쥐어뜯어 벗겨버린 그가 할 소린 아니었다. 날 선 눈으로 바라보자, 도환은 고개를 돌리고 차키를 집어 들었다.

"출근길 내가 운전하는 게 좋겠어. 그렇지? 아무래도 막히니까. 아 퇴근할 때도 오늘은 내가 해도 되겠다. 난 종일 집에 있을 거니까."

"윽……."

이랑은 뻐근한 허리와 다리를 주물거리며 결국 출근길까지 도환의 손에서 벗어나지 못했다. 만족스러운 얼굴로 회사까지 직접 운전해주는 도환이 얄밉기 그지없었다.

도환은 이랑이 보조석에서 내리려던 찰나에 목을 잡아당겨 볼에 진득하게 입술을 뭉개는 것까지 마무리한 뒤에야 이랑을 손에서 놓아줬다. 이랑은 그나마 사라졌던 근육통이 다시 온몸에 자리 잡는 걸 느끼며 화정의 사무실로 출근했다.

* * *

프러포즈는 아니었지만, 유람선 위에서 도환이 나지막하게 내뱉었던 말이 이상하게 가슴속 깊숙이 뿌리를 박았다. 문제는 그 뿌리가 심장을 움켜쥘 정도로 굉장히 강하게 내려앉았다.

"무슨 생각 하세요?"

"아. 아니에요. 이거 정리해 드리면 될까요?"

"네. 이랑 씨는 딱히 좋아하는 음식 종류가 없는 것 같아요. 매번 점심 메뉴는 고르는 대로 불평 없이 가는 것 같아서."

하나둘씩 쌓여가는 메일함을 순차적으로 열어보던 이랑이 유독 오늘따라 메일을 처리하는 속도가 떨어진다 싶었다.

"미안해요. 메일 보내 놓은 거 제가 놓쳤네요. 이거 맞죠? 자료 정리할 게 많아요?"

이랑이 모니터에 손가락을 짚고 팀원을 바라보자 웃으며 고개를 가로저었다.

"그게 아니구요. 벌써 점심시간인데……."

시계를 보니 12시면 재깍 일어나는 사람들 사이에서 혼자만 앉아서 멍하니 다른 생각에 사로잡혀 있었다.

"기다렸죠. 미안합니다."

이랑은 지갑을 들고 서둘러 자리에서 일어났다.

"사과하는 게 습관이 되어 있는 것 같아요. 이랑 씨는."

팀원이 간지럽게 웃으며 머리를 쓸어 모아 고무줄로 질끈 묶어 올렸다. 이름이 슬기라고 했는데 보면 볼수록 지혜가 보고 싶었다. 같은 나이대라서 존칭은 해도 조금 더 편안하게 말을 주고받는 데에 서로가 협조적이었다. 전공은 같았지만 그녀는 지방에서 올라온 특채였다. 서울 지리가 까막눈이라고 지칭하면서도, 도전 정신이 조금은 남달라 보였다. 지하철을 반대로 타는 바람에 지각을 한 적도 있었고, 회사 건물들이 밀집된 도시에 적응하지 못해 아직도 옆 건물로 들어가 출근 카드를 찍어대는 실수를 연발했다.

"김치찌개 어때요."

"좋아요."

"맨날 메뉴는 내가 정하네. 성가신 거 싫어하는구나."

"그런 건 아닌데. 딱히 가리는 음식이 없어서."

"보면 볼수록 내 스타일이란 말이죠, 이랑 씨는. 아마 우리가 같은 학교였고, 동창생이었다면 진짜 절친이 됐을지도 몰라요. TF 팀 해체되고 나면 아쉬워서 어쩌죠."

"해체해도 친구 하면 되죠."

"전 다시 지방으로 내려가야 해서……."

"서울에서 직장 구할 거라고 하지 않았어요?"

"아직 공부도 덜 끝났고요. 지방에도 대기업은 꽤 많아요. 그러는 이랑 씨는 계획 있어요?"

사실 얼마 전까지만 해도 이랑에 대한 정체를 아직 팀원들이 몰랐기에 편하게 일을 했었다. 하지만 슬기와 이례적으로 조금 가까워진 뒤부터 어디서부터 이야기를 시작해야 할지 모르겠다는 생각뿐이었다. 사실 사회면에 관심이 유별나거나 눈썰미가 뛰어난 게 아니면 자신을 알아보기는 힘들 것 같았다.

"사실은, 남편이 사업가예요."

"아. 유부녀."

슬기는 수저를 가지런하게 놓아주고 자신 앞에 물컵까지 자연스럽게 놓았다.

"연애 안 해요?"

"애 있어요."

"네?"

"애 있어요. 저도 일찍 결혼했는데, 일찍 이혼도 했거든요."

이토록 시원하게 말하는 여자는 세상 처음이었다.

"남자앤데. 사진 볼래요?"

슬기는 휴대전화를 꺼내 들더니 단번에 화면에 걸린 잠금을 풀고 배경에 보이는 아이 사진을 보여줬다.

"말 엄청 안 들어요."

"나이가…… 유치원?"

"올해 6살이요."

"어, 어……."

이랑은 예상하지 못했던 아이의 존재에 어안이 벙벙한 표정이었다.

"왜요? 나 안 닮았어요?"

"네. 안 닮았어요."

"그렇죠? 헤어진 그놈 닮았는데."

"이, 이혼이……."

그놈이라고 표현하는 게 심상치 않아 눈치를 보며 조심스럽게 단어를 꺼내자 슬기는 휴대전화를 탁, 하고 접었다.

"일이 많기는 했는데. 결국은 성격 차이였고, 서로 간에 감정 없이 시작된 사이였다는 결론이었어요. 서로가 응원해요. 이상하죠? 아니면 딱 도시 지향적인 스타일들인가. 여튼 우리 양쪽 어르신들은 아직도 합치라고 난리라서……."

"그, 그렇구나."

"놀랐어요?"

"아뇨. 그냥 단지……."

"돌싱맘이 대한민국에 저뿐이겠어요?"

두 사람 사이에 음식이 놓였다. 슬기는 여느 때와 비슷하게 밥을 퍽퍽 입에 넣고 우물우물 먹다가 무언가 생각난 듯 이랑을 향해 고개를 들었다.

"아, 그러고 보니까. 나 기억난 거 있어요."

"뭔데요?"

"이랑 씨를 처음 봤을 때 어디선가 분명 본 적이 있다고 생각했었는데 얼마 전에 기억났어요."

"……."

움직이던 숟가락질이 그대로 멈췄다. 슬기를 향해 고개를 들자

동요 없는 표정으로 다시금 입을 열었다.

"남편 분 능력이 엄청난 사람이던데."

"언제부터 아셨던 거예요?"

"방금 말했잖아요. 며칠 전에 떠올랐다고."

대부분 이랑의 존재를 알게 되면 호들갑을 떨거나 충격받은 듯한 얼굴을 하는데 슬기는 참 독특하다고 생각했다. 어쨌든 구렁이 담 넘듯 이런 식으로 넘어가 주면 땡큐, 라고 생각하며 다시 젓가락을 들었다.

"보통 사람들은 어떤 반응이에요?"

"대부분 놀라죠. 슬기 씨처럼 굉장히 아무렇지 않은 표정은 처음이에요."

이랑이 쑥스럽게 웃자 슬기도 비슷하게 웃었다.

"고마워요. 아들 사진 보여줬을 때 안 놀라줘서."

"놀랐는데요. 아무래도…… 그치만 당황한 거지 별다른 생각은 없었어요."

"그게 고맙다는 거예요."

"다들 애 있는데 남편은 없다고 하면 벌써 색안경부터 끼니까."

두 사람은 음식점을 빠져나와 아이스커피 두 잔을 손에 쥐고 다시 회사로 걸었다. 음식이 생각보다 빨리 나와서 그런지, 15분이나 더 여유가 생겼다.

"화정 선배랑은 유학길에서 알게 됐어요."

"저는……."

"학교 후배라고 들었어요. 굉장히 아끼는 것 같더라구요. 아직 2세 계획은 없어요?"

"……."

2세에 대한 계획은 제대로 세워본 적이 없었다. 그사이 전화벨이 울렸고, 이랑은 손을 펼치고 전화를 받는 슬기를 멀거니 바라봤다. 전투적으로 사는 그녀에게 아들이 있다는 건 새삼 놀랄 일은 맞지만, 어쩐지 그녀가 더욱 위대해 보이는 건 왜일까. 건강미 넘치고, 평소 운동으로 다져진 그녀의 날씬하고 탄탄한 몸매는 먼저 죽은 엄마나 아버지를 겹쳐 보이게 하지 않았다. 건강한 부모, 활기차고 어쩐지 생동감 있는 여자를 둔 그 아이가 부럽기까지 했다.

"갈까요? 우리 기안서 올렸던 거 위에서 반려 났다는데?"

"왜요? 메일함에는 따로 공지 올라온 게 없던데."

이랑은 사적인 생각을 본능적으로 떨쳐 버리고 그녀와 함께 회사로 서둘러 뛰어 들어갔다. 회사로 들어가자 사무실이 소란이었다. 화정은 화가 나서는 누군가와 연신 통화로 언성을 높여갔다.

"무슨 일이에요?"

슬기가 다른 팀원에게 다가가 묻자 목소리를 낮추고 눈치를 봤다.

"우리 수출 무역으로 기획 잡았던 거 말야. 화정 상무님 큰오빠가 막으신 것 같아."

"헉. 왜요?"

"그야 모르지. 저 집안도 이상하다니까."

"싸우는 거야? 그렇다고 그 획기적인 일을 막아 세운다구요?"

"남 잘되는 꼴은 보기 싫은 거지."

"남이 아니라 자기 동생인데!"

"으휴. 난 몰라. 목소리 낮춰."

남자가 슬금거리며 제자리로 돌아가 다른 방안을 빠르게 모색하겠다는 제스처를 취했다. 화정은 알겠다며 고개를 끄덕이고 자신의 집무실로 들어갔다. 슬기가 이랑의 곁으로 다가와 입술을 삐죽였다.

"아무래도 방도가 없는 것 같지? 이 와중에 조언 구할 사람이나 있으려나."

"왜요?"

"음⋯⋯."

자신보다 이런 TF팀에서 경력이 많았던 슬기는 당연하다는 듯 그전에 겪었던 일들을 빠르게 머릿속으로 되짚는 것 같았다.

"이럴 땐 조력자들이 좀 필요해. 인맥이라든지⋯⋯ 그런 거요."

슬기는 연달아 이랑을 향해 겸연쩍게 웃었지만, 상대가 배도환이 될 수는 없다는 건 서로가 잘 아는 사실이었다. 이랑은 빠르게 포기하는 편이 낫겠다 싶었다. 아무렴 대학생들 논문 준비하는 자리가 아니었기 때문이었다.

각자 자리에 앉아 밀린 업무와 서둘러 살펴야 할 것들에 집중할 즘 이랑은 휴대전화를 들고 자리에서 조용히 일어났다. 배도환이 아니라, 잊고 있던 사람이 떠올랐기 때문이었다. 사무실에서 빠져나와 복도를 걸어 맨 끝 비상계단에 들어선 뒤 이마를 탁 쳤다.

"아니, 왜 그 생각을 못 했지."

통화 버튼을 누르자 바로 익숙한 목소리가 들렸다.

– 네, 사모님.

"뭐 하세요?"

– 네?

"아니. 그러니까 제 말은…… 뭐 하고 있으신지."

– 아, 쉬고 있습니다.

주훈은 뜬금없이 이런 식으로 전화를 준 이랑에게 사뭇 당황한 듯 보였다. 이랑은 입술을 잘근잘근 깨물면서 화정과 TF팀들이 그간 골머리를 썩이고 있는 일에 대해 그에게 어떻게 조언을 구할지 고민했다.

– 왜 그러십니까.

"저 학교 다닐 때 종종 조언 구하면 잘 대답해 주셨었잖아요. 그죠?"

– 이제는 좀 다르지 않습니까. 현직에 몸담고 있으신데, 제가 조언을 드리면 회사 기밀을 누설하게 되는 일이 될 수도 있는데요.

주훈은 가차 없이 말을 잘라냈다. 이랑은 조금 치사하게도 그에게 아킬레스건과도 다를 바 없는 존재를 불쑥 꺼냈다.

"혹시 화정 선배한테 별 연락 없었어요?"

– ……

그가 말이 없었다. 이랑은 두 사람 사이가 탄탄해 보여도 화정이 일적인 모든 것들을 다 오픈하지 않을 거라 여겼다.

– 무슨 일 있습니까?

"그런 건 아닌데…"

– 사실 며칠 전부터 뭔가 신경이 곤두선 것 같긴 하더라고요. 회사 일인 것 같아 조언을 주려고 해도 도통 입을 열지를 않아서.

이랑은 막막했던 땅굴에 한 줄기 빛이 들어차는 기분이 들었다. 두 눈을 꼭 감고 그간 화정을 골머리 썩이게 만들었던 일들에 대하여 쏟아내기 시작했다. 한참 동안 듣기만 하던 그가 조용히 알겠다는 말을 끝으로 전화를 종료했다. 아마 화정이 알면 불같이 화낼 게 뻔한데, 이 TF팀에서 몸담고 있는 이상 패배는 절대 겪고 싶지 않았다.

* * *

"방문객?"

"네."

"나를 찾아올 사람이 있어? 예고도 없이. 뭐야……."

화정은 슬쩍 사무실을 훑다가 이랑을 바라봤지만, 딱히 시선을 두진 않았다. 예민한 촉을 갖고 있던 화정은 앞서 벌어질 일들에 대하여 본능적으로 예감하고선 사무실을 빠져나갔다. 슬기가 뒤따라가는 모습을 보며 서둘러 집에 있을 배도환에게 문자를 보냈다.

[오늘 조기 퇴근.]

답장이 오든 안 오든 서둘러 빠져나가야겠다는 생각에 퇴근 1시간을 남겨 놓고 서둘러 가방을 챙겨 들었다.

[웬일이야? 회사 앞으로 갈게.]

곧바로 온 답장을 확인한 이랑은 서둘러 일을 마무리할 준비를 했다. 하지만 얼마 가지 않아 잡아먹을 듯 콧김을 뿜으며 성큼성큼 걸어 들어오는 화정을 바라봤다. 자리에서 일어나 뒷걸음질을 치다 못해 가로막힌 벽에 등을 바짝 기댔다.

"너, 유이랑!"

"서, 선배님. 그러니까 조언 구하면 좋잖아요. 해결해 달라고 연락해 본 게 아니었어요."

뒤따라 걸어 들어오는 반가운 주훈의 얼굴엔 그다지 큰 감정은 없어 보였다. 미온의 얼굴에선 아까 전 쏟아낸 이랑의 고민과는 다르게 그는 그저 자신의 여자친구의 직장에 잠시 방문한 평범한 남자의 모습이었다.

"기다려. 퇴근 안 돼."

"아, 선배……. 저 오늘."

"그리고 너. 들어와."

주훈을 향해 검지를 치켜세우고 정확하게 가리킨 뒤 탕비실 문을 열고 들어간 그녀는 평소보다 조금 더 큰 소리로 문을 닫았다. 곧이어 블라인드가 단 한 번에 탁, 탁, 내려가더니 탕비실 안의 모든 것들이 시야에서 가려졌다.

"휴. 무슨 일이야, 이랑 씨."

슬기의 얼굴이 사색이 되어 있었다. 본의 아니게 사고를 친 건가. 아무리 생각해 봐도 사고를 쳤다고 하기엔 조금 억울한 감이 없지 않아 있었다.

"말 그대로 조언이 필요했거든요."

"응?"

"아까, 우리 했던 얘기 있잖아요. 지금 선배에겐 조언자가 필요하고, 조력자가 필요한 거."

"응. 그래 맞아. 근데 저 사람……."

"저 남자 누군지 알아요?"

슬기가 조심스럽게 고개를 끄덕였다. 경제면에서 종종 주훈의 증명사진과 함께 기사가 올라오곤 했는데, 그걸 놓치지 않았던 모양이었다.

"놓치면 안 될 조력자가 되기에 충분하지 않아요?"

"절대 놓치면 안 될 조력자."

슬기가 조심스럽게 하이파이브를 시도했다. 이랑은 소리가 나지 않게 손바닥을 마주치고 두 사람의 새어 나오는 말소리에 귀를 기울였다. 처음엔 고성이 조금 있더니, 이제는 도란도란 이야기를 나누는 것 같아 내심 마음이 놓였다. 다른 파티션 너머로 직원들이 한두 명씩 퇴근하고, 슬기 씨마저 일어나버리자 이랑은 노을 지는 창문을 보며 홀로 사무실 안에 남아 있었다. 울리는 전화에 잠시 잊고 있었던 도환이 떠올랐다.

"미안해요. 아직 퇴근을……."

– 어. 주훈한테 조금 전에 연락받았어.

"진짜요?"

– 두 사람 같이 있는 것 같던데. 넌 어디야? 사무실?

"네……."

– 내가 올라갈까? 이제 막 도착해서 주차했거든.

"네? 여길 어떻게 올라와요?"

– 네가 안 내려오면 내가 쳐들어가는 수밖에 더 있어?

"상황이 좀 그런데……."

그렇다고 그를 회사 입구에서 마냥 기다리게 하기도 애매했다. 이랑은 우왕좌왕하며, 아직까지 블라인드가 내려가 있는 탕비실 문을 노크해야 하나 고민하던 찰나였다.

– 도망쳐.

"네?"

– 그럴 때는 도망쳐. 그래도 되는 것 같지 않아?

전화를 잡은 손에 힘이 들어갔다. 두 사람이 그냥 사이도 아니고, 아무렴 애틋하게 다시 붙는 바람에 그 누구보다 진득한 사이가 되어버린 오늘 같은 날. 이랑이 도망가는 것도 어쩌면 한 수 위가 될지도 모르는 일이었다.

– 나한테 도망쳐 내려와라, 제발. 나 배고프다.

"가요."

이랑은 가방을 냅다 집어 들고 빠른 걸음으로 탕비실을 지나쳐 엘리베이터로 뛰어갔다.

* * *

에어컨 바람으로 서늘한 차 안에 탑승하자 이랑은 가파른 숨을 몰아쉬며 호흡을 가다듬었다.

"정말로 뛰어 내려올 건 없지 않아?"

도환은 핸들을 잡고 부드럽게 회사 입구를 빠져나가며 이랑에게 손수건을 건넸다. 이랑은 이마에 맺힌 땀을 꾹꾹 찍어내며 고개를 푹 숙였다.

"진짜 도망쳤어요. 사실 화정 선배가 주훈 씨 데리고 올라오면서 저한테 진짜 화난 얼굴로 퇴근하지 말라고 그랬는데."

이랑이 두려움에 떨자 그가 귀여운 듯 픽, 하고 웃음을 터트렸다.

"자존심이 강해서 그래."

"지금 밥그릇 빼앗기게 생겼는데 자존심이 밥 먹여 줘요?"

"하……하하."

"그렇잖아요. 다들 TF팀 얼마나 미워하는지 말도 못 한다구요."

"……."

도환은 신호대기에 받자 내비게이션에 등록해 둔 목적지를 찍었다.

"어디 가요?"

"데이트. 아, 그래서 화정이 집안싸움이랑 지금 이번 일이랑 엮였다는 말이야?"

"네."

도환은 손으로 입술을 꾹꾹 눌렀다. 자연스럽게 이랑이 가방에서 립밤을 꺼내자 그는 줄곧 생각에 잠긴 채로 얼굴을 들이밀었다. 이랑은 습관적으로 도환의 입술에 립밤을 적당하게 펴 발라 준 뒤 다시 가방에 집어넣었다.

"해결 방법이 하나 있긴 한데."

"그게 뭔데요?"

"지금 그 녀석이 가진 지분이 얼마 없어서, 아마 싸웠다가는 피터지는 거 순식간일 거야."

무시무시하게 들리는 말에 이랑은 미간에 힘을 가득 주고 도환을 바라봤다. 도환은 어둑해진 도로를 시원하게 달리며 액셀러레이터를 밟았다.

"왜 회사로 들어갔을까 생각해 봤거든."

외곽으로 빠져나가는 길이 눈에 익는 걸 보아하니 잊을 만하면 가던 스테이크 집에 가는 것 같았다.

"아마도 주훈이 때문이 아닌가 했어."

"남자 때문에 그런 큰 결정을 한다고요?"

"남자라고 표현하지 말고, 사랑이라고 표현하는 게 좋겠다."

"간지러워."

"아무튼. 그게 화정이를 움직이게 한 제일 큰 요인인 건 맞잖아. 안 그래?"

이랑은 인정하지 않을 수 없어 고개를 끄덕였다. 주훈은 정말 높은 자리에 이제는 자리매김했고, 화정은 고작 이사 직책 하나 따보자고 따가운 눈총을 애써 무시하면서 낙하산으로 들어왔다. 그리고 아무리 브레인이 좋다 하지만, 오자마자 TF팀부터 꾸려댄 탓에 맨땅에 삽질이나 한다는 소리까지 들어야 했다. 회장실에 가서 깨지는 날도 부지기수였다.

"동등한 위치까지 가려면 무던히도 노력해야 하는데, 슬슬 예민해지겠지."

"그럼 어떻게 해요?"

"뭘?"

"화정 선배 말이에요. 도와주고 싶은데."

"하하. 네가 도와준다고 화정이가 이사직에 올라가는 데 부스터를 달 수 있을 것 같아?"

"……."

현실적으로 무리라는 건 잘 알고 있었다. 고작 해봐야 사무실에서 자료취합이나 해주고, 이제야 기안서 작성에 손을 보태기 시작한 임시직이었으니까.

"결혼하면 돼."

"네?"

"치사해 보이지?"

"네!"

"어쩔 수 있나. 이기려면 치사해도 그 방법을 써야지."

불현듯 그가 안면이 없던 자신과 결혼식을 강행했던 날들이 떠올랐다. 그를 향해 고개를 돌리자 은연중 무의식에 내뱉은 말들이 아차 싶었던지, 그가 이랑을 보며 눈을 동그랗게 떴다.

"난 아니거든?"

"뭐가 아닌데요."

"난, 난……."

"결혼이 필요했던 건 맞잖아요."

"그렇긴 하지. 그래도. 나는."

"……."

레스토랑 앞에 주차를 완벽하게 해낸 도환은 핸들에서 손을 내리지 못하고 얼굴에 힘을 줬다.

"너한테 첫눈에 반했었어."

이랑은 전혀 감흥 없는 표정이었다.

"진짜야."

"그럴 리가……."

"너 스스로를 지금 너무……."

"그게 아니라. 애초에 대표님은."

"나쁜 놈이다 그거지."

"제가 지금 대표님한테 나쁜 놈이라고 했어요?"

이랑이 자신을 가리키며 억울하다는 듯 표정에 힘을 가득 주고 그를 바라봤다.

"뽀얗고 하얘서는, 어디 솜털 같은 거 하나 데려다 놨다고 속으로 생각했었는데. 충동적인 건 일전에도 사과했지만, 그날 네가 내 눈에 박혔던 건 진심이야."

"알았어요. 알겠다구요."

이랑은 얼굴이 화끈거리는 것 같아 브레이크를 걸었다.

"근데 난 왜 아직도 너한테 대표님이니. 너야말로 우리 회사에서 백 원 한 푼도 받아간 적 없으면서 도대체가……."

이랑은 의미심장하게 웃어 보였다.

"들어가자. 배고파. 예약 미리 해 뒀어."

"정말요? 잘됐다. 뱃가죽 등에 붙는 것 같았는데."

"무슨 징그러운 소리를 막 잘도 한다, 너는."

도환은 손을 내밀며 이랑의 손을 기다렸다. 당연하다는 듯 이랑은 그의 큼직한 손에 자신의 손을 포개어 함께 레스토랑 입구로 걸어 들어갔다. 도환이 대표님 소리를 싫어한다고는 하지만, 이랑은 침대 위에서 저도 모르게 튀어나온 대표님 소리에 그가 폭주했던 날 밤을 떠올렸다.

"왜 웃어?"

"아니요. 아무것도."

"뭐야. 같이 웃자."

도환은 빙긋 웃어 보이며 이랑의 팔을 흔들었다. 입술을 말고 절대 입을 열지 않을 듯 고집을 부리던 차에 직원이 다가와 자리를 안내해줬다. 그 탓에 집요하게 웃는 이유에 대하여 말해달라는 그에게서 다행히 탈출할 수 있었다.

자연스럽게 마주 앉은 도환이 제일 먼저 빼앗은 건 이랑의 휴대 전화였다. 아무래도 제가 원하던 평범한 직장인의 일상은 야무진 꿈으로 치고, 일찌감치 접는 게 맞는 것 같았다.

　은은한 조명 아래에 풀벌레 소리가 들려왔다. 테라스에 놓인 테이블에는 이미 둘이서 자주 마셨던 와인이 세팅되어 있었다. 다정하게 웃는 서로가 너무 눈부셔서 사실 꿈꾸었던 모든 것들을 내려놓고 싶을 만큼 참 매혹적이라고 여겼다.

＊　＊　＊

　도환은 이랑을 위해 고기를 먹기 좋은 사이즈로 썰었다. 먹으면서 썰어가는 게 재미기도 하고, 또 썰어 놓았다가는 자칫 고기 맛이 질겨질 수도 있었다. 하지만 그는 나이프를 움직이는 여린 손을 믿음직스럽지 못한 눈으로 바라보다가 결국 접시를 빼앗아갔다. 이랑은 자연스럽게 고기를 썰어 자신의 접시와 바꿔주는 도환이 처음 만났을 때와 똑같은 모습이지만 눈빛, 말투, 온도가 정말 다른 사람이라고 생각했다.

"왜? 입맛이 없어?"

　도환은 고깃덩이 하나를 이제 막 다시 썰면서 포크를 만지작거리는 그녀를 향해 물었다.

"같이 먹으려구요."

"무슨 말이야. 마주 앉아서 같이 먹고 있잖아."

"시작을 같이 하고 싶어서……."

"……."

　도환은 절도 있게 내리던 칼질을 잠시 멈추고 고개를 들었다. 그러다가 쓸쓸하게 웃더니, 몇 덩이 썰어낸 고기를 그대로 둔 채 포크를 입에 가져다 댔다. 그리곤 한입 넣고 우물거리며 장난스럽게 웃었다.

"다음에 올 때는 그냥 다 썰어서 내어달라고 하자."

"싫어요……."

도환은 보일 듯 말 듯 웃으며 미간에 힘을 주고 반문했다.

"왜?"

"계속 썰어서 접시 바꿔주세요. 올 때마다 접시가 대단히 무거워지는 것 같은데, 그래도 그게 좋을 것 같아요."

도환은 구구절절 설명하지 않아도 무슨 말인지 알 것 같았다. 그는 웃으며 고개를 끄덕였다. 이랑은 사실 그와 이곳에 올 때마다 어떤 음식을 어떻게 먹었는지 잘 집중이 되지 않았다. 그 이유는 그를 처음 만났던 장소이기도 했고, 첫인상이 좋지 않았던 그와 처음 식사를 한 장소이기에 늘 긴장하게 했다. 이랑이 잘 먹는 디저트까지 세심하게 따로 주문해 둔 도환은 커피 잔만 입술에 가져다 댔다. 다 먹을 때까지 천천히 커피를 음미하는 척했지만, 그의 커피 잔에는 내용물이 줄어들지 않았다.

"결혼하라는 의미가 조금 치사해 보일 수는 있어도……."

이랑은 마지막 디저트를 꼼꼼하게 포크로 싹 다 긁어먹는 와중에 도환에게 시선을 고정했다.

"화정 선배한테는 엄청난 무기가 될 거예요. 특히 그 상대가 표주훈이니까."

"주훈이 일부러 해외로 돌린 게 다…… 뜻이 있었던 건데. 다들 내 옆에서 그토록 고생한 놈 명목만 좋았지 해외로 뱅뱅 돌린다고 욕하더라.”

도환은 인상을 설핏 찌푸리며 생각에 잠겼다. 사실 그 당시에 주훈도 해외 지사에 나가고 싶지 않아 했던 것이 기억났다. 사장직도 필요 없다며, 배 대표 옆자리에서 묵묵히 있고 싶어 했다는 게 조금은 특이했다.

“보면 볼수록 특이하단 말이에요.”

“뭐가?”

“주훈 씨 같은 경우는요. 냉정하고, 뭐랄까 엄청 계산적인 사람이고. 사업에 타고난 피가 흐르고 있는 것 같은데, 결국 돌아보면 정에 약하고 사람에 죽고 사는 것 같아 보여서.”

“음…….”

도환은 어느 정도 공감한다는 투로 고개를 주억거렸다.

“걘 그 자리에 올라오면 화정을 한 번 더 볼 수 있을지도 모른다는 생각으로 그랬던 걸지도 몰라.”

“설마요.”

“남자라는 종족이 좀 그렇게 무식하거든.”

“순정.”

“응?”

“순수한 감정이나 애정이 보여서요. 이제 와서 화정 선배랑 잘 안됐다면, 주훈 씨가 어떤 마음이었을까요. 화가 났을까. 아니면…….”

“잘되었든, 잘 안 되었든. 주훈이는 똑같았을 거야. 연애하지 않고 나이 들어 화정이가 잘 지내는 걸 보기 위해 이 자리 이 위치까지 올라온 놈이니까.”

"그럼 저희는 어땠을 것 같아요?"

"흠."

도환은 한 손으로 턱을 괴고 문득 생각에 잠긴 듯하다가 다시 입을 열었다.

"널 다시 찾았을 거야. 그날 널 내가 집어내지 않았어도. 이후에 너의 거처를 묻고, 네 이름을 알아내고, 네 나이, 취미, 성격, 좋아하는 스타일, 남자친구의 유무라든지."

"와. 꽤 무서운 발언인데."

"뭐……."

이랑은 자리에서 일어나 그와 함께 주차장으로 향하며, 문득 오늘 벌어졌던 일 중에 가장 쇼킹 했던 일화를 하나 떠올렸다.

"아 맞다. 저랑 같은 팀원으로 일하는 슬기 씨라고 있어요. 몇 번 말했던 적 있죠?"

도환은 보조석 문을 열어주며 고개를 끄덕였다. 이랑을 태우고 금세 운전석에 앉은 도환은 이랑의 벨트를 끌어당겨 버클에 꽂고, 자신의 것을 끌어당겼다.

"아들이 있더라고요."

"그게 놀랄 일이야?"

"그것뿐이게요? 워킹맘인데 돌싱맘이라는 거예요. 겉으로 보기엔 진짜 뭐랄까, 영영 혼자 독거노인으로 살 것 같은 이미지였는데."

"그런 이미지는 도대체 어떤 건데."

"화려하고, 자신감 넘치고, 그런 거……."

"……."

도환은 운전대를 잡고 시동을 걸며 이랑을 향해 잠시 시선을 고정했다.

"넌 아니야?"

"저요?"

"응."

"전 그런 이미지랑은 조금 동떨어져 있는 것 같은데."

"내 눈엔 네가 제일 반짝이고 그래."

"뭐예요……."

"점점 생동감 있어 보이는 것도 좋고. 가끔 회사 일이 고단해 보일 때는 그것조차도 가끔 정복감이 무의식중에 일어나거든."

"그래서 유독 바쁜 날에만 침대로 끌고 갔나 봐."

"말 나온 김에 잘됐다. 오늘도 유독 바쁜 것 같았으니까."

도환은 말을 끝나자마자 잘 빠진 도로를 시원하게 내달렸다.

집에 들어서자마자 몰아치듯 입술을 머금었다. 격하게 밀어붙이면서도 숨 쉴 수 있는 타이밍은 기가 막히게 했다. 이랑이 두 다리로 허리를 감자 번쩍 안아 올린 채로 침실로 향했다. 마침내 숨이 벅차올랐다. 홀짝거리며 마셨던 와인이 과했던지, 볼에 열도 오르기 시작했다.

"하."

이랑은 숨이 막혀 집요하게 쫓아오는 도환의 입술을 피하려 했더니 이제는 몸이 침대로 내동댕이쳐졌다. 바로 눕혀 놓은 상태에서 남자의 무게가 바로 덮쳐 오자 이제는 그의 어깨를 툭툭 때려 숨 쉴 공간을 달라고 빌어야 할 판이었다.

"미안."

"너무, 급, 해요."

"그것도 미안."

도환이 이랑의 옷을 다급하게 벗기는 와중에 종종 터져 나오는 실수는 실밥이 터지는 소리가 들린다는 거였다.

"또……."

"혹시 돌싱이 부러운 건 아니지?"

"화제 돌리지 말아요."

도환은 이랑의 블라우스를 완벽하게 벗겨낸 손으로 돌돌 말아 어디론가 던져 버렸다. 부드러운 살결을 쓰다듬다가, 이제 봉긋한 살 위로 입술을 내리눌렀다.

"부러운 게 따로 있었어요."

"뭔데."

말만 하면 마치 돈으로 다 사 줄 것 같은 심드렁한 목소리였다.

"아이."

"어?"

도환은 고개를 번쩍 들고 이랑을 바라봤다. 흐트러진 표정과, 번 들거리는 입술이 쩍 벌어졌다. 이랑은 그런 도환의 모습에 매번 이상하리만큼 심장을 두근댔다. 포식자의 눈을 가진 남자가 오롯이 제 것이라는 것에 성취감마저 들 정도였다.

"성별까지 고르라고 한다면, 아들."

도환은 고개를 뒤로 빼더니 짐짓 생각에 잠긴 듯 어설프게 인상도 썼다.

"포부가 너무 크신 것 같기도."

"의미 없이. 그냥 내 남편 닮은 아들이 은연중에 떠오르던데."

"아, 그렇군."

그가 바로 이해했다는 듯 다시 그녀의 피부 위로 입술을 내렸다.

"주문만 하면 그건 당장도 가능할걸."

"성별은 못 고르는 건데요?"

"하……."

결국 분위기가 깨졌다. 자꾸만 집중하지 않는 이랑 때문인지 도환은 한숨을 푹 내쉬며 옆자리에 벌러덩 누웠다.

"너 진짜 나쁘다."

"왜요. 막상 갖게 해줄 것처럼 말했으면서."

"분위기 산통 다 깨 놓고 무슨."

도환은 자리에서 일어나 맥주 마시자며 이랑을 흔들었다. 이랑은 별수 없이 그를 따라나서기 위해 대충 옷을 하나 걸치고 주방으로 나섰다. 도환은 그사이 차가운 맥주 캔 두 개를 들고 와 마개를 꺾어 이랑에게 건넸다.

"이 와중에 아이 가지면, 나 너한테 엄청 원망 살 것 같아서 내심 말도 못 꺼냈는데 말이야."

"상의는 해도 상관없는데. 말대로 당장 아이가 생기면 진짜 곤란하겠지만요."

"뒤에 벌어질 일들에 대해서는 생각해 봤어? 네가 당장 임신을 한다면 앞서 세워 놨던 계획들이 다 딜레이 되는 거잖아. 그래도 돼?"

"음."

이랑은 가볍게 던진 말에, 결국 심오한 표정으로 맥주 한 캔을 다 비워냈다.

"강요는 안 해. 근데 나도 참는 데는 한계 있어. 너한테 양보하는 내 인내심도 어디까지일지 이참에 시험 중이기도 하고."

"대표님도 아이 갖고 싶어요?"

도환은 이랑을 바라보며 맥주를 쭉 들이켰다. 이랑은 또 대표님 소리에 한 소리 들을까 봐 긴장했다. 도환은 어쩐지 위축된 목소리로 대답했다.

"어. 너 닮은 아이."

"성별은?"

되돌아오는 질문에 그가 눈을 반짝였다. 표정 없는 얼굴이었지만 분명 화색이 돌고 있었다.

"너 닮은 딸이면 더 좋은데."

"……."

"아니, 아니. 그냥. 성별은 외계인이어도 좋으니까 우리 사이에 아이가 있으면 좋겠어. 아주 소박하게 꿈꾸고 있는 거 솔직하게 말해도 될까?"

"솔직하게 말하지 말지."

"왜 이랬다가 저랬다가 그래. 사람 기분 식어버리게."

"마음이 무거워지니까 그렇죠."

도환은 낮은 한숨을 푹 쉬며 유리창 너머 도심을 바라봤다. 새벽으로 넘어온 시각은, 두 사람을 더욱 차분하게 만들었다. 이랑이 피곤한 듯 하품을 쩍 하자 도환은 널찍한 손바닥으로 이랑의 머리를 끌어당겨 자신의 어깨에 기대게 했다.

"약속했잖아. 너 하고 싶은 거 다 하게 해주겠다고."

"응."

이랑은 졸린 눈을 손으로 비비며 대충 대답하고선 잠시 눈을 감았다. 금방 수마에 빠질 것 같았는데, 그랬다가는 내일 아침에 돌아올 후환이 두려워 최대한 정신을 붙잡았다.

"근데 종종 네가 뱉는 질문이나 하는 말, 하는 생각들을 비롯해 내뱉는 말들이 나를 시험에 들게 한단 말이야."

결국, 잠에 빠졌다. 이랑은 새근새근 숨을 쉬며 그의 어깨에 고개를 축 늘어트렸다.

"항상 이겨 먹는 거하며."

도환은 계획했던 마무리를 포기한 채 한참 동안 중얼거리다가, 잠든 이랑을 품에 안고 침실로 들어갔다.

* * *

이랑은 공항으로 출발하기 전, 무심코 침대 협탁 옆에 달린 달력을 바라봤다.

"이상하네. 왜 시작을 안 하지."

새벽에 도환이 출근하고 난 뒤, 혼자 남은 침실은 고요함 그뿐이었다. 불현듯 마지막 생리 주기가 언제였는지 떠오를 건 뭐람. 이랑은 불안하고 이상한 기운에 휩싸였다. 외출준비를 하러 서둘러 샤워부스로 가는 길에 머리가 핑 도는 것 같아 잠시 벽에 손바닥을 대고 숨을 내쉬었다. 요즘 들어 이상하게 본능적으로 과식을 하는 게 문제였던 거라 여겼다.

공항 출국장 앞에서 이랑은 누군가를 열심히 찾다가, 마침내 반가운 얼굴을 보자마자 양팔을 번쩍 들었다.

"언니!"

"지혜야!"

두 사람은 기다란 펜스를 따라서 뛰다시피 한 뒤 마지막에서 결국 부둥켜안았다.

"얼마 만이에요."

"우리 울지 말자."

"저 무사히 연수 끝내고 돌아왔습니다!"

"누가 들으면 군대 제대한 줄 알겠어. 얼른 가자. 짐이 캐리어 달랑 두 개야?"

"네. 좀 작죠? 최대한 군더더기 없이 깔끔하게 지내다 왔거든요. 여기 하나에는 지인들 선물만 가득이에요."

"어휴. 미국까지 갔으면 좀 즐기다 오지. 너도 참…"

"에이, 그럴 시간이 어딨어요. 이 금 같은 기회를 하상 그룹에서 준건데. 놓칠 수 없죠. 그리고 워낙 같이 간 애들이 실력이 진짜……."

지혜가 이랑을 끌어당겨 소근거렸다. 주변을 둘러보는 걸 보아하니 귀국편에 그 사람들이 함께 타고 온 것 같았다.

"진짜 재수 없었어."

웃음이 터져 지혜의 팔을 흔들며 까르륵 웃자, 서둘러 카트를 밀며 빠져나가려는 지혜를 따라 걸었다.

"같은 편 타고 온 거지?"

"네. 딱 1년 연수인데 다들 뭐 그렇게들 피 튀기는지."

이랑은 차 트렁크에 캐리어 두 개를 넣고 서둘러 운전석에 앉았다. 그사이 지혜가 따라 보조석으로 착석한 뒤 벨트를 버클에 꽂

앉다. 두 사람은 인천에 오면 꼭 들렀다 가기로 했던 드라이브 코스를 밟았다. 날이 좋아서 그런지 시야가 제법 멀리 보여 드라이브하기 제격이었다.

"와. 한국 온 거 실감 나요."

"배 안 고파? 식사는."

"12시간 비행기 안에서 먹을 걸 주는 대로 먹었더니 배에 가스만 차고 힘들어요. 식사는 이따가 해요. 그나저나 언니 이야기 좀 해주세요. 화정 선배 TF팀 성공적으로 마무리됐다면서요?"

"말도 마. 그 이후로 난 아웃 됐지만."

"저도 언뜻 들었는데"

그녀가 배시시 어색하게 웃으며 대꾸했다. 이랑은 TF팀에 지혜와 동기도 있던 탓에 분명 적나라하게 이야기가 들어갔을 거라 여겼다. 저 역시도 변명은 해야 할 것 같아 주훈에게까지 연락하게 된 일화를 단숨에 토해냈다.

"난 언니가 잘했다고 생각해요."

"그렇지? 역시 지혜는 사회생활을 진짜 잘해. 넌 성공할 거야."

"푸하하. 그런 말이 어딨어요. 진심이라구요. 화정 선배 지금 속도로는 이사 타이틀 따기 힘들어요. 아무리 엘리베이터고 집안싸움이라고 해도 말이에요."

"설마 형제지간에 그토록 치열할까 싶었는데, 어마어마하더라."

은연중 도환이 떠올랐다. 그도 그토록 치열하게 자리매김했던 그 자리엔 형제들의 상처와 희생이 묻어 있었다.

"학교에서 웅크리고 있던 터라 경영에 관련해선 감 잃었을 거 뻔한데. 믿고 투자할 사람들이 어딨겠어요. 조언 잘 구했죠."

"결과적으로는 잘됐으면서, 화정 선배한테 마지막에 엄청 호되게 혼났거든. 그래도 TF팀 마무리될 때까지는 안 잘라줘서 고맙다고 했지, 뭐."

지혜가 깔깔거리며 웃었다.

"넌 이제 하상 그룹으로 결정한 거야?"

"하상 그룹 돈으로 연수까지 다녀왔는데요. 당연하죠."

"화정 선배가 아쉬워했어. 그것도 무척이나."

"솔직하게 말해도 돼요?"

"어."

이랑은 지혜의 털털함이 강한 무기라고 생각했는데, 은연중에 그녀가 뱉을 말들이 어쩐지 씁쓸하게 들릴 것 같아서 정면만 본 채 운전에 집중했다.

"일 배우고 또 자신을 키워나가는 데에는 화정 선배 밑에 있는 게 낫다고 봐요, 저는. 그런데."

"그런데?"

"전 그러기엔 조금 상황이 열악하거든요. 상현이처럼 집안이 탄탄한 것도 아니고 애초에 연봉 높게 책정해 주는 큰물에 자리 잡을 수 있다면 저야 땡큐라서요. 별생각은 크게 없어요. 의미도 안 됐으니까요."

이랑은 정말이지 솔직하게 들리는 지혜의 말을 들으며, 자신을 돌아봤다. 아마 누구라도 그랬을 것 같아서 어쩐지 아니라고 반론을 펼쳐내지 못했다. 자신들은 항상 이윤이 남는 일이 정답인 것으로 배우고 자랐기 때문이었다.

"나랑 오늘 같이 이동해도 되겠어?"

"오랜만에 학교도 가고 좋죠. 뭐. 상현이도 보고……."

"그러고 보니까 상현이는 오늘 너 오는 거 몰라. 말하지 말라 그래서 말은 안 했는데."

"보면 어떤 표정일까 좀 기대도 되고."

지혜는 무슨 생각인지 시원하게 펼쳐져 있는 풍경에 시선을 던지고 음흉하게 웃었다.

두 사람이 학교로 들어서 주차를 하고 차에서 내릴 즘이었다. 이랑은 평소에 느껴보지 못했던, 어지러움을 살짝 느꼈는데 대수롭지 않게 여기며 차 보닛 앞을 지나쳤다.

"어! 언니. 괜찮아요?"

"으, 응. 갑자기 왜 이러지. 아침에 속이 조금 안 좋더라고. 어제 먹은 게 체했나 봐. 미안한데 나 약국 좀 들렀다 갈게. 너 먼저 들어가 있어. 상현이 사무실에 있을 거야."

지혜는 자신이 약국을 들렀다 갈 테니 차에 조금 앉아 있으라고 극구 이랑을 말렸다.

"내가 먹는 약이 있는데 이름이 기억이 안 나서 그래. 그 정도로 많이 어지러운 거 아니니까 먼저 올라가 있어."

걱정스러운 얼굴로 같이 가자는 걸 간신히 만류하고 이랑은 서둘러 약국으로 향했다. 분명 확인해 봐야 한다고 생각했다. 불안한 예감은 대부분 적중하기 마련인데, 그렇다고 그 예감이 들어맞는다면……. 이 초조한 마음은 잠시 접어두는 것도 괜찮다 생각했다.

약사에게 테스트기를 사겠다고 말하자 종류별로 세 개를 담아줬다. 요즘은 밤낮을 가리지 않고 시간대를 떠나 대부분 정확하다는 말을 덧붙였다.

이랑은 대학원 건물로 돌아와 화장실 구석 칸에 곧장 처박혔다. 그러곤 테스트기를 모조리 뜯고 확인한 뒤 한참 동안 화장실에서 나오지 못했다. 지혜에게서는 계속 전화가 울렸고, 잠시 어지러워 병원에 들러야겠다는 말로 얼버무렸다. 계속해서 도환의 번호에 손가락을 완벽하게 대지 못하고 머뭇거렸다.

– 응.

"거두절미하고 말할 게 있어요."

– 두 줄이라도 떴어? 왜 그래. 목소리가 너무 의미심장…….

"……."

그가 곧장 바쁘게 노트북 위를 내달리던 손가락을 멈추고 전화를 고쳐 잡는 소리가 들렸다.

"네."

– 와……. 어디야?

"학교요."

– 그래, 그나마 다행이네. 운전 중이라고 했으면 나 돌 뻔했거든 지금. 바로 갈 테니까 기다려.

덧붙여 말할 새도 없이 전화가 끊겼다. 이랑은 까맣게 꺼진 화면을 멍하니 바라보다 화장실을 빠져나왔다.

답답한 마음에 화사하게 피는 벚꽃이 만발하는 캠퍼스 거리까지 나왔다. 멍하니 꽃이 만발한 걸 보고 있자, 언젠가 그와 함께 이곳에서 잠시나마 봄을 만끽했던 그때가 떠올랐다. 생명이 있다고 보기에는 배에 가스가 차고 어지러운 느낌 말고는 느껴지는 바가 없어 어리둥절할 뿐이었다. 봄 햇살이 따스해 인상을 찌푸리다가 결국 벤치에 앉아 멍하니 있을 즘, 그에게서 다시 전화가 울렸다.

 – 어디?

"저요, 여기가……."

 – 찾았네.

반응속도마저 느려진 건가 싶어 다시 휴대전화를 보자 전화가 끊겼다. 비죽 고개를 들어 두리번거리자 도환이 멀리서 빠르게 걸어오고 있었다.

"차갑지 않아?"

도환은 이랑의 팔을 잡아당겨 엉덩이 밑을 손바닥으로 쓸었다. 봄이 지나 곧 여름이 올 텐데 벤치가 차가울 거라는 상상은 너무 노파심 같아 이랑은 웃음이 터졌다.

"웃겨? 난 심각하다고."

"나 어떡해요?"

"뭘 어떡해. 나를 원망하면 되지."

"설마."

"계획적인 건 아니었어! 정말이야."

도환은 감동을 먹은 듯 울 것 같은 표정으로 입술을 떨었다. 도환은 이랑을 품에 꽉 껴안았다. 달큼한 꽃냄새와 도환의 셔츠에서 폴폴 풍기는 스킨향이 묘하게 뒤섞여 이랑은 한결 마음이 편안해졌다.

"제일 먼저 전화했어요. 무섭고, 혼란스럽고, 기쁜데, 신기하고. 기분이 이상했거든요."

"고마워."

도환은 이랑의 정수리에 자신의 얼굴을 꾹 누르며 중얼거렸다. 조그맣고 새하얀 여자에게선 항상 달큰한 냄새가 났다. 그 달큰한 냄새가 얼마나 지독한지 어떨 때는 보기만 해도 입 안에 초콜릿을 한가득 문 것 같기도 했다. 이랑은 도환의 허리에 팔을 두르고 꽉 껴안았다.

"진짜 가족이 된 것 같아요."

"이미 가족이었어."

"하나 더 늘어났네. 돈 열심히 벌어야겠어요."

"하하."

허무맹랑한 소리를 죽죽 내뱉는 이랑이 귀여웠다.

"이랑아, 사랑해."

이랑은 벅찬 말에 숨을 들이켜고 긴장한 채 눈을 동그랗게 떴다. 이 말을 참느라 얼마나 많은 시간 동안 성숙한 척하느라 고생이었는지 모른다. 도환은 이랑의 볼을 한참이나 자신의 손에서 놓지 않고 매만졌다.

"나도요."

여느 때처럼 그의 가슴에 얼굴을 꾹 누르던 이랑이 쑥스러운지 숨을 몰아쉬었다.

저 깊은 심연에 가라앉고 있던 제게 손을 내민 건 이랑이었다. 도환은 스스로 약속했다. 네가 잠시 멈춰서면, 뒤에서 같이 멈춰서고 혹시나 가고 싶은 방향이 있다면 가는 내내 너로부터 눈을 떼지 않겠다고. 앞으로 돌아올 봄에는 이렇게 진득하게 끌어안을 수 있을지도 미지수라는 생각이 스치자 그가 낮게 웃었다.

Ⅱ

"사모님 바흐 좋아하시니까……."

"누가 그래요? 내가 바흐 좋아한다고."

"네?"

산모가 입실하자 대기하고 있던 직원들이 부산스럽게 문 앞으로 다가왔다. 이랑은 여리여리한 몸에 어울리지 않는 만삭의 배를 안고 어기적 걸었다. 주변의 부축이 있어야만 할 정도로 배가 심상치 않게 불러왔지만, 웬만해서는 누구의 도움도 잘 받지 않는 성향 탓에 직원들은 함부로 그녀에게 손을 내밀지 않았다.

"제가 바흐를 좋아하는 게 아니라 이 녀석이 바흐만 들려오면 배를 발로 뻥뻥 차요. 그 탓에 제가 바흐를 좋아한다고 느꼈었나 봐요."

직원들이 발랄하게 말하는 이랑을 보며 소리 내어 웃어 보였다. 프라이빗 룸으로 안내받은 이랑은 들어서자마자 직원을 향해 몸을 돌렸다.

"필요하신 것 있으세요?"

"아뇨. 제가 오후 일정 때문에 회사를 빨리 들어가 봐야 하거든요. 그래서 말인데."

"안됩니다."

"왜죠. 내가 내 돈 내고 서비스 받으면서, 서비스 시간 좀 짧게 해달라는 게 그렇게 문제인가요?”

“네. 저번까지 계속 그러셨다가 배도환 대표님이 직접 방문하시는 바람에 저희 에스테틱 건물 전체가 난리 났었다고요. 얼른 가운 갈아입으시고, 모로 누우세요.”

“하······.”

“발 먼저 따듯하게 해드리겠습니다.”

투덜거리며 가운을 갈아입은 이랑은 이제는 만삭인 배가 많이 힘겨운지 식식거리며 숨을 고르게 내쉬었다.

“많이 힘드시죠. 이제 몇 주 남으셨어요?”

“한 4주 남은 것 같아요.”

“슬슬 출산휴가 가셔야 할 것 같은데.”

“사실 다음 주에 미국에서 정말 중요한 포럼 하나가 있어서 꼭 참석하고 싶은데, 불가하겠죠?”

“하하. 당연하죠, 사모님. 애초에 출산 몇 주 앞둔 임산부를 미국에서 입국시켜주겠어요?”

“알아요. 안다구요.”

“대표님은 뭐라고 하셨어요? 당연히 안 된다고 하셨겠지만.”

“아뇨. 아예 말도 못 꺼냈어요. 프라이빗한 곳이니까, 제가 한 말도 다 비밀로 해줘요.”

“하하. 알겠습니다.”

곧이어 몸 구석구석 따듯한 오일이 발라졌다.

몸이 노곤노곤해지며 잠이 쏟아졌다. 요즘은 머리를 기대고 툭 하면 잠이 쉽게 들었다. 한 회당 마사지를 받기엔 너무 부담스러운 금액이라 처음부터 도환과 이곳에 오는 것에 대한 마찰이 있

었다. 사실 어떻게 보면 임신 사실을 안 그날부터 두 사람은 마찰
이 제법 심해졌다. 사사건건 말이다. 마시는 물, 먹는 것들, 유기농
인지 혹은 수입인지까지 일일이 따져가면서 제가 하루에 견과류
는 얼마나 먹었는지까지.

　오죽했으면 어느 날 도환에게 제가 아이를 낳기 위한 그저 관리
받는 짐승 같다고 한소리 했다가 크게 싸운 적도 있었다. 그러니
까 귀찮으니, 알아서 챙겨 먹을게요. 한마디면 끝날 일이었다. 예
민했고, 별별 호르몬에 지배당해 무엇도 아닌 것에 툭하면 눈물
이 흐르고 그에게 화를 냈다. 웃기게도 차가운 성질의 그의 성향
이 임신한 제게는 오롯이 따뜻한 성질로 변해있다는 거였다. 하
지만 그가 아이를 무척 기다리는 건 알고 있었다. 가끔 질투가
날 정도로.

"오후 일정은 어떻게 되세요?"

　슬그머니 눈을 떴다. 어느덧 1시간이 번개처럼 지나갔는지, 마
무리가 되어 가는 중 조심스럽게 자신을 깨우려는 직원의 물음
이었다.

"음……."

"더 주무시려면 말씀해 주세요, 담요 가져올까요?"

"아니에요. 오후 일정도 회사로 들어가야 해요."

"너무 무리하진 마세요."

"오늘 같은 날엔 사실 집으로 가도 되긴 하는데."

　직원은 의아한 얼굴을 하며 마무리를 하고 그녀에게 가운을 입
혔다. 따뜻한 물로 목욕까지 마치고 나자 뻐근하고 힘들었던 몸
이 한결 가벼워진 것 같았다. 부른 배를 쓰다듬으며 건물 밖에 대

기하고 있던 차에 올라탔다.

"늦은 건 아니죠?"

"시간은 충분합니다. 마사지 잘 받으셨어요? 간식 좀 드릴까요?"

"초콜릿 있어요?"

"부쩍 찾으시네요. 여기요."

운전대를 잡고 있던 자신의 비서가 초콜릿을 뒤로 몇 개 넘겼다. 반가운 마음에 끙 소리를 내며 몸을 앞으로 기대 한 움큼 받아 껍질을 까고 입에 쏙 집어넣었다.

"집에서 도통 못 먹게 해요. 단 거, 과자, 빵, 밀가루 등등."

"그 등등 죄다 몸에 안 좋은 것들이에요."

"비서님도 그렇게 생각하네요. 인간은 먹는 낙으로 사는 사람들이 많다구요."

"그것도 그렇지만, 사모님 배 속에 있는 아이가 누구입니까. 평범한 아이도 아닌데요."

"……."

초콜릿이 단데 괜히 씁쓸했다.

"제가 아이 낳기 위해서 이 집에 시집온 건 아닌데."

"오해하셨다면 죄송합니다. 저는……."

"아니에요."

이랑은 환하게 웃어 보였다.

"그래도, 아이는 평범하게 키우기로 회장님, 배 대표님이랑 합의 봤어요. 그러니까 비서님도 제 배 속에 있는 아이를 대한민국에서 굉장한 금수저로 보지 않으셨으면 좋겠어요."

비서는 대답 대신 미소를 지으며 고개를 조심스럽게 끄덕였다.

단 걸 한 움큼이나 먹어 재꼈더니 기분이 한결 나아진 것 같았다. 마사지도 받아서 그런지 정말 컨디션이 한두 시간 만에 다시 좋아진 건 확실했다.

"곧 도착하실 겁니다. 대표실로 바로 올라가실 겁니까?"

"나 아직 대표 아니잖아요."

"다름없죠."

"대표실로 올라갈게요. 연락 넣어주세요."

자신은 아직 대표가 아니었다. 대주주는 배도환이 맞지만, 자신 또한 이 회사의 주주였다. 대표직에 올라가려면 그의 지분만큼 제가 먹어치워야 하는 일들이 미션이었는데 아직 한참이나 멀었다. 마침 아이까지 가져버린 마당에 속도는 현저히 늦어져만 갔다.

대표실에 올라가자 4년마다 상석의 얼굴이 바뀔 예정인 남자가 자신을 정중하게 맞이했다.

"오셨습니까. 기다렸습니다."

"몇 가지만 대충 확인하고 가려고 일부러 들렀어요."

"집에서 업무 보셔도 될 텐데요."

"……."

이랑은 괜히 억울하고 마음에 들지 않는 얼굴이었다. 모든 것들이 엉망이라는 듯. 현재 대표직을 잠시 맡고 있는 남자는 너그럽게 웃으며 차를 내오라며 지시했다.

"제 와이프가 5년 전에 회사를 다니면서 아이를 가졌었습니다."

"아, 그 네오 패션 대표님."

"맞습니다. 제 아내요."

"대단하시네요. 그쪽 업계는 더 일이 많고 힘드실 텐데."

"근데 아이를 가지니까 오히려 더 악착같이 그 일에서 손을 떼지 않으려고 물고 늘어지더라고요."

남자가 하는 말에 이랑은 고개를 들고 부른 배에 손을 올렸다. 살살 쓰다듬으며 그가 하는 말을 조용히 경청했다.

"전 남자라서 사실 당시에 아내를 잘 이해해 주지 못했습니다. 왜 이렇게 악착같이 그래야만 하나. 지금 생각해 보니까, 여자는 출산과 동시에 잠시 쉬어야 하니까. 그래서 더 초조했다고 하더라고요."

"……."

"근데 그거 바라보는 남편 입장도 굉장히 초조합니다."

"그러셨어요?"

"그럼요. 아마 배도환 대표님도 또한 다르지 않을 겁니다. 제게 임시로 사장직을 맡아 달라며 직접 찾아오실 때 임신 소식도 알리셨는데 벌써 안색이 좋지 않더라고요."

"역시, 새 생명이 태어난다는 건 모두에게 어려운 일이에요."

그녀가 멍하니 지친 기색을 띠웠다. 애를 낳고 충분히 3개월 이상은 휴식기를 가져야 할 텐데, 요즘 행보로는 전혀 그럴 기색이 보이지 않아서였다.

"새 생명이 태어난다는 건 경이롭고 축하할 일입니다."

이랑은 찻잔을 들며 빙긋 웃어 보였다.

그와 회사와 관련한 새로운 사업에 관해 이야기를 주고받았다. 주주들의 승인이 필요한 새로운 공장 설립과 관련해, 배 대표와도 한 번 회의를 거쳐야 할 것 같다며 이야기를 마무리했다.

"회사에서 약속이 있는데, 위에 테라스 좀 잠시 써도 될까요?"

"네. 누구 만나시기로 하셨나요? 어차피 전 조금 후에 미팅가야 합니다. 대표실 쓰셔도 상관없습니다."

이랑은 씁쓸하게 미소 지으며 그와 눈을 마주치고 머뭇거리며 대답했다.

"이 회사, 한동안 주인이었던 여자요."

"아."

* * *

빌딩 옥상에 잘 꾸며진 테라스는 직원들을 위한 휴게 공간이었다. 도환이 대주주가 된 이후로 제일 먼저 해준 것이 이런 것들이었다.

제게는 그로부터 배울 것들이 굉장히 많았다. 그런데도 그는 아이를 낳고 난 뒤에 미국에 가서 학위를 더 가져오기를 바랐다. 아이와 함께 미국행이 정말 쉬울까. 그의 지원이 다 있어도 힘들 것만 같았다.

시원한 도심의 바람이 치맛자락을 펄럭였다. 본가의 여자들은 어떻게 지내고 있을까. 어머니는 나날이 피폐해져만 갔다고 건너들었을 뿐 그 이후로 얼굴을 본 적이 없었다.

출산 전 얼굴이 갑자기 보고 싶어졌다는 게 문제였다. 그녀에게 연락을 하자, 흔쾌히 나오겠다는 대답이 찜찜했지만 멀리서 들려오는 발걸음은 조심스러웠다.

"안녕하세요."

"오랜만이구나."

어느새 직원들을 위한 휴게 공간은 오롯이 두 여자와 주변을 배회하는 경호원들뿐이었다. 어머니의 눈이 배로 향했다. 많이 불러온 배가 은연중 쑥스러워 배를 감추려고 원피스 자락을 조심스럽게 잡아 아래로 당겼다.

"아들이겠구나."

"네?"

"배가 모양이 예쁘고 위로 볼록 솟은 게 아들이라고. 어른들이 옛날부터 그러시잖니. 다리 아프다. 여기 앉으면 되겠니?"

"네."

이랑은 그녀를 따라 벤치에 앉았다. 한때 회사의 주인이었던 그녀가 옥상이 테라스로 바뀐 것에 대하여 낯선 듯 눈으로 한 번 훑었다. 그리고 나서 도심으로 무심한 시선을 던졌다. 언제든 이 회사에서 나갈 준비가 되어 있었던 그녀의 본색이 드러난 얼굴이 차가웠다.

* * *

두 사람에게 테이크아웃 잔으로 따듯한 차가 전달 됐다.

"왜 굳이 회사로 불렀어?"

"마땅한 장소가 없어서요. 그 집엔 다시 발 들이지 말라고 하셨고. 그래서 제 공간으로 불렀어요. 어머니도 회사가 어떻게 변해가는지는 궁금해 하실 것 같고."

"애썼다. 어릴 때부터 공익적인 일에 관심 많더니. 곧 나한테 적선도 하겠구나?"

"그런 말씀 하지 마세요."

"……."

어머니는 표독스러운 말을 던지다가도 금세 입을 꾹 다물었다. 듣는 귀가 배 안에도 있다는 걸 인지한 것 같았다. 한동안 두 사람은 말이 없었다. 그리고 빤히 부푼 배를 바라보다가 물었다.

"애는 건강하대?"

"네. 우량하다고 했어요. 초음파상으로는."

"태어나 봐야 알지. 막상 태어나면 우량하지 않아. 잘 먹고 가리는 거 없이 많이. 밀가루는 어느 정도 줄여. 너 라면 좋아하잖아."

"……."

어딜 가든 똑같은 뉘앙스의 잔소리가 힘들었는데, 이상하게도 이 순간은 기분 나쁘지 않았다.

"조심할게요."

"그리 고분고분해서……."

"제가요?"

"그래."

"……."

"시집살이는 안 하니? 대단한 집으로 가서 처음엔 관심 끄려고 했는데 도통, 이제 와서는 나도 이게 무슨 심보인지는 모르겠다."

"큰 제사나 이런 건 조금 힘든데. 다른 건 다 잘해주세요."

"……."

어머니는 조용히 차를 입에 머금었다.

"예쁘게 봐주세요. 회장님이 병상에 계실 때, 아빠 생각이 나서 많이 들락거렸더니 그 덕분인지 점수를 많이 땄어요."

어머니는 멀리 시선을 던졌다. 딱히 그렇다 할 말 없이 두 사람 사이엔 다시 침묵이 맴돌았다.

"우리는 잘 지내고 있어. 둘째는 약물 중독이 심해서 제주도에 있는 치료센터에 강제로 넣었는데 나름대로 치료 효과가 있는 것 같아. 내년이면 나올 수 있다고 하더라."

"다행이에요."

"감옥 안 간 게 다행이지."

"첫째 언니는요?"

"사업을 한다고 최근에 이리저리 계획을 구상 중이야. 이력서를 내보는 건 곧 죽어도 못하겠나 보더라."

사실 첫째 언니를 다시 회사에 들이려고 했다가 주주들의 반대로 모든 게 무산됐다. 회사의 모든 사정을 세세하게 잘 하는 언니가 어쩌면 임시 대표직을 맡기엔 제격이라는 이랑의 생각을 도환이 지지했지만, 어째서인지 주주들은 반대가 심했다.

"모든 일에는 다 때가 있어. 네 마음대로 되지 않는다고 해서 사람 원망하지 말아라."

"……."

"남는 것 하나도 없더라. 생각해 보니까."

이랑은 일어서는 그녀를 따라 일어났다.

"나도 잠깐 얼굴 보고 싶어서 네 연락에 흔쾌히 답했던 거야. 애 낳거든 한 번쯤 소식 주거라."

"네. 조심히 들어가세요. 와 주셔서 감사합니다."

어머니는 혼란스러운 눈으로 부푼 배를 보다가 어딘가에 두었던 쇼핑백을 건넸다.

"아이 옷."

"네?"

"옷이라고. 오다가 백화점 들렀어. 태어나면 잘 입히거라. 성별
은 몰라서 색은 성별을 가리지 않는 거로 골랐어."

"가, 감사합니다."

어머니는 그대로 뒤를 돌아 옥상 테라스를 빠져나갔다. 무거운
몸이 무리를 했는지 잠시 휘청였다. 제일 가까이에 있던 경호원이
다가와 이랑을 부축했다.

"배가 이상하게 수축하는 기분이 들어서……. 괜찮아요. 혼자
걸을 수 있어요. 곧장 집으로 갈 건데 차 대기 시켜주세요."

"알겠습니다."

이랑은 손에 쥔 쇼핑백을 펼쳐 보지도 못 한 채, 그저 멍하니 한
참 동안 앉아 맑은 하늘을 바라봤다.

집으로 돌아오는 길, 이랑은 다시 깜박 잠이 들었다. 집 주차장
으로 들어서며 휴대전화를 확인하자 그로부터 부재 전화가 들어
와 있었다.

"어?"

"대표님이 전화 안 받으신다고, 제게 전화 왔었습니다. 마침 집
에 가는 중이라고 말씀드렸습니다."

"아…… 그랬군요."

"오늘 일찍 집에 도착하신다고 하셨습니다."

그가 요즘 들어 부쩍 바쁘게 움직이는 건 이제 적응할 만한데,
이렇게 불시에 집에 일찍 오는 건 적응하기 힘들었다.

"퇴근 잘 하세요. 전 올라가 볼게요."

주차장에서 간신히 차에서 내려 뒤뚱거리며 엘리베이터에 탑승하고 최고층으로 올라갈 즘, 문이 열리자 익숙한 도환의 얼굴이 자신을 반겼다.

"어디 갔다 왔어? 이건 뭐야?"

"집에서 기다리지. 누가 지나가다 보면 어쩌려고 엘리베이터 앞에서 기다려요?"

"뭐 어때."

이랑은 도환이 대신 들어주겠다며 가져가 버린 쇼핑백을 심란한 얼굴로 바라봤다. 집으로 들어서자 도우미 아주머니가 서둘러 저녁을 하고 있다며 말을 덧붙였다.

"대표님이 일찍 온다고 미리 말 안 해줘서 이 사람, 저 사람 다 곤란하게⋯⋯. 그죠?"

도우미 아주머니가 어색하게 웃으며 고개를 숙였다.

"내 집에 내가 일찍 돌아오는 것도 문제야?"

"피곤해요."

"그런 말로 돌리지 마."

그녀가 신고 있던 양말을 벗으려 침대에 엉덩이를 걸터앉은 뒤 상체를 숙였지만, 손이 닿지 않자 성질이 난 듯 갑자기 허리를 일으켜 세웠다.

"아으! 짜증 나!"

"왜 또."

방문을 조용히 닫은 도환은 한쪽 무릎을 꿇고 그녀의 양말을 부드럽게 벗겨냈다.

"이제 양말도 못 벗을 지경이에요. 답답하고 힘들어 죽겠어. 콱 터트리고 싶어!"

배에 양손을 올리고 짜증을 부리자 도환이 놀란 눈으로 이랑을 올려다봤다.

"누가 그런 끔찍한 소리를 하지?"

"아흑! 진짜 싫다."

벌러덩 눕자 배가 남산만 해 몸을 짓눌렀다.

"네가 유독 작은 체구라서 더 힘든 것뿐이야."

"……."

이랑은 곧 숨이 막힐 것 같아 똑바로 눕는 것도 힘들어 낑낑거리며 모로 누워 도환을 바라봤다.

"마사지는 잘 받았어?"

도환은 종아리를 주물거리며 화제를 돌렸다.

"응. 근데 시간 내기가 너무 힘들어요. 오늘은 그거 끝나고 회사도 갔어야 했거든."

"회사는 내일 가면 좋잖아."

"매일매일 움직이기 힘드니까 그렇죠. 그리고 지금 대표석에 앉혀 놓은 남자가 그리 매일매일 시간이 나는 사람이 아니잖아요."

"걔 내 후배야. 편하게 해. 그러라고 그 자리 앉혀 놓은 거고."

"……."

꾹꾹 종아리와 발을 주무르는 통에 또 잠이 쏠려 이것조차 억울했다.

"나 억울해. 졸려."

도환은 조용히 웃었다.

"하……."

이랑은 잠에서 깨어나려 도환의 손을 거두고 몸을 간신히 일으켜 세워 그와 마주 바라봤다.

"나 오늘, 어머니 만났어요."

"그 여자는 왜?"

도환은 정색하며 물었다. 이런 반응일 거라고는 대충 상상했지만, 덧붙여 솔직하게 말해야 할 것 같았다.

"그냥 소식이 궁금했어요. 임신했다는 건 알고 있었더라고요. 언론에서 작게 기사도 나고 하니까."

"막는다고 막았는데, 그래도 이 바닥이 좁아서 어쩔 수 없이 듣긴 했을 거야."

도환은 자리에서 일어나 손목에 있는 시계를 풀고, 그녀가 갈아입을 잠옷을 가지러 드레스룸을 뒤적였다. 그런 그의 뒷모습에 대고 오늘 그녀를 만난 일에 대하여 이야기를 풀었다.

"오란다고 오는 그 여자도 대단하다."

"……."

"산후조리는 안 해준데? 아무렴 엄마인데."

"그런 말은 없었어요."

"……."

그는 말을 뱉고도 너무 하다 싶었는지, 머뭇거리며 그녀에게 다가왔다.

"말이 너무 심했어. 미안."

"아니, 괜찮아요."

"나 원래 좀 유치하고 그렇잖아. 내가 감정 안 좋으면 끝까지 사람 싫어하는 거."

그가 만세 하는 포즈를 취하자, 이랑은 이제 자연스럽게 그를 따라 한다. 원피스가 그의 손에 말려 올라가자 어느새 두 배로 큼직해진 가슴을 가리고 있는 브래지어가 예쁘게 자리 잡고 있었다. 그 아래로 부푼 배가 동그랗고 커다란 게 도환의 눈에는 예쁘기만 했다. 하지만 자칫하면 두 배로 커진 가슴에 이성이 살짝 흔들리곤 해, 서둘러 잠옷을 그녀의 머리에 끼워 넣었다.

"이 쇼핑백은 그럼 그 여자가 주고 간 거겠네?"

"맞아요."

"……."

그가 안의 내용물을 손으로 한번에 꺼내 들었다. 바닥으로 툭 하고 무언가 떨어졌는데, 얼핏 봐도 작은 아이 신발 한쪽이었다. 내용물이 아마도 한두 개는 아닌 것 같았다. 이랑이 앉아있는 옆으로 그가 내용물을 천천히 펼쳐 놓자, 모자, 외투와 신발 그리고 몇 가지 옷이 세트로 담겨 있었다. 갓 태어나면 못 입는 옷들이었다.

"그냥 진짜 지나가다 샀나 보다."

"아이 태어나고 딱 1년 지나면 입힐 수 있겠다."

"……."

도환은 이랑의 표정을 살폈다. 아무리 제가 잘해준다 해도, 부모의 공석은 채워주지 못하는 것 같았다.

식사가 준비됐다는 도우미의 말에 도환은 그녀와 함께 나왔다. 문을 닫는 사이 그가 침대 위로 가지런하게 놓은 아이의 옷가지들이 시선 끝으로 보였다.

"아…. 파스타네요? 밀가루 별로 안 좋은데."

"네. 사모님 요즘 부쩍 입맛 없어 하셔서요. 대신 샐러드랑 과일도 함께 준비했으니까 오늘만 봐주세요."

"와. 멋지다!"

그녀가 엄지를 치켜들며 도환에게 정면 승부하려는 도우미에게 눈을 반짝였다.

"사실, 출산 경험이 있는 제가 한마디 덧붙이자면 먹고 싶은 건 지금 많이 먹어 두셔야 하거든요."

"그래요?"

"아이 낳고 나면, 수유할 것을 대비해서 정말 그때는 밀가루, 매운 것 초콜릿, 카페인이 들어간 건 먹을 수 없어요. 그대로 모유를 통해 아이에게 전달되거든요."

"……."

이랑의 입이 떡 벌어졌다.

"아니, 그러니까……."

그리고 천천히 도환을 바라봤다. 그도 그건 생각지 못했던 건지, 당황한 얼굴이 역력했다.

"당장. 더 주세요."

도우미 아주머니는 고개를 숙이고 다시 주방으로 향했다. 한동안 말없이 식기에 포크가 부딪치는 소리만 유일했다.

* * *

이랑은 손에 쥔 과자 봉지를 절대 놓지 않겠다는 일념으로 쉬지 않고 우적우적거렸다.

"그만 먹지?"

뒷좌석에 나란히 앉은 두 사람은 아까부터 신경전이었다. 이제 출산 2주를 앞둔 이랑의 몸이 심상치 않았다. 발가락 손가락이 살짝 통통해지는가 싶었는데, 갑작스럽게 또 체중이 훅훅 빠지는 것이 속상했다. 더 이상 참지 못하겠다는 듯, 도환은 과자 봉지를 팍 빼앗아 보조석으로 던져버렸다.

"아, 주세요!"

기사님은 본가로 향하는 내내 진땀을 흘렸다.

"운전대 잡은 기사님 위험해. 조용히 하고, 가만히 있어라. 좋은 말로 할 때."

"하……."

"그리고 과자 그만 먹어. 정말 작정한 거야?"

"애 낳고 나면 못 먹는다는 말 진짜였다고요. 저번 주에 병원에서 한 말 못 들었어요?"

"나란히 앉아서 들었잖아."

"그런데 왜 못 먹게 해요?"

"애 낳든, 안 낳든 이런 건 몸에 안 좋으니까."

도환은 팔짱을 끼고 시선조차 이랑에게 주지 않았다. 아예 내일이 마지막인 사람인 것처럼 나쁜 것만 골라 먹는 그녀에게 불만이 이만저만 아니었다.

본가에 도착하자 직원들이 앞에서 대기를 하고 섰다.

"오늘 어르신들이 많은가 봐요. 골목 끝부터 죄다."

"응."

이랑은 과자를 금세 잊은 건지 본가에 다다르니 다른 곳에 시선이 꽂혔다. 뒷좌석에서 내리자마자 작은어머니가 큰 대문 앞에서 기다리고 서 있었다.

"이랑아."

"어머니!"

"호칭 제대로 안 할래?"

도환이 한쪽 눈썹을 치켜 올리며 한소리를 던진 뒤, 먼저 대문으로 입장했다.

"쟤 왜 저러니?"

"그게."

이랑은 딱히 자랑은 아닌지라 말하기를 머뭇거렸다. 그리고 대문을 느리게 통과해 본가 건물로 들어서는 동안 짧은 시간 동안 그와의 전쟁을 이야기했다.

"어휴, 그럼. 그 아줌마가 말 잘했네. 틀린 말 하나도 없다. 지금 아니면 언제 먹을 건데. 애 낳고는 진짜 못 먹어. 나쁜 거 먹으면 애뿐만이 아니라 네 몸도 상한다고."

"그 사람은 지금도, 차후에도 안 먹어도 된다고 생각하는 것 같아요."

"산후조리는 어떻게 하기로 했니? 본가에 들어오라니까. 하긴 그건 좀 부담스럽지?"

"전 좋은데 그 사람이……."

출산휴가를 냈다고 말하자, 작은어머니 눈이 크게 떠졌다.

"뭐, 뭐?"

"최근 본사에서 복지에 대한 이슈가 있었대요. 그 하나 중에 남자들도 출산휴가를 쓰게 개정이 된 지 벌써 몇 년이 지났는데 누구 하나 시행하지 않는다면서 자기가 먼저 쓴다고 했다네요?"

"나 원 참."

"회장님도 혹시 아세요?"

"아마도 아실 거야. 회사 일에 대해서는 거진 보고가 들어가니까."

"그렇구나."

"출산휴가는 얼마나?"

"자그마치 3개월이요."

"에구머니나. 회사는?"

"집에서 재택근무, 아니면 임시 대표를 세울 것 같은데 문제는 그 자리가 보통자리인가요."

"아이고 두야."

작은어머니는 이마에 손을 대고 고개를 흔들었다.

현관을 지나치자 다이닝 룸에 이미 회장님과 착석해 있는 도환, 그리고 사촌들이 보였다. 이랑의 부른 배를 보며 다들 일어나 인사를 하고 반가운 듯 손을 잡고 흔들었다. 이런저런 질문 공세가 쉴 새 없이 던져졌는데 이랑은 도와달라는 신호로 도환을 바라봤지만, 도환은 야무지게 시선을 피해 다녔다. 그사이 작은어머니가 다이닝 룸으로 나와 사람들에게 말을 전했다.

"오늘 식사는 정원에서 합니다. 인원이 많아서요. 다들 맛있게들 드세요!"

회장님은 그사이 건강이 많이 좋아지셨다. 이제는 휠체어 없이 일어나 걷는 게 가능할 정도였다. 이 또한 이랑의 덕이라는 이야기를 광고처럼 하고 다녔다.

"필요한 건 없느냐?"

"네. 건강은 좀 어떠세요."

"네가 주마다 들러주는데, 내 건강이야 네가 더 잘 알 것 아니냐."

회장님이 웃으며 이랑의 손을 쓰다듬었다. 먼 사촌들이 해외에서도 들어온 마당에 오늘따라 유독 조용히 대화를 할 수 없었다.

저녁 식사를 하기 위해 사람들이 부산스럽게 움직였다.

"저녁 먹고 쉬다 가거라."

"네. 아버지. 손님 접대하는 거 너무 무리하지 마세요."

"그러마."

도환의 손에 이끌려 다이닝 룸에서 불시에 탈출하게 된 이랑은 그를 향해 짜게 식은 눈을 했다.

드넓은 정원 사이로 음식이 차려졌다. 먹고 싶은 걸 덜어다 먹으면 되는 듯, 두 사람은 맨 끝에 비어있는 원탁을 골라 앉았다.

"하도 얄미워서."

"뭐라구요?!"

"차라리 내가 임신할걸."

"무슨 이상한 소리야."

"너한테 장장 열 달 동안 꼼짝 못 한 거 생각하면, 그런데 먹는 것 좀 제재했다고 그렇게 반항이야? 누구 말이 젤 믿을 만한데. 결국 내가 하는 말은 너한테 좋은 말이잖아."

"……."

"하……."

도환은 답답한 듯 최근 이랑이 집착해 하는 과자와 인스턴트들에 대해 생각하는 것 같았다. 유치하고 한없이 답이 안 나오는 이야기들이었다.

"유치하게 반항해서 미안해요."

"……."

도환은 한동안 심란한 얼굴로 사람들이 오가는 걸 보다가, 자리에서 일어났다.

"음식 가져다줄게."

"네."

시무룩해 하는 이랑의 얼굴을 보다, 그는 눈을 위로 올리며 한숨을 푹 쉬고 자리를 떠났다. 저기 맛있는 거 많을 텐데. 아마도 풀떼기랑 고깃덩이만 골라 오겠구나 싶었다. 한참을 배회하던 그가 큰 손에 접시를 세 개나 받아 왔는데 뒤따라온 직원은 그녀가 마실 수 있는 무알코올 샴페인을 내려놓았다.

"어?"

그가 조용히 입을 다물고, 부드러운 빵에 잼을 발라 치즈를 올려 그녀에게 건넸다.

"꼭꼭 씹어서 먹어."

"……."

이랑은 눈물이 날 지경이었다. 그의 손에 쥐어지는 정제된 탄수화물이라니.

"웬일이래요."

"나도 반성 중이다."

"근데 여기까지 와서 빵 먹는 건 억울한데."

한 움큼 빵을 베어 물며 맛있게도 씹어대는 그녀를 향해 그가 별희한한 표정을 하고 말했다.

"넌, 진짜 어려운 여자야."

"그래도 맛있어요. 세상 맛있어."

"그럼 다행이고."

"……."

"애 낳고도 못 먹는다는데. 진짜 그런 거면 너무 억울하잖아."

"진심이에요?"

"어."

그도 한 입 베어 물더니 무심하게 대답했다.

"내 꿈은 아주 거창한데. 말로 표현하자면 너랑 행복하게 오래오래 고통 없이 사는 거거든. 그래서 그 마사지도 꾸준히 받으라고 한 건데, 넌 그게 애를 위해서 받으라는 건 줄 알고 있었더라."

"처음엔 그랬죠. 하지만 지금은 다 알아요. 나도 나름 공부한다니까."

"나만 공부하는 건 줄 알았는데 아니었네. 나 이러다가 산부인과 면허 따겠다 싶었던 적이 있었거든."

이랑이 고개를 젖히며 웃어 보였다. 다른 음식들을 골고루 잘 먹는 모습을 한동안 보던 도환은 그녀를 위해 물을 가지러 일어섰다.

먼 사촌까지 본가에 모이는 바람에 복작거리다시피 했다. 식사만 마무리하면 떠나야겠다고 생각하던 찰나 멀리 이랑의 모습이 보였다. 자신을 보고 예쁘게 웃고 부푼 배를 쓰다듬는 모습이, 그어느 때보다 예쁘고 아름다워 어디에 가두고 싶은 나쁜 마음까지 들었다.

"자."

탁자에 물을 내려놓자, 그 사이 목이 말랐는지 벌컥벌컥 마시는 이랑의 팔을 잡아당겼다.

"휴. 살 것 같아."

"음식 잘 먹어 놓고. 왜 이렇게 급해? 물 마시다가 체하겠어."

"물이 제일 맛있다."

"희한한 소리도 하네."

이랑은 이제 더 들어갈 곳이 없다며, 배를 쓰다듬었다. 이제는 은연중에 손을 올리면 녀석이 툭툭 배를 치는 것이, 이랑이 안쓰 러울 정도였다. 그의 큼직한 손과 이랑의 작은 손이 겹쳐져 빵빵 한 배 위로 천천히 배회했다.

"형은 안 왔어요?"

"응."

"조카가 태어날 날이 머지않았는데. 보고 싶지도 않을까?"

"작은어머니 말로는 종종 묻는대. 아들인지, 딸인지, 네 상태 는 어떠냐고."

"……."

"처음에는 기분 나빠서 알려주지 말라고 했는데. 요즘은 묻든 말든 그냥 내버려 두는 중."

"태어날 생명은 모든 변화를 일으키는 것 같아요. 신기하죠."

"어."

"누굴 제일 많이 닮았으면 좋겠어요?"

"너라고 항상 얘기하잖아."

"나는……."

"넌 매번 우리 둘째 형이라고 하더라. 이상하지 않아? 이제 죽

어서 더는 이 세상 사람이 아닌 남자를 닮았으면 좋겠다고 하는
게."

"삼 형제 모두 너무 닮았으니까. 이상하지 않잖아. 꼭 그렇게 의
미 부여할 필요는 없다구요."

"……."

둘째 형을 닮았다면, 곧 자신을 쏙 빼닮은 것이나 다름없을 것
이었다. 이랑은 그런 도환의 마음을 잘 알고 있었다. 죽은 제 형을
이따금 그리워하는 마음을.

이랑은 아버지가 무척 그리운 듯, 안 하던 짓까지 했다. 다시는
얼굴을 보지 않을 것 같았던 새어머니를 만나기까지. 정말 이랑의
말대로 태어날 생명은 모든 이들을 변화시키는 것이 틀림없었다.

"아이 낳고 나면, 3개월 동안 내가 출산휴가 낼 거니까. 쓸데없
는 생각 하지 마."

"우리가 도와줄 사람이 없어요? 괜히 바쁘면서 왜 그랬어요."

"도와줄 사람이야 차고 넘쳤는데. 네게는 의지할 사람이 손에
꼽거든. 그중에 내가 제일이니까."

"너무 자신만만하다."

도환은 빈 접시를 겹쳐서 지나가는 도우미에게 건네고선, 이랑
을 무심하게 바라보며 말했다.

"널 제일 잘 아는 것도 나고, 널 제일 사랑하는 것도 나니까."

이랑은 웃으며 화답했다.

"너무 꿰뚫고 있어 도망가지도 못하겠어."

드넓은 정원 위로 사람들의 웃음소리가 간간이 흘렀다. 밤하늘
의 별 사이사이로 별똥별이 떨어졌다. 이랑은 배가 부르고 기분

이 좋은 듯 의자를 가까이 더욱 끌어와 도환의 어깨에 고개를 기댔다. 도환은 팔을 올려 그녀를 끌어안아 조금은 차가워진 피부를 쓰다듬으며 온기를 나누었다. 이랑을 향한 애틋한 감정은 자꾸 그 범위가 넓어지고 커져갔다. 그래서인지 평생 죽을 때까지 먹고 살 돈은 쌓여있으니, 은퇴를 앞당기는 것도 괜찮을 것 같았다. 도환은 조금 두려워졌다. 자신이 앞으로 얼마나 더 이랑을 사랑하게 될지, 스스로가 얼마나 더 유치해질지 모를 일이라서 말이다.

〈完〉